文春文庫

# ハイスピード！

サイモン・カーニック
佐藤耕士訳



文藝春秋

コインをまわせ、コインをまわせ、すべては落ちる。
ネフェルティティ女王は町をそっと歩きまわる。

童謡（作者不明）

目次

# ハイスピード！

## 主な登場人物

おれ……………………タイラー　元兵士
リア・トーネス…………タイラーの恋人
〝ルーカス〟・ルーカーソン……私立探偵　タイラーの北アイルランドでの戦友
スノーウィ………………同右　ルーカスの同僚
マルコ・イチニック………東欧系の殺し屋
エディ・コジック…………人身売買組織のボス　セルビア人
アラナ……………………マルコの愛人
ペトラ……………………アラナの妹
レオ・ライアン……………タイラーの北アイルランドでの上司　少佐
イアン・フェリー…………タイラーの北アイルランドでの戦友
マックスウェル……………同右
スパン……………………同右
ハリー・フォクスリー……同右
アディーン………………タイラーの元妻　弁護士
マイク・ボルト……………国家犯罪対策局（ＮＣＳ）警部補
モー・カーン………………同巡査部長
〝バンパイア〟……………凄腕の暗殺者

# 金曜日

# 1

目を開けた瞬間、わかった。今日は悪い一日になる。部屋のなかは、息苦しさを覚えるほど蒸し暑い。頭はまるで、〝スピード〟でぶっ翔《と》んだ小人が乗って、猛烈な勢いでダンスのステップを踏んでいるかのようだ。そして血……血が、いたるところにある。枕につけた頬にも、何気なく置かれた腕の下にも、そのねっとりした感触がある。最初の数秒は視野がぼやけていたが、昼間であることはわかった。ひとつだけある窓にかかった安っぽい花柄カーテンを縁取るように、日射しがちらちら揺れている。

こんな部屋はまるで見覚えがない。ここはいったい、どこだろう。

おれはゆっくりと、ベッドで寝返りを打った。たったそれだけのことが、大変な重労働だった。身体じゅういたるところに痛みがあって、とくに頭の痛みがひどい。ぼうっとした明るさのなかでも、自分が横になっている角度からも、枕と糊のきいたシーツが深紅色に染まって濡れているのが見える。ねっとりした血の感触がある腕に、おれは目の焦点をあわせた。まるで黒っぽいペンキに肘までどっぷり浸かったかのようで、二の腕のほうには少し跳ね飛んだ跡がある。

そのときはじめて、おれは恐慌に襲われた。ぱっと跳ね起きて、一瞬視野がぼやけた。ベッドを見おろして、いったいなにが起こっているのか理解しようとした。シーツの下になにかの塊があるが、すっぽり隠れていて見えない。厄介なことに、人間の形をしている。夥《おびただ》しい血は、その塊の上半分から滲《にじ》み出ているらしい。おれは眩暈《めまい》がして、吐きそうな気分だった。それから、昨夜のことを思い出そうとし、自分が一度も行った覚えのない見知らぬ部屋に入って血染めのベッドでなにをしているのか、それを教えてくれる手がかりを探してみた。しかし、なにも浮かんでこない。まったく記憶がないのだ。

昨日の日中のことも、まるっきり思い出せない。

恐ろしい考えが、頭のなかをよぎる。おれはどれくらいの記憶を失くしたのだろう？　このおれも、記憶がすっかり消えて自分の名前すら思い出せない哀れな中年男の一人になってしまったのだろうか？　いや、ちがう。おれは自分がだれだかちゃんとわかる。名前はタイラー。職業は車のセールスマンで、しかも高級車専門だ。ＢＭＷのフランチャイズ店を持っている。長いこと軍にいた。北アイルランドや第一次湾岸戦争、ボスニアやシエラレオネで従軍した経験を持つ。そしていま、とんでもないトラブルに巻きこまれている。それだけはすぐにわかった。

視線をシーツの下の塊からクロックラジオに移して、またもとに戻す。液晶画面の表示は午前九時五十一分。おれにとってはかなり遅い時間だ。いつもは早起きだからだ。ベッド脇のスタンドをつける。その眩《まぶ》しさに思わず顔をしかめ、目を細めた。

口はからからだし、気分は最悪だった。シーツの下を見たくはなかったが、どのみち見なくちゃいけなくなるのはわかっていた。

ふらつきながらベッドから這い出すと、少し震える両手を伸ばして、シーツの上に触れたとたん、その湿り気に一瞬怯《ひる》んだ。いったい下になにがあるのだろうと思いながら、一気にシーツをめくる。

まさか、そんな。

込みあげる吐き気に息が詰まって、おれは後ろによろけた。自分が見ているものが信じられなかった。その衝撃はあまりに凄まじく、不気味なものだった……

肌の真っ白な若い女が、全裸で仰向《あおむ》けに横たわっている。硬直していて、生気はない。少し痩せぎすではあるものの、しなやかで、スポーツ選手を思わせる身体つきだ。銀のへそリングの下のほうには、艶やかな肌に色褪《いろあ》せた蝶の刺青《いれずみ》があり、その刺青の下には、一本の細い直線の形をした短く黒っぽい陰毛がある。手の爪は青空色に塗られ、右手の中指と人差し指には、ケルト系の紋様をかたどった指輪をしている。

だがこのおれをもっとも怖がらせ、不快にさせているのは、単純で逃れようのない事実、すなわち、女の首がないことだ。斧で叩き切られたか、それとも鋸《のこぎり》で切られたかしたその断面は、ぎざぎざの肉の切り株となっていて、その周りを血が、大きな深紅の後光のように取り囲んでいる。見た目にわかる外傷はそれだけだ。

数秒のあいだ――それはたった三秒だったかもしれないし、二十秒はあったかもしれない――おれはその死体をじっと見つめていた。昨夜のことはなにも思い出せないが、ここで起こったことがおれの仕業であるはずがないのは確かだ。この女がだれかはわかる。たとえ首がなくても。

女の名前はリア・トーネス。おれが愛していた女。

こんな状況になっていることが信じられなかった。ついこのあいだまで、リアはおしゃべり好きで笑顔の絶えない、いろんなことに興味を持っている若い女だった。それがいまは、大理石の像のように真っ白で生気のない惨殺死体となっている。自分が目の当《ま》たりにしていることに混乱して、頭がくらくらした。ひどい二日酔いのような気分で、吐き気が苦い波のように込みあげてくる。不慮の死は戦場で前に見たことがあった。いつ見ても恐ろしい光景だが、これはそれ以上にひどい。はるかにひどい。戦場では、人は死を覚悟している。兵士として、絶えず死に備えているのだ。だがおれは民間人に戻って三年になるし、血とコルダイト爆薬の記憶は薄れつつある。そして目の前に横たわる女に関していえば、彼女はどんな戦闘も戦ったことはなく、最前線に身を置いたこともない。都会暮らしを楽しむ二十五歳の子守女《ナニー》だ。彼女にはなんの罪もない。どうして殺されるんだ？

どうして？

おれはそれ以上彼女を見ることができなかった。見ていると頭がおかしくなりそうだった。正視に耐えないはずなのに、なぜかけだものじみた興味をそそられずにいられない光景。だがおれはそこから視線を引き剝がし、室内を見まわして、ふつうに見ていられる見慣れたもの、どうやって自分がここにいたのかを説明してくれるものを、探そうとした。リアの血に塗れたベッドを除けば、室内のインテリアや家具類はきちんとしつらえられている。きわめて女性的だが古めかしい感じもあって、パステルカラーの壁のところどころに、古典的な静物の油絵の安っぽい複製画が飾ってある。家具は――大きなダブルサイズのワードローブ、整理ダンス、楕円形のミラーがついた化粧台――すべて材質がアンティーク・パインだ。それを見ておれは、子どものドールハウスのインテリアに似ていると思った。それ以外に、隅っこにはメタリックな黒い台の上にテレビがあり、下の空いたところにはDVDプレーヤーがある。DVDプレーヤーの上には、ダンボール紙を折った手作りのメッセージボードが置いてあって、おれの目はたちまちそれに釘づけになった。ボード上に、黒いフェルトペンで手書きした端正なブロック体の大文字が並んでいる。あいかわらずふらつきながらも、おれはそっちのほうへ二、三歩近づいた。

思わず呪詛の言葉を吐いた。

上の行にはただ〝タイラー〟と書かれ、その下に〝再生ボタンを押せ〟とある。

一瞬、激しい動揺のあまり、それがなにを意味しているのかわからなかったが、つぎの瞬間、合点がいった。

〝タイラー〟

おれがここにいることを、ほかのだれかが知っている。

おれは一歩あとずさってぎゅっと目を閉じ、なにがどうなっているのか把握しようとした。窓の外から鳥のさえずりが聞こえる。ということは、ここは自宅からかなり離れているということだ。ロンドンのど真ん中で、鳥のさえずりが聞こえるはずはないからだ。ここまで来たのが自分の意思なのかどうか、それすらもわからない。なにもわからないこと――それがいまおれが直面している、いかんともしがたい大問題だ。ここは見覚えのない部屋で、隣にはまだ愛している女の首なし死体があり、DVDプレーヤーの上には、おれに再生ボタンを押せと告げるメッセージボードがある。わけのわからない恐怖心がふいにこみあげてきたが、冷静に押さえつけた。ここはしっかりしなければならない。ほかにもいろんな感情——嫌悪、ショック、愛する者を失った悲しみ——が爆発的な勢いで押し寄せてきたが、おれは兵士を十五年間やってきて、緊張下でも平静さを保ち、物事に理性的に対処するよう鍛えられている。

何度か深呼吸をして、頭のなかを鮮明にしようとした。どうやっておれたちはここに来たのか、なぜ来たのかを、思い出す必要がある。

考えろ。

考えに考えすぎて、頭が痛くなった。なにかのクイズ番組で、賞金百万ポンド獲得まであと一問であり、その答えが喉まで出かかっている解答者のように集中する。おかげで、残っているわずかな力がすべて吸いあげられてしまった。しかし、それでもなにも出てこない。おれの最後の記憶は、テレビで地球温暖化についてのドキュメンタリー番組を見ながら、テイクアウトの中華料理、イカのトウチー醬《ジャン》炒めと卵チャーハンを食べていたことだ。脂っこい味で、最後まで食べられなかった。おれ一人だった。その夜はリアが友だちに会いに行ったのを、うっすら覚えている。兵士だったころの性分なのか、日課を決めるのが好きで、テイクアウトを食べるのはほぼ決まって水曜日だ。ということは、おれ一人でいたのは水曜日だろう。だがそれがわかったからといって、たいして役には立たない。今日が何曜日なのかわからないのだから。

自分の後頭部を触ってみる。柔らかくなっているところはないし、瘤《こぶ》になっているところもないから、頭は殴られていない。ということは、おれは薬を飲まされ、しかもその薬が、健康な若い女性であるリアがすぐそばで惨殺されるあいだも瞼《まぶた》が開かないほど強力だった、ということだ。

おれは目を閉じて、またしても襲ってくる吐き気の波に抗《あらが》った。ふたたび目を開けたとき、視線がリアの死体に戻っていった。切断された首の血は凝固していて、シーツの血糊も乾きはじめている。つまり、死後しばらく経過していて、少なくとも二、三時間、おそらくはそれ以上経っている、ということだ。そのときはじめて、おれは部屋の臭いに気づいた。糞便と腐敗のかすかに饐《す》えた臭いが、死んだばかりの死体にまとわりついている。さながら、屈辱的な告別だ。

薄明るく重苦しい静寂のなかに立ち尽くしたまま、まるでだれかの悪夢のなかに迷いこんだような気分だった。

だがそれはまちがいだった。かがんでＤＶＤプレーヤーの再生ボタンを押したとたん、おれは知るはめになるのだ。これがおれ自身の悪夢であることを。しかもそれは、まだはじまりにすぎなかった。

## 2

心臓がどきどきするのを聞きながら、ベッドの端に座って、待った。数秒間真っ白だったあと、画面がかすかに乱れた。それから映像がはじまった。

おれがいまいる部屋の、なんの動きもない映像ではじまった。カメラは胸の高さで、ベッドの頭のほうに向かっている。ベッド横の照明は点《つ》いていて、夜だ。下手なホームビデオみたいに焦点はわずかにぼやけている。シーツの上には、まだ生きているリアが大の字になって寝ているのが容易にわかる。その手首と足首はベッドの四隅にある小さな木製支柱に縛りつけられていて、身体には一糸もまとっていない。その顔の表情は、淫欲のそれだ。その光景に、おれはショックを受けた。知りあってからのこの短い数週間、おれたちは健康的で楽しいセックスライフを送ってきたが、そこにボンデージはなかったからだ。とたんにおれは、居心地の悪さを感じた。そっとしておくべき秘密を暴いてしまった覗き見男のような気分になったからだ。

ぷるんとしたピンク色の唇が揺れて物憂げな笑みを作り、目はなかば閉じている。どうやら縛られていることを楽しんでいるらしい。この状況を、なんらかのセックスゲームの一部と見なしているのだ。柔らかくて若い肌の白い曲線が生き生きと波打ち、腰をくねらせながら、身体をシーツに擦《こす》りつけている。それは美しくもあった——記憶にあるはじめて出会った瞬間と同じように。染めた髪は短くスタイリッシュにカットされ、頭のてっぺんは尖っている。顔は完璧な楕円形で、突き出た頬骨に散らばっているのはそばかすだ。いたずらっぽい茶色の目は若さで輝き、ファッションモデルのような鉤鼻の左横には、エメラルドのピアスがついている。

画面で生きているリアを見るのはハンマーで殴られるような気分で、おれは思わず歯を食いしばった。

なおも見ていると、カメラに映ってないところで、ベッドルームのドアが開き、だれかが入ってくる音がした。リアがその人物のほうへ首を向けたとたん、あからさまに表情が変わって、淫欲が動揺に取って代わった。「タイラー」カメラに映ってないその男に向かって、リアは話しかける。「なにしてるの？　どうしてそんなマスクつけてるの？」その言葉は録音のせいで歪んでいて、金属的な音に聞こえた。くぐもった答えが返ってきたが、おれには聞き取れない。するとリアの表情がまた変わって、今度は動揺が、目を剝くほどの恐怖に取って代わった。「それはなに？」パニックになって訊いている。「なんでナイフなんか持ってるのよ？　タイラー、答えて」

頭が痛いほどに疼くのを感じていると、リアが話しかけている男がようやくあらわれた。ベッドの足もとのほうをまわりながら、カメラに対して横向きに映っている。男も全裸だが、頭は全体に黒いゴムのボンデージマスクでおおわれていて、右手には、長さも幅もある禍々《まがまが》しい肉切りナイフが握られている。

リアはまたしゃべったが、おれにはもう姿が見えなかった。ナイフを持った男があいだに入ってきたからだ。「タイラー、これがゲームだったら、もうやめて。お願い。こんなの怖すぎる」

この男が自分じゃないのはわかる──おれならこんなことはやらないからだ──が、おれにとってはきわめて深刻な問題だった。男の身長や体格はおれとほぼ同じであり、この録画品質の粗さからして、この男はおれじゃないと証明するのは簡単じゃないだろう。ということは、法廷はちがう見方をするかもしれない。とりわけ、リアのあの話しぶりがある。よっぽど演技がうまいのか、あるいはマスクをかぶって目の前に立っているのが本当におれだと信じているかのどちらかだ。それに、あの怖がっているリアの声が演技だとはとても思えない。あの恐怖は骨の髄から染み出てくるものだし、そうなる理由も容易に理解できる。

おれのふりをしている男は、ゆっくりとベッドの正面へまわり、リアの横へ近づいていった。時間をかけて、一歩一歩を楽しみながら、次第にナイフを高く掲げて、リアによく見えるようにしている。男がナイフを頭上に振りあげたとき、刃がスタンドの明かりで不気味に光った。男の向こう側でベッド上のリアが空《むな》しくもがいているのが見えるが、結び目ががっちりと手足を縛っていて、リアは無力だ。

そして男がカメラに背中を向けたとき、おれの状況の困難さは一気に十倍に跳ねあがった。ナイフを持った男、リアがタイラーと呼んでいる男が本当におれかどうかをまちがいなく見極める方法が、ひとつある。十年前、おれはある仕掛け爆弾の破片で多くの傷を負い、いまだにその傷痕が残っているのだ。傷は深かったもののほとんどはすでに小さな傷痕になっているが、三つは遠目にもわかる。それはみんな、おれの背中の上半分にあった。ひとつは長さ約七センチのピンク色の母斑を思わせる傷痕で、右の肩甲骨の近くにある。ほかの二つは幅の広い深めの裂傷で、背骨の両脇をほぼ左右対称に走っている。ナイフを持った男には、その三つの傷痕があるのだ。映像上はそれほど鮮明じゃないが、なにを探せばいいかわかっている人間にはちゃんと見えるだろう。そして、おれはわかっている。おれは歯嚙みをしながら、いかめしい顔でその傷痕をじっと見つめた。男の傷痕は、まちがいなく背中の正しい場所にあった。映っている男はおれじゃないかもしれないが、状況からすると、この男はおれじゃないという意見は少数派となる可能性が高い。

リアがまた悲鳴をあげた。大きな声で、動揺しながらも必死に訴えている。縛られた手足を振りほどこうともがき続けているが、少しもほどける気配がない。「タイラー、お願い！　こんなことしないで、お願い！」この最後の〝お願い〟は、数秒間続いたように感じられたあと、怯《おび》えきった不鮮明なすすり泣きに変わった。世界が突然わけもなく崩壊して、自分はいまから死んでしまうのだ、という単純で冷酷な事実を受け入れられない人間の声だ。

男はベッドの横で立ちどまり、ナイフを高く振りかざす。

そこまでだった。それ以上は見ていられなかった。一秒も。おれはよろよろと立ちあがり、両手でテレビをつかんでコードを引きちぎると、壁に投げつけた。テレビはどすんと床に落ちて、なかの機械が壊れる音がした。

部屋のなかに、墓場のように重々しい静寂が降りてきた。死の臭いがあまりに濃くて、手を伸ばせば触れられそうなほどだ。おれは裸のまま一人で立ち尽くし、壁をにらみつけながら、込みあげてくる吐き気を抑えようとした。

ゆっくりと顔をまわして、リアの死体が横たわるベッドのほうを見た。シーツは血に塗れて、ほとんど黒ずんでいる。動きがまったくないことが、おれにはほとんど耐えられなかった。

「ああ、リア」おれは囁きかけた。「すまない、その場にいてやれなくて」

いいながら膝をついてくずおれ、目をぎゅっと閉じて、あふれ出る涙をこらえた。頭痛は激しく、口がからからに渇いている。そのときおれは、心底死にたい気分だった。そして頭のなかを駆けめぐっていた疑問は、〝なぜ？〟だ。なぜ何者かは、リアみたいに罪もない若い女性にこのような残虐行為をやってのけ、その現場におれを生かしておいたのか？

ここから逃げ出さなければ。感傷的な空気がおれを包みはじめているが、リアを置き去りにはできない。こんな場所に、一人きりで。そんなのは臆病者のすることだ。そんなことをしたらおれ自身が許せない。おれがいなくなったら、残ったリアがどんな目にあうかわかったものじゃない。少なくともリアは、ちゃんとした安らぎの場所に眠って当然なのだ。

頭をフルに回転させて、どうやったら白昼堂々とリアを連れ出せるか考えていたため、背後の動き、かすかにカーペットを靴が滑る音が、ほとんど聞こえなかった。

だがその音がようやく聞こえて、おれはぱっと目を開けた。すばやく振り返ったとたん、足の爪先から頭蓋骨のてっぺんまで、身体のなかを凄まじい電気ショックが駆け抜けた。おれは床にくずおれ、ただ無力にのたうちまわるだけで、おれにこんなことをする者をこの目で確めることもできなかった。数秒間が永遠にも感じられて、おれの身体はひどく痙攣し、視野はぼやけて霧がかかったようになった。

電流は、はじまったときと同じくらい唐突に終わった。おれは仰向けに横たわって、上の虚《こ》空《くう》を見つめていた。暗い霧のような視野に見えるのはぼやけた黒っぽい人の姿で、ほとんど影にしか見えない。その影が大きくなって、おれのほうにかがみこんできた。

そして、二の腕をチクッと刺された感じがしたかと思うと、なにもかも真っ暗になった。

3

金属的な甲高い音楽が、ぼうっとした意識に入りこんできた。携帯電話の着信音に使われているお馴染みの旋律だ。長いこと続いていたらしく、おれは頭のなかでそれにあわせてハミングし、なんという曲だったか思い出そうとした。

それから瞼を開き、また目を覚ました。真っ先に目に入ったのは、車のフロントガラス越しに見えるパインの森だ。車が駐まっている小径《こみち》の両側に、びっしりと茂っている。おれが乗っているのは、おれのBMW7シリーズ——レザーの内装でわかる。音楽は、隣の助手席にある見覚えのない携帯電話から鳴っていた。電話の横に立っているのは、同じように見覚えのない黒革のブリーフケースだ。キャップを開けてないエビアンの一リットル入りペットボトルもある。おれは手を伸ばしてそのキャップをはずし、激しい喉の渇きがおさまるまで、ごくごくと水を飲んだ。

リアの身に起こったことが怒濤のように記憶に甦ってきて、また悲しみの波に飲みこまれた。すぐさま車内を見まわしたが、リアの姿はどこにもなく、あのいやな臭いのする小さな部屋に彼女を一人置き去りにしてしまったのだとわかって、最低の気分だった。今度はおれは裸ではなく、昨夜着ていたと思われる格好をしていた。長袖のコットンシャツ、ジーンズ、ティンバーランドの砂色のブーツだ。

携帯電話はまだ鳴っている。なんの旋律かわかった。『葬送行進曲』だ。どこかの何者かが身の毛もよだつようなユーモアセンスを持っていて、それがだれであるにしろ、おれがここにいることを知っていて、おれと話したがっているのは明らかだ。

おれはポケットのなかを探って自分の携帯電話を探したが、なくなっていた。ある程度予感していたことだ。もう一度腕時計を見る。十時四十一分。人生のうちの一時間をまた失ってしまったが、リアよりはるかにましだ。リアは人生の五十年くらいを失ったのだから。

おれは携帯電話を取って通話ボタンを押し、気だるい声でいった。

「もしもし」

「ミスター・タイラー。よかった、目が覚めたようだな」深くて人工的な声。音声変換装置で加工してある。

おれはなにもいわなかった。その必要はなかった。相手の声にある自信から、その人物がおれの状況を把握していることはわかったからだ。

「ぐっすり眠っただろう」その声は続けた。「当然だよ。へとへとに疲れたはずだからな、女の首を切り落として」

震えがゆっくりと、背中から首筋に走るのを感じた。それでもおれは、なにもしゃべらなかった。

「ミスター・タイラー、なにもしゃべらなくていい。きみがいわれたとおりにさえしてくれれば、この不幸な問題はきれいに片づけることができる。きみが刑務所で余生を過ごすのを、避けられるんだ」

「あんたは人ちがいをしている」おれは声が震えないようにして、ようやくいった。「おれはタイラーなんて男を知らないし、だれの首も切り落としてない」

「たぶんきみが実際の出来事を思い出せないいんじゃないかと思ったよ。あれだけのドラッグを摂取したんだから。ロヒプノールとジメチルトリプタミンをたっぷり混ぜて、硫酸アンフェタミンをほんの少し。抑制を失うには持ってこいだ。だが記憶にはあまりよくない。だから私はあの映像を作ったんだ。きみはもう見たと思うがな。ミスター・タイラー、誤解のないようにするために、いくつか整理させてくれ。きみが見たDVDはコピーだ。オリジナルは私が持っている。殺人の凶器も私が持っている。凶器についている指紋はきみのもので、ほかの人間の指紋はない。私はいつでもこの二つを警察に提出できるし、もし私がそうすれば、きみを殺人で有罪にできない法廷はこの国にはないだろう。しかし、私のいうとおりにすれば、きみとこの残酷な犯罪を結びつける証拠はすべて破棄されるし、私からきみに連絡することも二度とない」

「なにが望みだ?」おれは訊きながら、わかっていた。おれが話しかけている男は——音声変換装置の下の口調からして、男だろう——おれの恋人を殺害した人物だ。そして少なくともいまは、その男に調子をあわせるほかに選択肢はない。

「助手席のシートの上に、ブリーフケースがある」男は答えた。「鍵の暗証番号は141だ。開けろ」

耳に携帯電話を押しつけながら、おれはブリーフケースを膝に乗せて、暗証番号をあわせ、二つの留め金をカチャッと開けた。なかを見たとき、思わず溜め息が洩れた。五十ポンド紙幣の札束で少なくとも十万ポンドが、おれを見あげていたのだ。たぶんもっとあるだろう。仕事上大金を見ることには慣れているが、一度にこれだけの額を見たことはない。札束の上には銀色の銃があり、すぐにグロック19だとわかった。銃を手に取り、マガジンを引き抜く。9ミリの弾が全弾装塡されている。マガジンを叩き戻して銃をもとどおりしまうと、ブリーフケースを閉めた。

「おれはだれも撃たないぞ」おれは携帯電話にいった。

「好きにするがいいさ、ミスター・タイラー、だがきみにはやってもらうことがあって、もしかしたらその銃が役に立つかもな。この通話を終えたら、私はきみがいま持ってる携帯電話に、東ロンドンのある住所をメールで送る。きみはその住所に行って、玄関に出てきた男にボーンだと名乗り、その男が要求してるものを持ってきたと伝えるんだ。きみの仕事は、その男からブリーフケースを受け取ってくることだ」

「中身はなんだ?」

「きみは知らなくていい。きみが知っておく必要があるのはこれだ。すなわち、そのブリーフケースを受け取るまで、絶対にそこから立ち去ってはいけない。もし破ったら、その時点でわれわれの取り決めはなかったことになり、私はきみが不利になる証拠をただちに警察へと引き渡す。わかったかな?」

そのときおれは、男の指示に従えばきわめて危険な領域に足を踏み入れてしまうことがわかっていたが、どのみちおれに選択の余地はない。だれであるにしろ、この男がすべての手札を持っているのだ。一方でこのおれは、男の正体をまるで知らない。しかし、かならずこの男を見つけ出してやる。そして見つけたら、男は死んだも同然だ。だがまず先に、時間を稼ぐ必要があるし、そのための唯一の方法は、男の指示に従うことだ。男がほしがっているブリーフケースを手に入れたら、そのあとはこっちが先手を取れるかもしれない。

「いいだろう」おれは伝えた。「わかった。だがリアはどうするつもりだ？」

「女のことは心配するな。死体がだれかに見つかることはない。それにきみと私以外はだれも、きみが今朝目覚めた部屋が存在することを知らない」

男の冷たさはむかむかするほどだった。

「そういう意味で訊いたんじゃない」おれはいった。「リアをちゃんと埋葬してやりたいんだ」

「その点はきみに選択の余地はない」男は答えた。そのときおれは、こいつを見つけたらどうしてやるかをあらためて考えた。

だがいまのところは、まだ辛抱しなければならない。

「おれがいまいるのはいったいどこだ？」パインの森を見まわしながら、おれは訊いた。

「車を走らせて、突き当たりを右に曲がれ。そのまま行けば道路に出る。そしたらそこも右に曲がるんだ。そのころにはカーナビのGPSも機能しているだろう。きみがいまいるところではGPSは機能しない。森のど真ん中だからな。そのあとは、カーナビにその住所を入力するだけでいい。きみはいまロンドンの北端から一時間ほどのところにいる。東ロンドンの住所にきみが行くことになっているのは、十二時半だ」

「最後にもうひとつだけ。今日は何曜日だ？」

「金曜だ」男はなんの躊躇《ちゅうちょ》もなく答えた。「さあ、ミスター・タイラー、行動を開始しろ。時計の針は動き出したぞ」

男は通話を切断した。おれは耳に携帯電話を押しつけて座ったまま、木曜日がどこへ行ったのか考えようとした。記憶喪失についてはほとんど知らないし、記憶喪失が永続的なのかどうかも、どこかの時点ですべての記憶が戻ってくるかどうかもわからない。自分がいまいる立場を思うと、それは大きなフラストレーションだった。この男がおれにとって不利な証拠を持っているのはまちがいないし、おれをはめるためにリア殺しが行われたこともこれでわかった。問題は、なぜか、だ。なぜおれが、いったいなんのために選ばれたのか？　おれを引きこむやり方から背中の傷の位置の特定まで、電話の向こうの男が持っている犯行へのおれの関与を示す証拠はすべて、おれにとってきわめて重要かつ気がかりな事実を伝えていた。

男はおれを知っている。ここまで完璧におれをはめるには、おれを知っていなければならない。

そしてもし男がおれを知っているなら、おれもこの男を知っているはずだ。

4

北ロンドンの自宅から二百メートルほどのところにあるイタリア系スーパーマーケットで、

ショッピングカート同士がぶつかった。それがおれとリアの出会いだった。三週間前の土曜日の夕方で、閉店近い時間だった。おれはキャンティワインを探して酒類の通路に入り、リアは反対側から入ってきた。おれたちのカートは正面衝突し、リアは、顔全体がぱっと明るんだような満面の笑みで謝ってきた。小柄でかわいらしくて、ツンツンした形の短い髪は赤く染めてあり、バンビのようにくりくりっとした茶色い大きな目だった。年は二十代なかばくらいだろうと思ったが、リアの振る舞いにはどこか子どもっぽいところがあって、ひょっとするともっと若いかもしれなかった。下はローライズのブルージーンズ、上はぴちっとしたピンクのTシャツで、それが小さく尖った乳房の曲線を際立たせている。Tシャツにスカイブルーの大文字で書かれていたのは、〝あたしはあんたのママが気をつけなさいっていってた女よ〟。おれにはその言葉の意味がうなずけた。

「ごめんなさい」ロンドン周辺の出身であることがわかる軽い訛りでいいながら、リアは生意気盛りの子どもみたいにおれに笑いかけてきた。「あたし、スピード違反しちゃったみたい」

おれは微笑み返した。

「こっちは鞭打ちになったみたいだ。訴えることを考えなくちゃいけないかな」

二人ともカートをバックさせようとせず、たがいに見つめあった。ロマンチックコメディから飛び出したような、かなり滑稽で、思いがけない瞬間だった。その先になにをいえばいいかわからずにいると、リアがおれのかわりにその問題を解決してくれた。

「あたしはリア。あなたは？」

「タイラー」そう答えて手を差し出すと、リアはおれの手を取って固く握った。「出会えてうれしいよ」

「あたしもよ。このあたりに住んでるの、タイラー？」

「すぐそこさ」

「今夜は家飲《いえの》みするつもりだったの？」おれのカートにあるキャンティワインを見おろして、リアは訊いてきた。

「ストックを買いに来たんだ。いつ必要になるかわからないからね。きみは？　地元の人？」

リアは首を振った。

「いいえ、川の南側。リッチモンドよ。うちに帰る途中で、あたしもストックを買おうと思って」

また沈黙があって、またしてもおれはこの会話が続くようになにかいおうと、脳みそを絞った。おれはこの女が気に入っていた。一目惚れだったのかもしれない。リアには生き生きした雰囲気、おれの人生にしばらく欠けていたエネルギーがあった。

「それじゃ」リアはいった。「もう行かないと。見てわかると思うけど、まだ全然買い物してないから」たしかにそのとおりで、リアのカートは空っぽだった。

鉄は熱いうちに叩かなくちゃいけないのはわかっていた。それにおれはどうせ失うものなんかない、人生でこんなチャンス滅多にないぞ、自分にそういい聞かせた。自分では外見は悪くないと思っているが、大都会のロンドンで人が出会うのは決して簡単じゃない。

「一杯やらないか？」おれはすぐに訊いた。

「ええっ、いま？」リアはいたずらっぽくはにかんで見せた。そのときおれは、彼女の両頰と鼻筋にかわいらしいそばかすの横線があることに、はじめて気づいた。

おれは微笑んだ。

「もちろんさ。きみがほかに予定がなければだけど」

おれは表向き穏やかだったが、答えを待つあいだ、内心ではずっと、彼女に予定がないことを祈っていた。このままリアに立ち去ってほしくない、おれの人生から出て行ってほしくないと、本気で思っていたからだ。雷に打たれたも同然だった。それくらいあっというまに惹かれてしまった。

「ううん、とくに予定はないけど。でもあなた、買い物まだなんでしょ？」

おれは肩をすくめた。

「あとでもかまわないさ」

このスーパーマーケットのオーナーとは知りあいだった。五十代の図体のでかいイタリア人で、名前は知らないが、来るといつもおしゃべりする仲であり、常連客になって二年ほどになる。そこでそのオーナーに、袋に入れた商品をカウンターの後ろに置いてもらって、明日取りに来て代金を払うからと告げた。そのオーナーは、おれがリアを連れているのを見てウィンクし、訳知り顔で茶目っ気たっぷりににやりとした。おれたちが店を出るとき、そのオーナーは「今夜は楽しめよ」と大声でいった。

「で、この界隈にはどんな用で来たんだい？」通りを歩きながら、おれは訊いた。

「ゆうべ女友だちのところに泊まったの。もう帰るってときにその友だちから、この店に寄るといいわ、食材の品質がいいからっていわれて」

「たしかに品質はいいね。あの店の生ハムは、パルマ以外で売ってる生ハムのなかじゃ最高だ」

リアはにっこり笑った。

「その生ハム、あなたのせいで買いそびれちゃったわね」

「またいつでも買いに行けるさ」

リアはまた、いたずらっぽくはにかんで見せた。

「そうするかも」

おれたちは、近くにある地元の《オール・バー・ワン》という店に入った。リアはバカルディのコーラ割りを(ダブルで)何杯か飲み、おれはペローニビールをがぶ飲みした。リアは酒が強くて、おれは感心した。たがいに意気投合して、おしゃべりも弾んだ。何杯かグラスを干したあと、おれはリアに、なにか食べたくないかと訊いた。「とっても」とリアはいって、その目を輝かせた。おれはなにかが起こっているのがわかった。人はときどき、わけもなくわかることがあるが、このときのおれがそうだった。

おれたちは通りの先にあるタイ料理店で食事をし、おしゃべりを続けた。リアはもともとドーセットの村の出身であって、三年前にロンドンに来たことがわかった。リッチモンドの裕福な共働き夫婦の家で子守をするのが仕事だった。給料がよくて、週三百ポンド、しかもサーブ・コンバーチブルを使いたい放題。それを聞いておれは、自分の仕事に思わず疑問を覚えた。

それから話はリアの人生と旅行のことになった。リアは十代のころにポートランド沖でダイビングを習得し、南アメリカや中央アメリカでバックパックを背負いながら一年間ダイビンググしてまわったことがあった。

ウェイトレスが皿を片づけているとき、おれはリアに、ベリーズへ行ったことがあるかと訊いた。

「世界で二番めに大きいバリアリーフね」リアはにっこり笑って答えた。「行かないはずないでしょ」

「だと思った。きれいなところだからね。あそこに半年間配属されてたことがあるんだ」

「ということは、兵隊さん？」

「なんの因果か、そうだった。いまはもうちがうけど」

「どこで従軍してたの？」

「十五年間軍にいて、いろんなところへ行かされたよ。北アイルランド、第一次湾岸戦争のイラク、ボスニア、シエラレオネ、アフガニスタン。みんな見てきたけど、いくつかは見なかったほうがよかった」

「でも、ほんとは興味の尽きない仕事だったはずよ」リアはいいながら、おれの目をのぞきこんだ。女たちのなかには、男をいい気分にさせる話し方をするのがうまい女がいるといわれる。もしそうだとすれば、リアは芸術的なまでのうまさだった。

おれはワイングラス越しにリアを見つめ返した。

「そういうときもあった、それはまちがいない」

「どうしてやめたの？」

「女房に説得されてね。おれが何週間も、ときには何ヶ月もぶっ続けで留守にすることに、うんざりしてたんだ」

「奥さん？　まだ独身じゃないの？」リアはおれの左手のほうに目配せした。「指輪してないし」

「してないのは女房がいないからさ。二年前に別れた。軍を辞めてまもないころだ」おれは微笑んだ。「いざ辞めてしまうと、やっぱりおれが留守のときのほうがよかったらしい」

軍の生活が恋しいかと、リアは訊いてきた。

「ときどき」おれはそう答えて、その質問について考えた。「でも、また戻りたいと思うほどじゃない。年を取れば取るほど、ああいう高揚感はいらなくなるものさ。いまは民間人であることに満足している」

「そんなことないくせに」リアは茶目っ気たっぷりにいった。「あたしには、一、戦、交、えるのが大好きって感じに見えるけど」そしてワイングラスを降ろし、身を乗り出してきた。リアの顔がほんの数センチ前にあって、顔にリアの息が当たるのが感じられた。ミントの香りがした。

「ちがう？」リアは吐息交じりに囁きかけてきて、その囁きの裏にはなにかを強調するような響きが潜んでいた。テーブルの下で、リアの手がおれの腿を撫であげた。

正直にいおう。そのときすべての抵抗が砕け散った。もっとも、最初からそんな抵抗があったかどうか疑わしいことは認めざるをえない。おれたちはすぐにグラスを干して、支払いはおれが済ませた。

「うちに行こう」リアの手からしぶしぶ腿を離しながら、おれはいった。

一緒に引き返しながら、おれたちは手をつないで歩いた。暖かく快適な夜で、通りすぎる店々の窓からは音楽が流れてきた。おれは幸せな気分だった。一人暮らしが数年続いていて、それなりに人づきあいはあったものの、孤独感は増すばかりだった。それがいま、突然、美女と出会った。こんなにもあっさりと。ときとして幸運の女神が微笑みかけてくれることはあるのだ。そのときおれはそう思っていた。まさかその女神が、同じくらいあっさりとこの幸運を奪ってしまうことがあるなんて、これっぽっちも思っていなかった。

家に着いたとき、おれはリアのために玄関ドアを開け、彼女のあとについてなかに入り、ドアを閉めた。玄関ホールの明かりをつけたとき、リアはおれに手を伸ばし、身体を寄せてきた。そのキスは電気が走るように刺激的で、信じられないほど情熱的だった。たがいの手はいつのまにかあわただしく身体をまさぐりあっていた。まるで二人の時間がすぐに尽きてしまうのを、二人とも知っているかのようだった。脱いだ服は部屋じゅうに、まるで紙ふぶきのようにあちこちに散らばっていた。おれはリアの首筋、形のいい丸い乳房にキスをし、ひざまずいてその唇を下の平らなお腹へ這わせ、茂みの温《ぬく》もりを吸いこみ、リアの悦びの吐息をほしいままにした。

ようやく寝室へ行き、そこで激しく愛を交わした。その激しさには、二人とも驚くほどだった。終わってつかの間満足し、裸で抱きあったままおしゃべりしたりキスしたりしているうちに、ふたたび二人とも燃えあがってきた。

終わってまた休んでいたとき、リアがマリファナを吸ってもいいかと訊いてきたので、おれはかまわないよと答えた。するとリアは、巻紙三枚を使って太いマリファナを作り、おれにも吸わせてくれた。アフガニスタン以来久しぶりのマリファナで、おれが当時持っていたやつほど強くはなかったが、それでもおれは、全世界が自分の味方であって、自分や一緒にいる人間の言動のすべてがとてつもなくおかしいというマリファナ特有の気分になってきた。おれたちは大笑いし、セックスをして、その夜はまたたくまに過ぎていき、砂粒が砂時計のなかを落ちていくように、無情にも消え去っていった。

明け方近く、満足して疲れ、眠りのなかに入っていく前、おれはリアの額にキスをし、顎の白い肌を指でなぞった。リアはあの愛くるしい天使のような微笑を返してくれた。その瞬間、怖いほどの幸福感に包まれながらわかった。おれはこの女に、心底惚れていると。

翌日、おれたちは昼までベッドにいた。ようやく起き出したとき、リアはおれに、二人が出会ったスーパーマーケットまで送らせた。ピクニックをしたいというので、二人でサラミ、オリーブ、ピーマンの肉詰め、チャバッタパン、タレジオチーズ、そしてもちろんパルマの生ハムを買い、それを持ってハムステッドヒースへ行った。そこで陽だまりのなか、座って食べ、キャンティワインをひと瓶空けた。そしてとうとうリアは、リッチモンドの自宅に戻る時間だといった。

「明日に備えてお風呂に入ったりして、早めに寝ないと」

「また会えるかい？」おれは訊いた。リアが会えないと答えたら、きっと傷ついていただろう。だがリアは、会えないとは答えなかった。当たり前だ。

もし会えないと答えていたら、いまでも生きていただろう。

かわりにリアは、顔を近づけて、おれの唇にそっとキスしてくれた。

「あたしも会いたい」

おれはリアをリッチモンドまで車で送ってやった。リアがさよならといって歩き去ったとたん、おれは心にぽっかり穴が開いたようだった。恋人同士になったばかりの男女が、つかの間とはいえ別れざるをえないときに決まって感じる寂しさだ。ありがたいことに、おれたちはじきにまた会えた。翌朝おれが持っているBMWの販売店からリアに電話をかけ、その夜デートする約束をしたのだ。

それがここ三週間でどんどん深まっていった関係のはじまりだった。おれたちは住んでいる場所こそ離れていたが、少なくとも一晩おきに会っていたし、ここ数日は、うまくやっていけそうな気がしていた。おれは恋していた。リアにおれの家へ引っ越してきてほしかった。もっとも、そこまでは口に出さなかった――リアを怖《おじ》けさせたくなかったからもう何週間か待っているつもりだった――が、本気でそういいたかった。

最後にリアを見た記憶は、彼女がリッチモンドの家族のもとへ帰るためにおれの家を出た、水曜日の早朝だ。リアはその夜、友だちと会う約束をしていた。だが昨日木曜日のどこかの時点で、おれたち二人は会ったにちがいない。それがあの致命的な結果になったのだ。おれたちはどこへ行った？　なにをした？　いったいどうやってここに来たんだ？　こんな田舎のど真ん中の、リアが血塗れで死んだ惨殺の家に？

## 5

教えられた住所は、東ロンドンの一角にあった。一九八〇年代後半以降、イーストエンドの大半は再開発の道を着実に歩んできたが、その界隈だけは頑なに拒んできたらしい。大通りは古びてゴミが散らかり、すっかり忘れ去られた吹きさらしの感がある。道の両側に並んでいるのは、外に未回収のゴミ袋が置きっぱなしになった安っぽい持ち帰りの店や、ありとあらゆる役に立たない雑貨を一ポンド以下で提供するディスカウントショップ、そして一番多いのが、板が打ちつけられた人気《ひとけ》のない店舗だ。その正面は焼け焦げて黒ずんでいるか、落書きだらけだったり、チラシがべたべた貼ってあったりする。ある交差点には、第二次世界大戦で爆撃を受けたままいまも修理を待っているかのように、屋根が吹き飛んでギザギザの壁だけが立つ建物まであった。おれが行きたい家は、大きくなったブナの並木がある閑静な住宅地にあった。かつては華やかな通りだったにちがいないが、古びたジョージ王朝風のタウンハウスはとっくに荒れ果てて、白かった外壁も、いまでは大部分が薄汚れた染みだらけの灰色になりさがっている。

33番地の家——ほかの建物と大差なく、小さいカーポートを古いフォード・シエラが占めている——の前を通りすぎながら、なにか怪しげな動きがないか、なにかの罠を示すものがないか探しながら、走り続けた。

　ゲリラ戦、とくに北アイルランドの憎悪に満ちた紛争を経験したことのある兵士であれば、いやでも神経が過敏になる。ふつうの民間人にはできない方法で危険を察知できるアンテナが発達するのだ。そのアンテナがいまぴくぴくと反応しながら、おれに告げている。この通りは静かすぎる、まるで死んだみたいだ、と。気に入らない。そんな気持ちを落ち着けてくれるのが、腰の後ろのグロックと、ここに来る途中、家に寄って持ってきたケブラー製の防弾チョッキだ。一年前にこの防弾チョッキを買ったきっかけは、トテナムの少しだけ知りあいのカーディーラーが、高級メルセデス二台を盗もうとした覆面強盗を捕まえようとして、脚を撃たれたことだった。一人で遅くまで仕事をしているときにその防弾チョッキを着ようと考えていたが、結局使うことはなく、三百ポンドも払ったにもかかわらず、以来埃をかぶったままだった。いまのいままで。

　さらに車を走らせながらバックミラーを見て、道の両側に駐まった車のなかに、おれの存在に気づきそうな人間が乗っているかどうか確かめる。しかし、そんな気配はない。

　数百メートル先の隣接道路のひとつに、駐車する場所を見つけた。おんぼろの古いワーゲンバスと、家財ゴミがあふれ返った大型ゴミ容器のあいだだ。不気味なことに容器のなかには、大きな亀裂が走る巨大で長細いアフリカの木彫りの顔もある。その災いの目がおれに向けられているようで、おれは思わずその顔にいってやりたい気分になった。かまわないでくれ、災いの目ならもう間にあってる、と。

　あと少しで十二時十五分。奇妙なことだが、自分のほうが動いていて、一時的とはいえふたたび状況を支配しているおかげで、おれを打ちのめしたさっきまでの悲しみと衝撃がだいぶ弱まった。リアのことは頭から追い払おうとした。この事態を切り抜けて一人になったときに、いくらでも思い出す時間があるだろう。だがいまは、生き残ることに集中しなければ。

隣の助手席にはニューヨーク・ヤンキースの紺の野球帽があって——家から持ってきたものだ——それをかぶる。この界隈を映している公営の監視カメラがあるはずで、自分の姿がばっちりそこに映るのは遠慮したい。おれは庇《ひさし》を目深《まぶか》に降ろし、車から降りた。駐車した場所には駐車メーターがあって、数ポンド放りこむ。戻ってきたときに車輪止めをはめられていたらいやだし、ましてやレッカー移動されるのはごめんだ。おれはまた考えていた。いったいなにを受け取るのだろう。一番ありがちなのはドラッグだ。先入観で判断したくないが、この界隈にはそれがしっくりくる。もっとも、これだけの手間をかける以上、ドラッグだとしてもかなりの上物にちがいない。確実におれをここへ受け取りに来させるというだけで、殺人まで犯したのだから。そしてその点をあらためて考えると、ほかのものにも思えてきた。なにかとてつもなく価値があって、同時に危険なもの。なぜならそのブリーフケースをほしがっている人間は、自分でここに来ようとはしないからだ。それはまた、おれにこんなことをやらせている人間あるいは人間たちはおれの知りあいではないか、というさっきの疑いを裏づけることにもなっている。おれの知りあいなら、おれの訓練と経験が少ししか錆びついておらず、むずかしい状況から無事生還する可能性が、たいていの人間より高いことを知っているからだ。

自分が来た方向へ歩いて戻りながら、おれは見た目の汚いテイクアウト店、《エース・フライドチキン》に通りかかった。たぶんエースだろう。けばけばしいオレンジ色の看板のなかで

Aceの〝c〟が消えているし、Chickenの〝h〟もない。店の前の歩道にたむろしているのは十代のワルそうな少年五、六人で、みんなぶかぶかのトレーナーを着てフードをかぶっている。今日は暑くて日射しが眩しいし、気温はすでに二十六、七度はあるはずなのに、そんなふうに人相を隠しているということは、よからぬ事に関わっているということだ。二人はマウンテンバイクにまたがっていて、脂っこいチキンをみんなでむしゃむしゃ食べながら、笑ったりふざけあったりしている。そのなかの一人と目があって——せいぜい十六くらいだろうが、年のわりに図体がでかい——その少年は、フードの陰からおれを見定めていた。獲物を品定めする捕食者の目だ。おれはまったく興味なさそうな目で少年をたっぷり一秒見つめてから、目をそらした。と同時に、こっちがびくついていないことをわからせるため、足の速度を少し緩めた。ボディランゲージは、観察する人間にすべてを物語る。身体の動きや態度を自信にあふれた呑気な感じにすれば、人々はこっちが怖がっているのではないとわかって、ほとんど例外なく放っておいてくれる。そういう意味では、この少年と友人たちもちがわない。彼らはおれを無視し、自分たちの食い物とおふざけに戻った。街にはおれよりやりやすい獲物がたくさんいるのだ。

33番地の家の前で立ちどまる。窓は全部閉まっていて、人気《ひとけ》はなさそうだ。玄関に近づくと、クラクションの音がして驚いた。振り返ると、古いフォード・シエラの運転席に、背の低い皺だらけの白人男がいた。骨ばった手でおれを手招きしている。

おれは男に近づいていって、開いた車の窓にかがみこんだ。

「あんた、だれだ?」そう訊いた男の声は、甲高いくせにしゃがれていて、さながら十二歳のヘビースモーカーだ。しかも超のつくコックニー訛りで、最終的にきわめて風変わりな声になっている。

「ボーンだ」そう名乗れといわれたのを思い出して、おれは答えた。「ブリーフケースを受け取りに来た」

男は白っぽい充血した目で、慎重ながらもやる気なさそうに、おれを頭のてっぺんから足の先までながめた。おれは見つめ返しながら、こんなに見た目が奇妙な男を見るのは久しぶりだと思った。男の顔は、長くてまっすぐ伸びたネズミ色の髪になかば隠れていて、ピンク色の頭皮には吹き出物が見える。馬面の顔には深い皺が刻まれているが、なぜか年齢を感じさせない。たぶん四十から六十のあいだだろうが、まるで健康そうには見えなかった。樟脳《しょうのう》の臭いのする安っぽい茶色のスーツをはおって、その下にアイアン・メイデンのTシャツを着ているが、前は黒かったにちがいないそのTシャツは、いまではすっかり色褪せて、男の肌と同じ灰色になっている。

「場所をまちがってる」男はいった。

おれはそのとき、車内からうんざりするほど熱気が出てきているにもかかわらず、男が汗をかいていないことに気づいた。

「だったら、正しい場所はどこか教えてくれるか？」

男の目が下に降りた。

「そのケースの中身はなんだ？」

「おれが受け取りに来たものをそっちは持ってるのか？」おれは訊いた。

男の顔が歪んで不快な笑みになり、歯科医院の壁に貼ってある「矯正前」のポスターから飛び出してきたような、歯垢だらけの乱杭歯《らんぐいば》が見えた。

「金のことか？」

「おれが受け取りに来たものを持ってるのか、それとも持ってないのか？」

男はゆっくりと首を振った。

「いいや」ようやく男は答えた。「ほかのやつが持ってる。おれはあんたをそいつのところへ連れて行くんだ」

おれは横へどいた。男はドアを開けて、ゆっくりと車を降りた。

「あんたの名前は？」おれは訊いた。

「セルマンと呼んでくれ」男はそういうと、背を向けて、ついて来いと手招きした。

男は立ちあがっても身長百六十五センチ程度だし、歩き出したときは右足を引いて歩いた。全体に、会いたくなるような立派な人間じゃないが、男のスーツの背中に銃のふくらみが見えることからして、見くびられるのを楽しむタイプだろう。

おれたちは黙って通りを歩いた。男は左右に目を走らせて、周囲の状況に気を配っている。おれが男を信じてないのと同じくらいに、おれのことを信じてないのは明らかだ。イスラム系の服に祈りの帽子という格好をしたアジア系の子ども二人が、歩道をおれたちのほうへ歩いてくる。二人は元気におしゃべりしていて、すれちがうおれたちを無視していたが、セルマンの目は二人のほうをじっと追って、二人がただの通行人にすぎないことを確かめた。

「気をつけるに越したことはねえからな」セルマンは、おれにというよりも自分にそういった。

おれはわざわざ返事をしなかった。

五十メートルほど進むと、角の家の前で立ちどまった。ほかの家より荒れ具合が激しく、塗装はすっかりはがれ、古い窓は木枠のなかではずれている。家財ゴミや臭気を放つゴミ袋であふれ返った埃塗れの大型ゴミ容器がカーポートの真ん中にあって、その周囲はまったく手入れされておらず、イラクサなどの雑草が伸び放題だ。

「着いたぜ」セルマンはそういってポケットから携帯電話を取り出し、おれをその家のぼろい玄関ドアへうながした。おれが見ている前で、セルマンは短縮番号を押し、電話で話しはじめた。セルマンは相手の人物に、おれたちが到着して、おれが一人であることを伝えたが、玄関のブザーを鳴らしてドアを押し開け、おれをなかへ手招きしたあと、最後にもう一度通りに目を走らせた。

「こっちだ」セルマンはそういっておれを、壁に大きな焦げ跡がある廊下へ案内し、カーペットのないでこぼこした階段を二つあがっていった。

「いい家だな」剝き出しの板から突き出た釘にブーツが引っかかったとき、おれはそういった。

「おれたちの仕事にはこれが打ってつけなのさ」セルマンは例の甲高い奇妙な声で答えた。

建物内部は二つの世帯に分かれていて、どちらも人が住んでないらしい。階段をあがり切ると、狭い廊下の先にドアがひとつあった。セルマンはそのドアに近づいていって三回ノックし、一度待って、また三回ノックした。まもなく二つの錠が開く音がして、ゆっくりとドアが、十五センチほど開いた。太い金属チェーンの向こうから、ばかでかい図体らしき男のばかでかいスキンヘッドが、セルマンの肩越しにおれをにらみつけた。するとチェーンがはずされて、ちようどおれたちがなかに入れるくらいの幅でドアが開いた。

セルマンが横にどくと、そこは大きな散らかった居間であることがわかった。窓のブラインドは全部降りていて、室内の明かりは隅っこにあるテレビ画面だけだ。昼のドラマをやっていて、音量はほとんど聞こえないくらいまで下げてある。室内の三ヶ所で、別々に置かれた卓上扇風機がブンブンまわっているが、蒸し暑さを解消する役にはほとんど立ってない。

おれの右には、たったいまおれたちをなかへ入れてくれたあのスキンヘッドが立っていた。身長二メートルはあるにちがいないし、胴まわりも似たようなものだろう。着ているのはジーンズとぴちぴちのTシャツで、アメリカの警官風に、ショルダーホルスターで銃を携帯している。スキンヘッドはおれをにらみつけた。おれは無視した。

おれのすぐ左にはセルマンが立っていて、セルマンの向こう、隣の部屋につながっているわずかに開いたドアの前には、三人めの男が立っていた。とくに図体がでかいわけでもないのに威圧的で、プロらしい悪意のこもった目でおれを見つめている。茶色い髪は肩まで届く長さで、その髪型は、たしか一九八五年ごろにフーリガンのあいだで流行り、それ以後はファッションを気にするほとんどの人間に人気がない。男が着ているのはぶかぶかの紫色のスーツで、白いシャツの上のボタンを留めずに着ているが、ふつうよりボタン二つ多く開けすぎだ。首には太い金のネックレスがあって、全体に時代遅れのシャツの開いた隙間から、ふさふさの濃い胸毛が見えて、見た目は『マイアミ・バイス』から飛び出してきたギャングを思わせる。

部屋の端のほうには、四人めの男がいた。ドアに向かいあう形でコーヒーテーブルを前にし、隣に一台の扇風機がある。その顔は、薄暗がりのなかでシルエットになっていた。この男がボスだと、すぐにわかった。その証拠に、男はおれのボディチェックをするよう、セルマンとスキンヘッドに命じた。

セルマンは、安っぽいスーツの後ろから銃身を切りつめたシングルバレルのショットガンを引き抜くと、おれの腹部に銃口を向けた。おれはブリーフケースをしっかり握っていたが、スキンヘッドがおれのほうにやってきて荒っぽくボディチェックをし、即座にグロックを探し当てるあいだ、抵抗しなかった。そしてスキンヘッドにグロックを取らせた。スキンヘッドはボスに見せるため、グロックを高く掲げた。

「こっちへ寄こせ」四人めの男はいった。

スキンヘッドは暴発のおそれがないと確認してから、ボスにグロックを放り投げた。ボスはヘビのようにさっと片手を出し、グロックの握りをつかんで取った。

「ほう」感心したようにボスはいった。「グロック19か。いい銃だな」ボスは手のなかでくるくるとまわし、グロックを品定めして、コーヒーテーブルに置いた。

その男がしゃべるのを見ながら、おれは自分の耳が信じられなかった。まちがいでなければ──まちがってない確信はあった──おれは目の前にいる男を知っている。その声には聞き覚えがあった。かすかに西部地方の訛りがあって、そこに潜む自信は尊大さに近い。おれと同じパラシュート連隊にいた男だ。男は隊長だった。それほど深いつきあいじゃなかったが──男のラストネームさえ覚えてない──おれたちはともに兵士であり、その事実はいつまでたっても重みがあるのだ。

「やあ、イアン」おれは声をかけた。

男は座ったまま身体を強ばらせた。それから手を伸ばして、スタンドのスイッチを入れた。

そのとたん、おれの確信は裏づけられた。まちがいなく軍で一緒だったあの男だ。記憶にあるより痩せているし、髪はブロンドに脱色してあって、下唇から顎にかけて生やした薄い顎ひげも脱色してあるが、たしかにあの男だ。驚きの顔の下に、緊張が刻まれている。おれは、ほっとしたほうがいいのか激怒したほうがいいのかわからなかった。そこで結局、両方することにした。

男は目を細めておれを見た。

「タイラー、なのか？」その口ぶりからして、おれがだれだかわかるらしい。「おいおい、こんなところでなにやってるんだ？」

「おれがここに来た理由はわかってるだろう」おれは答えた。

ほかのみんなも驚いている。

「チーフ、こいつを知ってるのか？」セルマンが訊いた。

「ああ、おれたちは知りあいだよ」おれは答えた。

イアンは首を振って、こういった。

「まさかおまえがあいつらの仲間だとは。意外だな」

「おれはだれの仲間でもない」おれはそういって、三人のボディガードを見やった。その男たちの前ではあまりおしゃべりしたくなかった。「二人きりで話せるところはあるか？」

イアンは不審そうな目でおれを見た。

「まさかおまえ、おまわりじゃないよな、タイラー？」

「もちろんさ。わかるだろ」

「おまわりとグルだとか」

「おれはだれともグルじゃない」

「しかし、おれがほしいものを持ってるんだろ？　金だよ」

しゃべりながら、イアンの目がぎらりと光った。おれはかつて軍のなかで駆けめぐったある噂を思い出していた。イアンはギャンブル好きで、過去に競馬で大金をすったことがあるというのだ。兵士という職業は、莫大な経済的損失に耐えられるようなものじゃない。仕事自体に潜む危険のひとつが突然の暴力的な死であることからすれば、むしろ給料はかなり安いほうだ。だからこそイアンは、新しい仕事に手を染めたのだろう。いまからおれが渡す金の額からすると、それはかなり実入りのいい仕事らしい。

「おれが取りに来たものはあるのか？」おれはイアンに訊いた。

イアンはその質問を無視して、スキンヘッドに命じた。

「携帯電話を持ってるかどうか確かめろ」

スキンヘッドは黙ってボディチェックを続け、おれが与えられた携帯電話を抜き取った。

おれはスキンヘッドの手首をつかんだ。

「確かめるだけで、取りあげる必要はないはずだ」スキンヘッドの目を見て、そういった。

おれはできるだけ穏やかにしているつもりだったが、黙って愚弄されているつもりはないし、この携帯電話は持っていなければならない。いまのところ、おれの唯一のライフラインなのだ。

スキンヘッドとおれはじっとにらみあった。おれは身体に力を入れ、いつでも殴りかかれるようにした。いざとなれば、自由なほうの手を使ってスキンヘッドの左耳すぐ下にある圧点を突き、スキンヘッドがひざまずいたとたん、後ろの腰を膝で砕く。図体のでかい男であることはまちがいないが、やり方さえ心得ていれば倒せない相手などいないし、おれはそのやり方を心得ている。たとえいま、最高の調子じゃないにしても。

「タイラーには気をつけろ」イアンがスキンヘッドにいった。声にかすかに面白がるような響きがある。「怒らせたら危険な男だ。タイラー、こっちはその携帯電話の電源を切ってもらいたいだけなんだ。安全上の理由で。最近は携帯電話でなんでもできてしまうからな。録音可能なマイクにするとか。おれはだれにも盗聴されたくないんだ」

「いっただろ、おれはおまわりじゃない」

「おまわりだけとはかぎらないぞ、盗聴できるのは」イアンは謎めいた答えをいった。

そのとき、スキンヘッドが口を出した。

「おれの手首を離せ」かろうじて怒りを抑えている声だ。「さもないと腕をへし折るぞ」おれはそのとき、スキンヘッドに東欧訛りがあることに気づいた。

「そいつに電源を切らせてやれ」イアンはおれにいった。「そしたら返してやる。いいだろ？」

おれはスキンヘッドの手首を離した。むやみに対決姿勢を押し進めても意味がないのはわかっている。スキンヘッドは携帯電話の電源を切ると、叩きつけるようにしておれの手のひらに置いた。おれはそれをジーンズのポケットにしまった。

イアンはおれのほうを見た。イアンの目に動揺が見える気がした。

「ほんとにこれが望みなのか？　このなかに入ってるものが？」イアンはそういうと、テープルの下にかがみこんで、赤茶色のブリーフケースを取り出した。おれが持っているものより小さい。イアンは慎重にそれを、目の前のテーブルの上に置いた。

「おれが望んでるのは、あんたと話をすることだ」おれはいった。

「話すことって、なんだ?」

「こいつは金を持ってんのか、それとも持ってねえのか?」セルマンがいった。「報酬はちゃんと払ってもらうぜ、チーフ」

「おまえの取り分はちゃんとやる、セルマン」イアンはセルマンにいった。

「あんたと二人きりで五分だけ話したい、それだけだ。じつはいま困ったことになってるんだ。だから昔のよしみで、おれの頼みを聞いてくれ」

イアンは数秒間黙りこんでいたし、正直にいえば、イアンはおれになんの義理もない。たいして仲のいい間柄とはいえなかった。くそ、まだイアンのラストネームさえ思い出せない。だがそのとき、イアンはゆっくりうなずいて立ちあがり、グロックと赤茶色のブリーフケースを持ちあげた。

「隣のキッチンへ行こう」

「チーフ、本気か?」セルマンが迫った。「なにかの策かもしれねえぞ」

「この男は銃を持ってない。玄関ドアを見張って、だれも入ってこないようにしろ」

イアンはついてこいとおれに手招きし、マイアミ・バイス風の男が守っているドアへ行った。マイアミ・バイス自身は、おれとイアンとのやりとりにも完全に無表情で、おれたちが通りすぎるときには横にどいてくれた。

イアンが頭上の棒状蛍光灯をつけ、ドアを閉めると、そこは狭くて古いキッチンで、リノリウムの床のあちこちに穴や裂け目があった。片隅には小さなテーブルと椅子二脚が置かれていて、おれたちはそこに向かいあって座った。おれは自分が持ってきたブリーフケースを横に置き、イアンも自分のブリーフケースを横に置いた。近くで見ると、イアンに元気がないことに気づいた。肌が赤みがかって染みだらけだし、コットンシャツはひどく汗に塗れて、ところどころ貼りついている。かなりの緊張下にあるのは明らかだ。

おれは自分の額から汗を拭った。キッチンは窓がなくて蒸し暑いし、頭上の蛍光灯はかすかに苛立《いらだ》たしい唸《うな》りをあげている。

「で、タイラー、話ってのはなんだ？」イアンは訊いてきた。

「あんたの助けが要る」おれは打ち明けた。「おれは恋人を惨殺されたうえに、その濡れ衣を着せられてるんだ」

「そいつはかわいそうにな」

「おれをはめたのがだれか、どうしても突き止めたい」

イアンは首を振った。

「力にはなれない」

「あんたが売ろうとしているのはなんなんだ？」

イアンの顔色が変わった。まるでその顔に影がよぎるかのようだ。

「おまえが絶対目にしたくないものだ。保証する」

「もちろん見たくなんかないさ。それがなにか知りたいだけだ」

イアンは溜め息をついた。

「いいか、タイラー、おれはおまえのことを気に入っていた」と切り出されたが、おれ自身はそんなに好かれていた印象はない。「だがおれ自身もいま面倒なことになってるし、おまえをはめたのがだれなのかもわからない。おれがいわれたのは、だれかが今日ここに、現金十五万ポンド持ってこのブリーフケースを取りに来る、それだけだ。十五万、持ってきたか？」

「おれの力にはなってくれないんだな、イアン」

「いっただろ、なれないんだ」

「あんたが面倒なことになってるとすれば、おれがその力になれるかもしれない」

イアンは微笑んだが、その笑みはあざけりに近かった。

「いいや、おまえはおれの力にはなれない。だれもな。だからおれにはその金が必要なんだ。おれは完璧に終わってる。目をつけられてる要注意人物なのさ」

「なにをやらかしたんだ？」

イアンはテーブルの上で両手を組んだり解《ほど》いたりした。玉の汗が頰を伝い落ちて、その表情にはかすかに苦痛の——それとも恥ずかしさだろうか？——色がある。

「ある男のある弱みを握った」イアンは静かにはじめた。目がなにかを見るわけでもなく、きょろきょろ動いている。「その男の悪事さ、当人を破滅させるだけのな。だがおれはそいつの人生を破滅させるのではなく、そいつに救いのロープを投げた。金と引き換えに、その男は自分の弱みを取り返すことができるってわけだ」

「その男を脅迫してるんだな？」

イアンはコットンシャツのポケットからマルボロの箱を取り出し、一本火をつけたが、両手が震えている。

「そういう言い方もできるかもな」

「そうとしかいえないだろう。で、その男はだれなんだ？」

「ある実業家だ。おまえの恋人の死に関わったりしない男だ。あの男はそういう人間じゃない。汚れ仕事には距離を置くほうなんだ」

「どうしてそこまで確信できる？」

イアンは怒ったようにタバコを二度吸った。

「確信してるからさ、そうだろ？ あのな、マックスウェルとスパンを覚えてるか？」

おれはうなずいた。二人ともおれの部隊仲間で、のちに裏社会の警備関係の仕事に飛びこんでいった。マックスウェルとスパンを忘れるやつはいない。

「あの二人がどうなったか聞いたか？」

「ボディガードの仕事中に殺されたんだろ？」

「そのとおりだ。三年前、パリのホテルでな。二人はペントハウスのスイートルームで、ある大物ロシア人マフィアのボディガードをしていた。そのロシア人はなにかの契約にサインするために二、三日パリに滞在する予定だったが、山ほど敵を作るタイプの男で、そういう敵の一人が男を抹殺する契約をしたという噂が流れた。モスクワよりは警備が甘くなるからヨーロッパで消したほうがいい、という考えだが、その噂が耳に入ると男はパニックになって、警備を徹底させることにした。人と会う場所には防弾ガラスの車に乗って警察の先導で行ったし、ホテルには蟻一匹忍びこめないようにした。男と側近たちは最上階を借り切って、エレベーターと階段には監視カメラを隙間なく設置し、ホテルじゅうに地元の憲兵隊を配置した。殺し屋が入りこめるような隙はなかった」

「しかし、だれかが忍びこんだ」

「そのとおり。翌朝掃除夫が、そのロシア人がベッドで喉元を耳から耳まで搔っ切られて死んでいるのを発見した。寝室の外では、スパンが見つかった。同じように喉を切られ、その傷は首がちぎれそうなほど深かった。スパンの手にはまだ銃が握られていて、発射された形跡はなかった。マックスウェルは廊下のほうにいた。同じように銃を持ったまま、同じように殺されていた。争った形跡はない。一人ずつ、完璧な不意打ちだった。三人とも、気づいたときにはすでに喉をナイフで切られてたようだ」イアンはそこで間をおいて、ひとくちタバコを吸った。

「マックスウェルとスパンは……あの二人はプロだったってのに」

「わかってる」たしかにおれの記憶にある二人は、簡単に不意打ちを食らったりしない猛者《もさ》だった。

「そのロシア人暗殺で厄介なのは」イアンは続けた。「その殺し屋がまったく手がかりを残してないことだ。なにひとつ残ってない。まるで幽霊のようにすっと入って、また出て行き、すべての監視カメラと警備の前をすり抜けていったんだ。だれもなにひとつ見てないし、なにひとつ聞いていない。その結果、その殺し屋は、警察関係者のあいだじゃ吸血鬼《バンパイア》って呼ばれはじめてるんだ。超自然的な力を持ってるかのように見えるからさ。どうも警察は、ヨーロッパじゅうの暗殺事件をそのバンパイアと結びつけてるらしい。その殺し屋の手口がほとんど同じなんだ。標的の喉を耳から耳まで掻っ切るって手口がな。一年ほど前にはイラン人に雇われて、イスラエルの外交官とその家族を殺害したそうだ。イスラエルによるレバノン空爆で革命防衛隊の兵士数人が死んだ事件の報復としてな。その外交官の家族みんな、子どもたちまで、喉を切られた。バンパイアがだれなのか、どんな風貌なのか、だれも知らない。姿が見えないんだ。悪夢から出てきたかのように」

　おれは正気を失いそうだった。その話のおかげで、愛するリアと、あのむっとくる血塗れのチンツカーテンのある部屋でリアに行われた残虐行為が、脳裏に甦ってきた。

「なんでそんなことをおれに話してるんだ？」おれは訊いた。

「噂を聞いてるからだ。おれがこのブリーフケースを売ろうとしてる男は……」イアンは一瞬言葉を呑み、おれたちはタバコの煙越しに見つめあった。イアンの目は憑《つ》かれたように灰色で、おれはいわれる前から、イアンがなにをいうかわかった。「バンパイアを雇って、おれを狙ってるとな」

6

「そうか」おれはようやくいった。「だがおれはバンパイアじゃない」

　イアンは身を乗り出してサイドボードから灰皿を取り、タバコをもみ消した。

「おまえがバンパイアじゃないことはわかってるさ。少なくともそう確信してる。だがいずれやつは来るだろう。だから保険をかけてあるんだ」

「どんな保険だ？」

イアンは赤茶色のブリーフケースを持ちあげると、取っ手がおれのほうに向くようにしてテーブルに置いた。

「だれかがまちがった暗証番号を入れたら、こいつは粉々に爆発するだろう。無理やりこじ開けようとしたときもな。なかにPETNプラスチック爆弾のでかい塊が入ってて、このブリーフケースの錠のメカニズムとつながってるのさ。これが見えるだろ？」錠の隣で親指ほどの黒い台についている小さな赤いライトを、イアンは指さした。「これが点いてるってことは、爆弾が生きてるってことなんだ。おれは取引する相手の男に電話をかけるつもりはないし、二時半まではそいつにアクセスコードを教えるつもりもない。てことは——」イアンは腕時計を見た。「——おれがここを出るまであと二時間ほど。それをすぎたら、おれはおだぶつだってことさ」

「中身は相当貴重なものだな」

「そいつにとってはな。ほかにもある。昔のよしみで教えてやろう」

「そいつはうれしいが、だからって、あんたの足に感謝のキスをしたりしないぜ」

イアンは目を半眼にした。どうやら怒らせたらしい。

「ほざきやがって。こっちはおまえの力になる必要なんかないんだからな。いいか、よく聞け。今日の午後二時半に、このブリーフケースのそばに立ってないようにしろ。おまえが大切に思う人間もだ。こいつは携帯電話で爆発させることができるから、おれの取引相手は、その番号を手に入れたとたん、遠くからこのブリーフケースを爆破できるんだ」

おれは怒って身を乗り出し、イアンの腕をつかんだ。その腕は汗で濡れていた。

「その取引相手の名前はなんだ、イアン？　そいつの名前をどうしても知りたいんだ」

「いっただろ。教えられないんだ。たとえこの命と引き換えてもな。さあ、その手を放せ。さもないと手下三人を呼ぶぞ」

おれは選択肢を天秤にかけようとしたが、選択肢がないのが現実だったので、イアンのいうとおりにした。

イアンはシャツのポケットから、タバコをもう一本取り出した。

「金は持ってるのか、タイラー？」

おれはゆっくりとうなずき、自分のブリーフケースをテーブルに置いて錠を開けると、くるりとまわして、イアンのほうに取っ手が向くようにした。イアンはブリーフケースを開け、その目で札束を確かめると、顔に笑みを浮かべ、強ばっていた表情を少し和らげた。束のひとつを手に取り、畏怖に近い目で間近に見入っている。そのため、キッチンのドアが開く音を聞いていなかった。

だがおれには確かに聞こえて、振り向くと戸口の隙間から、水面に顔を出したカエルのように、セルマンのいびつな頭がぬっと出てくるのが見えた。セルマンの目はまっすぐ札束に飛んで、その顔に、イアンとそうちがわない物ほしげな表情がさっとよぎって、さっと消えた。部屋のなかは貪欲さに満ちあふれていて、おれに関していえば、それはたいてい厄介事を招くのだ。

「万事順調かい、チーフ？」お定まりの質問をするような口ぶりで、セルマンは訊いた。

イアンはぎろりとにらみつけて、ブリーフケースを閉じた。

「邪魔するんじゃない、セルマン。必要なときはこっちから呼ぶ」

セルマンはこくりとうなずき、ドアの隙間から頭が引っこんだ。

「あいつらいったい何者なんだ？」おれは訊いた。

「警備の人間だ」

「あの程度の連中しか雇えなかったのか？」

「昔の知りあいはだれも巻きこみたくないんだ。だから、ああそうさ、あの程度だが、そのなかでも最高の連中だ」

「やつらから気を抜くなよ。どうやらあんたの金を狙ってるらしい」

「心配は無用だ」イアンはそういって立ちあがった。「おれはだれに対しても気を抜くことはない」イアンは札束の入ったブリーフケースを取って、テーブルの上のブリーフケースを手ぶりで示した。「そいつはもうおまえのものだ、タイラー。なにをするにしても、扱いは慎重にな。好奇心に駆られて開けようとしたりするなよ。その爆弾は作りが完璧だからな。そして覚えておけ、二時半までには、少なくともそいつから六十メートルは離れてるんだ」

「忘れないよ」そういって、おれも立ちあがった。

「じゃあ……幸運を祈る」

イアンの言葉にはぎこちない響きがあった。口ぶりではおれに同情したがっているものの、内心は自分の身を守ることのほうがはるかに大事なのだ。軍隊時代、おれたちはチームとして動くことを教えられたが、隊長はとっくにその教訓を忘れてしまったらしい。いまおれたちは、完全に別々の任務についている二人の人間だった。

「銃を返してもらえるか?」おれは訊いた。

イアンは一瞬迷った顔をし、それからジーンズのウェストバンドに手を伸ばして、返してくれた。

イアンにとって、それは致命的なミスとなったかもしれない。おれはその銃をイアンに向けてそのこめかみに銃口を押しつけ、冷たい静かな口ぶりで、もし五秒で取引相手の名前を教えなければ薄汚いキッチンのカウンターじゅうにおまえの脳みそをぶちまけることになるぞ、と告げたかもしれない。しかし、イアンがしゃべらないのはわかっているし、おれがそれをわかっているのをイアンもわかっている。もっと重要なのは、おれが引き金を引けないのをイアンはわかっていることだ。おれたちはともに従軍した。それほど深いつきあいじゃなかったかもしれないが、それでも軍でともに戦った義兄弟だし、平然と人を殺したりしないよう訓練されたのだ。

問題なのは、おれの確信によると、イアンの取引相手はリアを殺害した人物であり、その罪をおれに着せた男だということだ。おれはその人物を知る必要がある。いまはそれ以外のことはどうでもいい。

「ひとつだけ頼みを聞いてくれ」おれは、キッチンのドアに向かいかけたイアンにいった。

「なんだ?」イアンは振り返らずにいった。

「二時半をすぎたら電話して、取引相手の名前を教えてくれ。それならあんたにとって問題はないはずだ。あんたは消えてるわけだからな。しかし、おれにとっては大きな助けになる」

イアンは振り返らないまま、訊いてきた。

「おまえの電話番号は？」

おれは自動車販売店の名前と場所を教えた。イアンは書き留めるそぶりを一切見せなかった。かわりに、ただこう答えた。

「わかった」

「ありがとう」イアンが頼みを聞いてくれるのを信じる以外に選択肢はないとわかって、おれは礼をいった。

イアンは黙ってキッチンを出て行こうとした。少なくともドアを開けるまでは。だがドアを開けたとたん、罵《ののし》り言葉を吐いて立ちどまった。

スタンドのスイッチは切られ、扇風機も止まっている。部屋のなかは、また暑くてじめじめした暗がりに包まれていた。玄関ドアの近くには、横向きに横たわって胎児のように丸くなったまま動かないセルマンがいた。右手には、壁に寄りかかるようにして床に座っているマイア・バイスがいた。両手がだらりと下がって、頭が前に倒れている。左手には、スキンヘッドがソファに顔をつけて横たわっていて、ソファから出ている足しか見えない。

静寂が、耳のなかで鳴り響いていた。おれはグロックを強く握りしめた。玄関ドアが数センチだけ開いている。

「しまった」イアンがうわずった声でいった。「とうとう来たか。あいつはここにいるぞ、タイラー」

イアンはジャケットに手を入れ、慌てて自分の銃を探した。

自分の心臓が胸を叩くのが聞こえてきて、落ち着きを失わないよう自分にいい聞かせなければならなかった。軍隊時代に覚えたもっとも大事なことのひとつは、恐怖を特定して純粋な集中力に変えることだ。戦闘兵士の世界は予測のつかないことだらけで、自分になにが投げかけられようと冷静に反応しなければならない。だがイアンはとっくにそんな教訓を忘れてしまったのか、パニックに近い顔をしている。

おれはグロックを構えて暗がりに目を慣らし、じっくり部屋を見まわして、見えない敵を探した。

そのとき、はっと気づいた。

血が一滴もない。

「罠だ!」おれは叫んだ。

だがセルマンのほうが速かった。床に丸まった姿勢からくるりと身体を起こすと、腹に隠し持った銃身の短いショットガンを持ちあげて、一瞬のためらいもなく引き金を引いた。

銃声が耳をつんざき、イアンはその銃弾をまともに食らった。身体が床から浮きあがって、ソファに叩きつけられた。札束の入ったブリーフケースがイアンの手を離れて飛び、床に落ちた。イアンは自分の銃を持つこともできなかったのだろう。銃が落ちるところは見えなかったし、落ちる音も聞こえなかったからだ。セルマンは引き金を引いて二発めを撃ち、イアンは首を鞭《むち》のように後ろにしならせると、床にくずれ落ちた。

マイアミ・バイスも速かったが、セルマンほどではなかった。おれを狙ってくるのはこいつだとすでに見当をつけていて、おれのグロックは照準をあわせていたのだ。マイアミ・バイスが戦闘アドレナリンで目を剝きながら頭をあげ、銃を構えると同時に、おれはその顔に二発お見舞いした。

つぎにセルマンに狙いをつけた。同時に視野の隅で、ソファのスキンヘッドが起きあがるのが見えた。ショルダーホルスターから抜いた銃を両手で握りしめている。セルマンは、半秒だけ有利だとわかって、勝ち誇ったように笑みを浮かべていた。まったくプレッシャーを感じていないらしい。この暗がりのなかでも、セルマンの皺だらけの顔つきに余裕が見て取れる。この戦いは自分の勝ちだと完全に思いこんでいるのだ。そして、そのとおりでもある。セルマンが引き金を引く寸前、おれは自分が遅すぎたことがわかった。

ショットガンが火を噴いた瞬間、銃声が壁に響き渡り、おれはみぞおちのあたりに途方もない痛みを感じて、そのままキッチンのほうへ弾き飛ばされた。持っていたブリーフケースが飛んでいって食器棚にぶつかり、両脚から力が萎《な》えていった。おれは鉛の錘《おもり》が落ちるようにくずおれ、ひび割れたリノリウムの床に肩甲骨から倒れこんだかと思うと、横向きに転がった。グロックが空しく手から落ちた。息を吸おうとしてもまったく入ってこないし、視界はぼやけ、揺らいでいる。生きて笑い声をあげるリアの姿が脳裏に浮かんだが、瞼は閉じて、身体の力は抜けていった。

# 7

「よし、ずらかるぞ」セルマンは小声でいいながら、脚を引きずって、札束の入ったブリーフケースのほうへ行った。「近所のだれかに通報される前にな」

「そこにいくら入ってるんだ？」スキンヘッドが訊きながらソファの後ろから起きあがり、ショルダーホルスターに銃をしまった。

「十五万だ。二日の仕事にしちゃ悪くねえ」

「七万五千ずつか。上出来だぜ。イワノフはどうする？」

「どうしようもねえだろう。もうおだぶつだ」セルマンはブリーフケースを拾いあげた。「やつが身元を明かすようなもんを持ってるかどうか確かめろ。もし持ってたら回収するんだ。おれたちとのつながりがだれにもわからねえようにな」

スキンヘッドはうなずいて、倒れた仲間の横でしゃがみこみ、安っぽい紫のスーツのポケットを探った。

「それにしても、ああやって死んだふりするなんて、妙な計画だったな」スキンヘッドはいいながら、作業に没頭していた。

「だが、うまくいっただろ？」セルマンは答えながら上体をかがめて、ショットガンでスキンヘッドの頭を撃ち、スキンヘッドの額から脳みそが吹き飛んだ。「クズ野郎が」セルマンは甲高い声で笑いながら、ショットガンをスキンヘッドから離した。「どいつもこいつもクズ野郎だ。あんたもさ、チーフ。おふくろにいわれなかったか？　バンパイアなんてもんは存在しねえんだってよ」

セルマンは脚を引きずって、いま話しかけている男の死体のほうへ行った。ただ、男はまだ完全には死体じゃなかった。イアンはまだ浅く息をして、目が開いていた。唇の端からはゆっくりと血がこぼれている。

「おやおや、まだ死んじゃいなかったようだな。死んだふりをしていれば、おれが気づかないとでも思ってたのか？　悪いガキだぜ、チーフ。じつに悪賢い。だが残念ながらこちとら完璧主義者でね、金輪際生かしておきたくねえやつがあんたなんだよ」

「くたばれ」イアンは喘ぎながらそう毒づいた。

「おいおい、そりゃ失礼ってもんだろう」セルマンはくっくっと笑いながら、ショットガンの弾を込め、自分が持つ支配力を楽しんでいた。

「さあて、今度はちょっと痛えかもな」セルマンは弾倉を叩きこむと、狙いをつけた。

「こっちほど痛くはないだろう」おれはいい放ちながら、両手でグロックを握りしめて起きあがった。

セルマンはくるりとおれのほうを振り向いた。皺だらけの顔に怯えた表情が浮かんでいる。形勢が逆転したことに気づいたのだ。暗がりのなかで、セルマンの目が狡猾《こうかつ》な動物のようにきらめいた。すぐに撃ってくるとわかったので、先に引き金を引き、額に二発お見舞いした。

長い一瞬、セルマンはじっと立ち尽くし、おれの目を見つめて、それから擦り切れたカーペットに崩れ落ち、ぶざまな形で横たわった。

おれはゆっくりと立ちあがった。着ていた防弾チョッキは銃弾の衝撃を吸収してくれたかもしれないが、なんともないはずはなく、胸がだれかに釘を打ちこまれたように痛かった。おれはイアンのほうへ歩いていき、その途中でセルマンに蹴りをくれてやり、ちゃんと死んだことを確認した。イアンの横にかがみこむと、イアンは二発撃たれていて——一発は腹に、一発は胸に——シャツはすでに血塗れだった。顔はシーツみたいに真っ白で、呼吸はどんどん苦しげになっている。だがその目には、まだ鋭さが残っていた。

イアンはおれを見あげた。

「くそ、タイラー、しくじっちまったぜ」

「だいじょうぶだ。いま救急車を呼んでやるからな」

「もう手遅れだ」イアンは喘ぎ声で、おれの考えと同じことをいった。

イアンは咳こみ、口からさらに血があふれ出た。それから身体をジャックナイフのように折って、咳こみながらうつ伏せになった。背中にメロン大の射出口が二つ見えて、内臓と骨がそこからのぞいていた。助けようがないのは明らかだった。

だがおれには、まだ助かる道がある。

「名前は」おれは顔を近づけてイアンに訊いた。「取引相手の名前はなんだ?」

イアンは仰向けになろうとして、できずにいた。そこでイアンの肩をつかみ、そっと横向きにしてやった。その目はもはや焦点を結ばず、口もとはだらしなく開いている。

「教えてくれ、取引相手の名前を。それと、ブリーフケースの暗証番号を。頼む」

イアンはしゃべったが、それは不明瞭な、最期の言葉だった。

「神よ、許したまえ」

イアンの頭は、がくっと落ちた。

すぐさま脈を探る。なかった。必死に心臓マッサージをする。が、なにも起こらなかった。

ようやくおれは、避けられない状況を受け入れた。イアンは死んだ。深々と溜め息をついて立ちあがった。部屋はとっくに暑苦しかったが、いまは死の臭いが満ちはじめている。おれは四つの死体を見まわした。どれも不自然な格好をしている。スキンヘッドは膝をついて、キスするかのようにマイアミ・バイスにかがみこんでいる。その片手は、身元がわかるものを探してマイアミ・バイスのジャケットのポケットに入ったままだ。スキンヘッドの額の欠けた部分から血があふれ出て、マイアミ・バイスの脚にぼたぼた落ちている。その音以外、部屋にはなにも聞こえない。

四人が死んだ。たかが十五万ポンドのために。そんな端金《はしたがね》じゃ、このごろのロンドンでは納屋ひとつ買えやしない。おれはその空しさに思わず首を振って、札束が入ったブリーフケースを見おろした。そのブリーフケースを拾いあげて自分のものにし、その金額分だけ金持ちになってここを出ることもできる。が、それでどうなる? 血で汚れた金だし、リアが死んでしまったいま、その使い道すら思い浮かばない。おれが受け取りに来たもうひとつのブリーフケースのほうが、はるかに重要だ。なぜならそれが、この件の黒幕へとおれを案内してくれるからだ。

しかし、それを拾いあげようと振り向いたとたん、状況はさらに悪いほうへ向かった。一歩も踏み出さないうちに下の階で大きな音がして、この家の玄関ドアが蝶番《ちょうつがい》から叩き壊されたのがわかった。すぐに、恐れていた怒声が聞こえてきた。

「警察だ！　動くな！」

靴音がカーペットのない剝き出しの床を叩き鳴らし、階段を上がってくるのが聞こえる。動きが速い。つまり、警察は向かう先がわかっている。

そしてさらに悪いことに、探す人間をわかっている。

8

階段の靴音が大きくなってくるとき、おれは頭をフル回転させた。正面玄関からは出られない。残る選択肢はただひとつ、裏手だ。おれはキッチンに飛びこんで、中身がまだわからない赤茶色のブリーフケースを拾いあげた。キッチンの先には短い廊下があって、一気にそこを駆け抜け、ベッドも家具もない寝室に入る。窓枠のペンキが剝げ落ちた古い開き窓から見えるのは、同じくらい古びたバルコニーと、道を挟んだ向かいの家の裏手というとうてい魅力的とはいえない景色だ。開き窓の取っ手をまわしてみたが、錠がかかっていて、鍵も見当たらない。背後から、近づいてくるおまわりたちの怒声が聞こえてくる。ほんの数秒で追いつかれそうだ。

銃撃戦からまだ数分しかたってないのに、どうすればおまわりたちがこんなに早く来るのか、おれには見当もつかなかった。

一歩下がって、開き窓の真ん中に空手の蹴りを繰り出す。錠が壊れて、窓が外へ開いた。そこを走り抜けて、バルコニーの木製の手すりによじ登る。眼下に、MP5カービン銃を肩にかけて官給の帽子をかぶった私服警官二人が、隣家との塀を乗り越えてくるのが見えた。隣接する道路には少なくとも警察車両二台が駐まっていて、サイレンの音が遠くからいくつも集まってくるのが聞こえる。バルコニーの手すりは不気味な軋《きし》みを立てたが、おれはなんとか反対側へ降りて、一番下の部分に片腕を引っかけてぶらさがると、下のパティオまでの最後の三、四メートルを飛び降りた。着地の要領は、両膝を曲げて衝撃を和らげ、横に転がる――パラシュートの着地と同じだ。降りた瞬間、足首からふくらはぎへと電撃のような痛みが走って、肩が敷き石にしたたかぶつかった。だが怪我はなく、すぐに起きあがって、庭と隣家の敷地の裏とを隔てるフェンスに向かって走った。

「止まらないと撃つぞ！」武装したおまわりの一人が背後から怒鳴った。

言葉は荒っぽいが、まさか背中から撃たれることはないだろうとおれは踏んでいた。イギリスの警官たちは、銃火器の使用に関しては世界有数の厳しい規則に縛られていて、引き金を引いてもいいのは差し迫った生命の危険がある場合に限られているのだ。いまのところ生命の危険はない。少なくともまだ。とはいえ、近ごろは地下鉄に乗れば手配写真だらけの恐怖の時代であることを考えると、少し余裕を持ちすぎかもしれない。だがおれは長いこと兵士だったし、危険を冒すことには慣れている。そして今日にかぎっては、だれにいわれようと立ちどまるつもりはない。

フェンスの上を走るトレリスを蹴り破ってフェンスを飛び越え、子どものおもちゃだらけのごちゃごちゃした裏庭に着地した。まっすぐ走り抜け、またひとつフェンスを飛び越えて、まめな手入れをされている裏庭の花壇に着地する。それから急いで左に曲がり、鍵のかかってない門を抜けて、裏路地に出た。その裏路地を二十メートルほど猛ダッシュで走りながら、いくつか門を試して、ようやく錠のかかってない門をひとつ見つけると、そのなかに飛びこんだ。追っ手のおまわりたちを振り返ったり、おまわりたちに聞き耳を立てたりしないで、遠くへ逃げることに全力を注いだ。たったいま四人の男たちが死んだあの部屋から、そのうちの二人をこの手で殺したあの部屋から、できるかぎり離れるために。

庭の小径を走っていくと、前方のラウンジチェアにかなりの美女が裸で横たわり、日焼け用オイルで素肌を光らせながら日光浴しているのが見えてきた。女はぱっと起きあがり、片手でふくよかな胸を、反対の手で下のほうを隠して、ばかでかいサングラスの奥からおれに見入っていた。まるで服を着ていないのが自分ではなく、おれであるかのようだ。女の家の裏口が開いていたので、おれは女の横を走り抜け、裏口に飛びこんだ。そこはキッチンで、シンクに洗い物が山ほどあった。ゴミが詰まったゴミ袋を飛び越え、廊下へ出た。

するとドアのひとつから、肩紐の細いタンクトップを着た筋肉質の黒人男が顔を突き出した。

「なんだ、こいつ！　かかって来い！」

黒人男は廊下に出て、おれの前に立ちふさがった。おれは走る速度を緩めず、ジーンズの後ろからグロックを引き抜いて、まっすぐ男に狙いをつけた。

男はおれに何度もいわせず、見事な反射神経でドアのなかに引っこんで、銃の火線から姿を消した。

「そこをどけ！」

銃をしまい、玄関ドアを開けて、石段を駆けおりる。サイレンがすぐそこに迫っていて、全方向から押し寄せるかのようだ。一台のパトカーが、回転灯をつけながら通りを猛スピードで走ってくるのが見えた。ここから逃げ出すのに、数分どころか、数秒しかないらしい。おれは通りに出て、そのパトカーの前方に飛び出した。

タイヤが怒りの悲鳴をあげた。運転していた警官が、とっさにおれを避けようと急ブレーキを踏んだのだ。パトカーはコントロールを失いかけたが、なんとか駐車車両にぶつからず、おれの一、二メートル前で停止した。

パトカーに乗っていたのは運転している警官だけで、逮捕すべき容疑者の人相をあまり知らされていないらしい。なぜなら、ひたすら顔が怒っているからだ。

「おいおい、なにやってるんだ？」窓から顔を突き出して、その警官は怒鳴った。

「あんたの車を盗むのさ」おれはいいながらまたグロックを引き抜き、運転席側に駆け寄って、ドアを開けた。警官のこめかみに銃口を押しつけ、シャツをつかんで、パトカーから引きずり出す。

「できるもんならやってみろ」警官は早口にいったが、イギリスの通常の警官たちはほとんどが武装しておらず、この警官もその例に洩れなかった。だからおれにもその警官にも、おれができるのは明らかだった。

警官の下腹部に膝蹴りを食らわせ、職務に対する過剰な情熱をくじいて、歩道に突き飛ばした。

そのパトカーの後ろにもう一台のパトカーが、角を曲がって通りに入ってきた。こっちへ急接近してくるので、おれはもたもたしなかった。運転席に飛びこむと、助手席にグロックとブリーフケースを放り投げ、ギアをファーストに入れて発進させた。運の悪いことに、おれはまた自分が来た方向、殺人現場のほうに戻っていた。だが通りは狭く、背後にもう一台のパトカーが迫っている状況では、選択肢はあまりない。ここはスピードがおれの武器だ。警官たちが現場のドアを蹴り破ってからまだ一分もたってないので、駆けつけた警官の大半が、まだこのおれではなく、あの家にかかずらっているはずだ。おれはギアをセカンドにし、サードにあげると、目の前の交差点に向かって加速した。

一方、おれがパトカーから引きずりおろした警官は、同僚たちに合図を送っていた。後続のパトカーはいったん停まったが、なにが起こったか気づいて、けたたましくサイレンを鳴らしながらふたたび速度をあげてきた。そのころにはおれは交差点に差しかかっていたし、スピードも緩めなかった。アクセルをめいっぱい踏みこんで交差点をまっすぐ走り抜けるとき、路上の武装警官数人がタイヤに狙いをつけているのが見えた。

撃たれる前に走り抜けて警官たちの視界からはずれたが、時間はおれの味方じゃない。ロンドン界隈には、三機の警察ヘリが常時待機している。拠点はリピッツヒル空軍基地で、おれがいまいるところまで三分以内に飛んでくることができるし、そのうちの一機でも捜索に加われば、たちまちおれはおしまいだ。空飛ぶ〝目〟から逃れることはできないし、運の悪いことに、背後のパトカーも猛スピードで追いついてきた。こっちのすぐ後ろまで接近してきて、怒りの形相が見えるほどだ。スターリング・モス（Ｆ１レーサー）に追われてるとは光栄だな、と思わずにいられなかった。乗員の数からすると、おそらくあれはＡＲＶ――武装した特殊警察車両――で、監房か死体安置所にぶちこまれたくなければ、いますぐ振り切らなければならない。そこでつぎの交差点に来たとき、ギアをセカンドに落としていきなり左へ曲がり、角に駐まっていた車にあやうくぶつかりそうになった。車は閉店間際の酔っ払いのようにふらついたあと、日曜日のメソジスト教徒のように凜《りん》とした姿勢に戻り、おれの足は、ふたたび床までアクセルを踏みこんでいた。

だがＡＲＶはまだ後ろに張りついている。もっと根本的な行動を取るときだ。ここはまだ住宅街だが、道幅はやや広くなっていて、カーブを曲がったとき、前方を走る一台の車が見えてきた。歩いたほうが速いんじゃないかと思うくらいのろい。反対方向から別の一台も走ってきて、こっちが回転灯をつけてサイレンを鳴らしているため、減速しはじめている。二台の車間は控えめにいっても狭く、しかもどんどん詰まっていくが、いまのおれに選り好みはできない。ギアをサードに上げてアクセルをめいっぱい踏みこむと、対向車線に入って、前から来る車にまっすぐ突っこんでいった。一本のスパゲティをすするように、一気に距離が縮まっていく。

三十メートル、二十メートル、十……正面衝突する寸前でもとの車線に戻り、のろのろ運転の車を追い越した。アクセルを踏みこんだままで、車は危うくコントロールを失いそうになったが、懸命に体勢を立て直した。車はなんとかコントロールを失わずにすんだし、貴重な数秒を稼ぐこともできた。ＡＲＶは、後ろで二台の車に通せんぼを食らっているからだ。

前方に、本通りとつながっているT字交差点が見えてきた。信号は赤で、手前に車が四台並んでいるため、おれはふたたび対向車線にステアリングを切り、四台の車をまったく無視して横を通りすぎた。つぎには少しブレーキを踏んでいた。それはいいことで、なぜならミニバスが向こうから曲がってきたからだ。ありがたいことに、運転手はこっちの回転灯を見るなり急ブレーキを踏んで、こっちが通り抜けるだけの隙間を残してくれた。

おれは時速六十五キロほどのまま、本通りへ飛び出した。おかげで、ほかの車が横滑りしたりクラクションを鳴らしたりしたが、どういうわけか一台もぶつからず。おれは速度を落とさずに反対車線に入ってすぐにUターンし、車の流れに乗って、つぎつぎと車を追い越していった。認めるが、道路の王になるのは最高の気分だった。力を現実に感じることができるし、危険な運転をすればするほど自信も湧いてくる。こんな切羽詰まった状況じゃなかったら、心からこの走りを楽しんでいただろう。

おれはバックミラーをちらっと見やった。さっきのARVは二十メートル後方にいるが、ほかの車がみないったん停止後に加速して本通りへ出るのを利用して、すでに距離を縮めつつあった。危険になりすぎたときは高速追尾を終了するのが警察の通常の手順だが、今日はそのルールブックが窓から投げ捨てられたらしい。とはいえ、こっちは四つの殺人死体が転がる現場から急いで逃げているわけだから、警察が執拗に追いかけてくるのもわかる気がする。

また信号があって、今度も赤だ。しかし、今度は通り抜けできそうもない。おれは少し減速してシートベルトを装着し、背後にARVが急接近してきた瞬間、急停止した。ARVはこっちの尻に追突し、おれは数十センチ前方に突き飛ばされたが、こっちは衝撃を予想し、向こうは予想していなかった。だから連中の反応は、ショックで数秒のあいだ、無反応に近いくらい遅くなる。おれはフロントガラスに頭をぶつけたが、身体は座席に跳ね戻ってきたので、すぐにギアをファーストに入れ、すぐ隣の車線に入って、どの放送局も大好きそうな警察ヘリ追跡番組のひとつで見た、最悪の類のおふざけ半分運転をする非行少年のように、歩道に乗りあげてその上を走った。クラクションをけたたましく鳴らして、戸惑ったり怒ったりしている歩行者を追い散らす。それからまた道路に降りて交差点を通過し、ステアリングを左に切って、走っている車の流れに入ると、目の前の車を強引にどかせて追い越し、ようやく追っ手との距離を広げた。

時間にして約二十秒、距離にして四百メートルほど車を走らせると、右手にスーパーマーケット《セインズベリーズ》が、異形の大怪物のような姿をあらわした。ARVはもう背後に見えない。ほかに追っ手の影も形も見えないので、おれは中央分離帯を横切って反対車線へ出ると二十メートルほど走り、またしても対向車をことごとく急停止させて、歩道に左半分乗りあげながら駐車した。さっきの部屋に着いたときにかぶっていた帽子は失くしていたので、頭を低く下げながら、ジーンズの腰の後ろにグロックを押しこみ、助手席のブリーフケースを拾いあげた。

ほかの車からの視線を無視して、おれは足早に《セインズベリーズ》の駐車場に入った。駐車した車の列に沿って、人目を引かないようにゆっくり歩きながら、できるだけ店内入り口から距離を保った。探していたのは、高級な警報装置などついてなさそうな適度に古い車だ。ここはロンドンの高級街じゃないため、よさそうな候補を何台か見つけるのにそう時間はかからなかった。まわりにはかなりの数の人々がいて、ほとんどが買い物を車に積みこんでいる。その人陰に紛れていると、最初の回転翼の音が聞こえてきた。警察ヘリが到着したらしい。

だが実録警察ドキュメンタリー番組の問題点は、警察ヘリがどう動くかを視聴者が学習して、いつも先を読んでしまうことだ。たとえば、ヘリがすでにこの界隈で旋回しているということは、明らかに地上の警官たちに状況を訊いているということであり、それはすなわち、まだヘリの赤外線カメラでおれを捕捉できていない、ということだ。それに緊急サイレンのヨーデルみたいな甲高い音は、ロンドンではあまりにありふれているため、おれが盗めそうな車に目をつけて、ドアが開くかどうか試しながらぶらぶら歩いていても、だれも気にも留めない。

最初の二台はドアロックがかかっていたが、おれの経験上、セキュリティに無頓着な人間はかならずいる。すると三台めの車のドアが、取っ手を引いたら開いた。タカのように目がきくどこかの一般人に見られたかどうかを、おれはわざわざ確かめなかった。こそこそ顔で肩越しに振り返ったりせず、あくまでさりげなく振る舞っていれば、たいていの人間は、こっちが車の正当な所有者だと思いこんでくれる。おれはその車に乗りこんでドアを閉め、助手席に赤茶色のブリーフケースを置いた。

うまく姿をくらましたから、これで少しは速く移動できる。おれはかがみこんでギアをニュートラルに入れ、ステアリングコラムのプラスチックカバーをはずした。カバーの下からごちゃごちゃしたワイヤーが出てきた。必要な二本を探し出し、その端と端をくっつけると、エンジンが息を吹き返した。ちょろいものだ。中古車販売業を営《や》っててよかったと思いながら、おれはオンボロ車のギアをリバースに入れ、バックで発進させた。

店の駐車場には、入ってきたところの反対側にもうひとつ出入り口があり、カーブに沿ってゆっくり走りながら、そろそろと出口に向かう車の列に合流した。あいかわらずサイレンがあちこちから近づいてくるのが聞こえた。心臓はハンマードリルのように激しく鼓動を打ち鳴らし、玉の汗が顔を伝ったが、おれは自分の車が出る番を辛抱強く待ち続けた。ものの何秒かでそのときが来ると、道路に出て東に向かった。バックミラーを見ても、追いかけてくる回転灯はない。

どうやら逃走に成功したようだ。

## 9

十分たって、呼吸がもとに戻った気分がした。警察からできるだけ離れる以外になにをすべきか、百パーセントの確信がないまま、あいかわらず東に向かって走っている。脅迫者から与えられた携帯電話の電源を入れなおしたが、メッセージは入ってない。

腹が減っていたし、疲れていた。何度か深呼吸を繰り返していると、前方の車列が信号の手前で速度を落とした。自分の状況は深刻なほうへ悪化してしまったが、その一方で、昨夜の記憶はいまだに真っ白なままだ。リア殺しの犯人探しを続ける前に、どこかで停まって、なにがどうなっているのか、考えを整理する必要がある。それに食べ物がほしい。ほしくてたまらない。

そのとき、携帯電話が『葬送行進曲』を奏ではじめた。その着信を取るため、歩道に乗りあげて車を停めた。

「ブリーフケースは手に入れたか？」ロボットみたいな声が問いかけてきた。

「ああ、だがやっとのことだった」おれはいった。「予想外の展開になって、いまあの家には警察がうじゃうじゃいる」

「どういう意味だ、予想外の展開とは？」

「おれがブリーフケースを受け取ることになってた男は、ろくなボディガードを雇ってなかった。そいつら、男の金を横取りする腹だったんだ。銃撃戦があって、警察に通報された」

「しかし、その男はだいじょうぶなんだろ？　おまえにブリーフケースを渡した男は？」

「いや。死んだよ。やつのボディガードたちも」

「もしおまえがその男を死なせたのだとしたら――」

「おれはやってない。あの男はおれの知りあいだったんだ」

「なんだと？」

その瞬間、おれは自分のミスに気づいた。口を閉じておくべきだったのだ。

「前に会ったことがあってね」おれはさりげない口ぶりをよそおった。

「どこで？」

「あんたには関係ないだろ」

「その男はブリーフケースのことでおまえになにをしゃべった？」

「なにも」

「その男は、ブリーフケースを開ける暗証番号を教えてくれることになってたんだが」

「その点に関していえば、あの男はもうあんたの力になれるようなところにはいない」

「あの男は、ブリーフケースには爆弾が仕掛けられているといっていた。そうなのか？」

「ああ。しかもどうやらプロの仕業らしい」

電話の向こうに長い沈黙があった。男がこの歓迎すべからざる不測の事態にどう対処すべきか考えようとしているのが、想像できた。男の不快感を面白がる自分がいたが、その不快感は、いつ何時こっちに転嫁されるかわからなかった。

「嘘はつかないほうが身のためだぞ、タイラー」

「嘘なんかついてない」おれはきっぱり否定した。「テレビを見ればわかるさ。じきにニュースで報道される。四人も死んでるんだ」

「いまどこにいる？」

「あんたがおれに行かせた住所から何キロか東だよ」

「そうか」なにかを決めたような口ぶりだった。「いまからキングズクロスの住所をメールで送る。その場所へブリーフケースを持ってくるんだ。一時間後、一時四十五分に」状況を見極めたのか、男の声がゆっくりと、穏やかになった。「着いたらドアをゆっくり四回ノックしろ。素性を訊かれるはずだ。名前を告げて、緊急の荷物を持ってきた、サインが必要だ、というんだ。なかに入ったら、男にブリーフケースを渡せ。男は引き換えに、昨夜の凶器が入った証拠品袋と、おまえが女を殺すところを映したＤＶＤのマスターコピーを渡してくれるだろう」

「おれは殺してない」おれはきっぱりといった。「おれはリアを殺してなんかいない」

男はおれの抗議を無視した。男にはどうでもいいことなのだ。

「こっちがブリーフケースを手に入れたことが確認できたら、女の死体は処分する。おまえと殺人を結びつけるほかの証拠もだ。そしたら二度とこっちからおまえに連絡することはないだろう」

おれは怒りが込みあげてきた。処分という言い方に対してだ。まるで故障した工業製品でも捨てるかのようだ。しかし、自分を懸命に抑えた。怒りはいまのおれにはなんの役にも立たない。つぎの行き先に罠が待っている確信はあったが、今度もおれには、協力するそぶりを見せる以外に選択肢はなかった。

「わかった」おれははっきり答えた。「いまから向かう」

「それと、ミスター・タイラー」

「なんだ?」

「小ざかしいことをしようなんて考えるなよ。おまえが受け取ったブリーフケースがどんなものか、こっちは正確に知ってるんだ。タイプから大きさ、特徴まですべてな。本物を手渡さないと、女のバラバラ殺人のことで警察に尋問されるはめになるぞ」

「もちろん本物を渡すとも」おれはいったが、向こうはすでに電話を切っていた。

携帯電話をポケットにしまって、助手席にあるブリーフケースに目を落とした。これまでのところ、そのブリーフケースの中身をめぐって五人が死んでいる。六人めになるのはごめんだ。そろそろ応援を頼んだほうがいいかもしれない。

# 10

あの日は鮮明に覚えているし、これからもずっと忘れないだろう。

一九九六年六月十九日、曇り空ながらも暑い夏の朝。場所はアーマー州南部の田舎道で、クロスマグレンの町から一・六キロ、アイルランド共和国との国境まで数百メートルの地点だ。おれたち八人は、六輪駆動の装甲兵員輸送車（ＡＰＣ）で移動していて、ある小さな国境検問所で不審な動きがあるという通報に対応しているところだった。その地域での行動には危険が伴うのと、待ち伏せの恐れがあるため、さらに部隊の八名を乗せたもう一台のＡＰＣがすぐ後ろについてきていて、上空からはリンクス・ヘリ一機が偵察していた。

アーマー州南部では、どんな作戦行動だろうとやや神経過敏になる。じつはこの一帯はＩＲＡの活動拠点だからだ。とはいえ、この日がいつもとちがう一日になることを匂わせるものは一切なかったし、おれが座っている車両後部の雰囲気は、陽気でさえあった。覚えているのは、みんなでサッカーの話をしていたことだ。ちょうど欧州選手権ユーロ'96が行われている最中で、前の夜、イングランドはグループのオランダを四対一で破っていた。それはありていにいえば、驚異的なことだった。おれたちは、オランダ側に圧倒的に肩入れしていたにちがいない地元民たちの気持ちを逆撫《さかな》でするためだけに、ＡＰＣの車両側面にペンキでスコアを書きたかったのだが、この案はおれたちの部隊長ライアン少佐によって却下された。あまりに挑発的であり、IRAに二度めの休戦を宣言させるための努力の一環としてイギリス政府が進めていた〝心をつかむ〟取り組みにほとんど寄与しないことを、ライアン少佐はわかっていたのだ。

おれは当時まだタバコを吸っていて、一本火をつけ、イングランド優勝の可能性をめぐる議論に一言つけくわえようとしたそのとき、バーン、それは起こった。一瞬の出来事だった。周囲のすべてを呑みこむかのような轟音が耳をつんざき、アルミ缶がくしゃっと潰れるような音がしたかと思うと、APCがふわりと宙に浮いて、地面に横倒しに叩きつけられた。車両後部にいたおれたち六人の身体は、閉鎖空間のなかで操り人形のように投げあげられた。みんなへルメットではなくベレー帽をかぶっていたので、頭をしたたか天井にぶつけたあと、不自然な姿勢で落ちて、おれの上にだれかが降ってきたのを覚えている。

はじめの数秒はなにがなんだかわからず、自分が生きているのか死んでいるのかさえも判然としなかった。あたりに動きはなく、完全な静寂だった。的確に表現するのはむずかしいが、意識を失いながらも周囲を認識している感じ、とでもいおうか。すると、耳のなかが大きくブーンと鳴りはじめて、仲間の呻《うめ》き声がわかったが、その声はずっと遠くから聞こえてくるようだった。反射的に固く閉ざしていた目を開けたとき、車内の照明が消えていて、薄暗がりのなかにいるのがわかった。刺激臭のある煙が車内に充満しはじめ、視界が悪くなった。APCの装甲板は歪んで亀裂が入り、おれの目の前の車体側面を走る細いぎざぎざの裂け目を、炎が舐めていた。しかしAPCはよく持ちこたえていて、車体を引っくり返すほどの爆発の威力に、おおむね耐えていた。

煙で息苦しく、目もひりひりしていたし、炎の熱が靴底を焼いていた。いつ燃料タンクが爆発して、おれたちみんな、この狭くて暗い墓場で火炙《ひあぶ》りになってもおかしくない。そうわかったとき、おれは閉じこめられた恐怖にパニックになった。ここから逃げ出さなければ。

おれの上になっていた男は、さっきまで向かいに座っていた親友のマーティン・〝ルーカス〟・ルーカーソンだった。押しのけようとしていたとき、ルーカスは目を開けて、大きく咳をした。おれは、だいじょうぶかとは訊かなかった。その数秒間、頭にはルーカスのことなど浮かびもしなかった。ただ、APCの後部にいた人員のなかで自分が一番いい位置——爆弾の反対側で、後部ドアに一番近いところ——にいたことを、黙って神に感謝した。

濃い煙をまた吸いこみながら、片手で必死に取っ手を探し、ぐいっと引っぱった。びくともしなかったので、もう一度引っぱった。それでも開かなかった。その時点でどれほどの恐怖に襲われたか、いまでも覚えている。生きたままの火葬が目前に迫ってきた。

そのとき、車内の奥のほうから、だれかのかすかな悲鳴が聞こえてきた。「助けて」といっているが、その声には哀れなほどの絶望感があり、もうおしまいだとわかっているかのようだ。ジミー・マッケイブの声だった。ダンファームリン出身の上等兵であり、前の夜サッカーでイングランドが勝ったことにAPCでただ一人怒っていたやつだ。ジミーはまた悲鳴をあげた。恥ずかしながら認めるが、その瞬間、おれはジミーのことも頭になかった。自分が生き残ることがすべてだった。

炎は勢いを増して、装甲板の割れ目からどんどん入ってきた。煙のなかに見えるのはその炎だけだったが、後部ドアに近づいてくる兵士たちの声は聞こえたし、動きも感じられた。

もう一度取っ手を引っぱったとき、だれかの手が取っ手をつかむのを感じた。

「向きが逆だろうが」

ルーカスが喘ぎ声でそういい、そのときはじめて、すべてが引っくり返っているせいで開かなかったのだと気づいた。

二人で一緒に取っ手を引っぱると、両開きドアの片方が開いた。おれは急いでそこをくぐり、出るときの勢いで反対側のドアも叩き開けながら、アスファルトに転がり出た。攻撃されたAPCのほうを振り返ると、立ちのぼる煙のなかからルーカスが四つん這いで出てきて、続いて三人めの男、兵卒のロブ・フォーブズが出てきた。おれは突撃ライフルを構えながらなんとか立ちあがり、ルーカスに手を貸して立たせた。ルーカスは脳震盪《のうしんとう》を起こしているようだったが、そのことを心配している暇はなかった。おれはロブをつかんで、なんとかまっすぐ立たせた。すると両開きドアのなかから手が出てきたので、その手をつかんで引っぱり、安全な距離まで移動させた。兵卒のベン・〝スノーウィ〟・メイソンだった。スノーウィのいわれは、まだ若いのに白髪頭だからだ。防弾チョッキの背中が燃えていて、その熱さに悲鳴をあげている。急いで防弾チョッキを脱がせて放り投げると、スノーウィは息苦しさで転がりまわった。

そのころにはおれは、なんとか現場の状況を把握していた。極めて威力のある爆弾が、道端に仕掛けられていたのだ。道端の草地に大きな深い穴ができているし、羊牧場との境にある低い石壁も吹き飛んでいて、どうやらその石壁の向こう側に爆弾が隠されていたらしい。近くで炎が激しく燃えていて、火ぶくれができそうなほど熱かった。激しい炎はすでにオークの枝に移り、巨大な黒い煙の柱が空高く立ちのぼっていて、頭上で無力に旋回するリンクス・ヘリの姿をかすませていた。ＡＰＣの車体前部に、助手席側から這い出てきたニール・バイロン中尉の上半身が見えた。上体を起こし、顔が煤《すす》だらけで、血に塗れている。目があったとたん、中尉はショックで大きく目を見開いた。

つぎの瞬間、その理由がわかった。中尉が右腕をあげると、肘のところが黒ずんだ切り株のように切断されているのが見えたのだ。断面はすでに黒こげになっている。中尉はその肘をじっと見つめながら、手を振ろうとしてもできず、肘から下が欠落して、その障害が死ぬまで残ることを、理解できずにいた。

認めざるをえないが、いつＡＰＣが爆発して全員焼け死んでもおかしくないことが、おれの頭のなかでは一番にあった。だがこういう状況では、目前の危険を顧《かえり》みることなどない。全員を救出して、はじめて撤退が考えられるのだ。

中尉に助けが必要だとわかってそっちへ向かいかけたが、とたんに耳の鈍い静寂が破られ、マシンガンの重い銃声が一発、轟き渡った。つぎの瞬間、中尉の身体がぐいっと弾《はじ》かれて、まるで下から鮫に襲われているかのように見えた。中尉の胸から二筋の血が噴き出してアスファルトにこぼれ落ちた。中尉の防弾チョッキには、オレンジ大の射出口が開いていた。

中尉は声をあげなかった。一言も。ＡＰＣのなかに滑り落ちて、姿が見えなくなった。以来、中尉には二度と会っていない。それが暴力の本質だ――なんの前触れもなく起こる。そして起こるときは数秒で終わるが、暴力が与える衝撃は大きく、いろんな形でいつまでも残ることが多い。

おれはスノーウィの横に飛んで、ついでにルーカスもつかみながら、みんなで地面に伏せた。

すぐそばにいたロブ・フォーブズは運がなかった。ロブが逃げようとしたかどうかも覚えていない。おれたちはまだショックが大きくて、いつもより反応も鈍かった。つぎのマシンガンの銃撃が静寂を粉砕したとき、おれの目の前でロブの身体は浮きあがり、後ろに弾き飛ばされて、ロブのライフルは地面に落ちた。

敵の罠は周到だった。強力な爆弾でもAPCを完全に破壊することはないし、全員ではないにしろ何人かは脱出できるとわかっていたにちがいない。そこでマシンガンチームを待ち伏せ地点がよく見えるところに配置すれば、生き残り兵士を狙い撃ちすることができる、というわけだ。頭上にヘリが飛んでいてすぐ増援が駆けつけることを考えると、信じられないほど大胆な計画だ。アイルランドとの国境にそこまで近くなかったらうまくはいかないだろうが、ほんの数百メートルも走って国境を越えれば逃げ切れるし、ヘリは武装していないため、空から撃たれる心配はない。それを見越して、敵は危険を冒すだけの価値はあると踏んだのだ。ルーカスとおれは、いまや完全に敵の銃撃にさらされていた。

道の反対側に排水溝が走っていて、おれたちの顔はそっちに向いていた。身を隠すにはうってつけだった。

三度めのマシンガン銃撃があって、重い50口径弾が、おれたちが伏せている場所からほんの数センチのところでアスファルトをえぐった。

「行け！　行け！　行け！」おれは怒鳴って、片手でルーカスの防弾チョッキをつかんだまま一気に立ちあがった。

ルーカスの身体を前に突き飛ばすようにして、二人で道路の反対側へ走っていった。両手を大きく振り、アドレナリンが全身を駆け巡って、ほとんど空を飛んでいるような気分だった。おれたちは排水溝に頭から飛びこみ、悪臭を放つ深さ三十センチの泥水に身体を沈めた。おれは泥水のなかで寝返りを打って、すぐに立ちあがった。ルーカスは四つん這いのまま、咳きこんで唾を吐いていた。後頭部は血塗れで、頭の付け根に深い傷が見える。ルーカスはライフルを失くしていたが、おれはまだ自分のライフルを持っていた。おれは排水溝の端まで移動して射撃体勢を取り、マシンガン狙撃手の位置を突撃ライフルの照準に捉えようとした。

道路の三十メートル前方にカーブがあって、その向こうに、木立に覆われた上り斜面があった。そのどこかに金属的なものがきらりと光ったと思ったが、木立が鬱蒼《うっそう》と茂っていて、百パーセントの確信はなかった。北アイルランドでの戦闘規制は厳格だ。銃撃していいのは脅威に直接さらされている場合のみ。しかも使っていいのは、その脅威を無力化するのに必要最小限の武力だけ。だが、見えざる敵の攻撃を受けているフラストレーションとアドレナリンとがないまぜになって、おれの頭のなかではそんな規制など飛んでいた。金属的な反射が見えたと思った場所に六発ほど撃ちこんで、やめ、引き金に指をかけたままにした。応戦はなかった。道路の反対側から荒々しい銃声の谺《こだま》が聞こえる以外、世界はふたたび静かになった。

スノーウィのほうは、APCの後部に身を寄せながら立ちあがろうとしていた。額に深い傷を負っていて、流れる血を目もとから拭いていたとき、もう一人の乗員で、最近入隊したばかりのフィジー人ラフォが、煙をあげる両開きドアから這い出てきた。

おれは二人に、燃料タンクが爆発するかもしれないから排水溝へ走ってこいと怒鳴った。

そのとき、ようやくもう一台のAPCが、けたたましい音とともに見えてきた。最初の爆発からまだ一分もたってなかっただろうが、おれには何時間にも感じられた。そのＡＰＣはおれたちの前を走りすぎ、二十メートルほど先で大きく向きを変えた。襲撃を受けたＡＰＣと敵のマシンガン攻撃とのあいだで、盾になってくれたのだ。

まもなく両開きドアが完全に開いて、なかの兵士たちがアスファルトに吐き出された。おれが最初に見たのは、おれたちの部隊長、レオ・ライアン少佐だった。少佐はおれのほうに大股で歩いてきて、大声で無線に話しかけながら、ほかの兵士たちに怒鳴り声で命令を飛ばしていた。兵士たちの半分は少佐のあとに続き、残り半分はＡＰＣの陰に待機して、マシンガン攻撃が来た方向を向いていた。

少佐の姿が見えただけで、おれのなかに自信がみなぎってきた。逆境には鼓舞してくれる指導者が必要だし、レオ・ライアン以上にそれにふさわしい男はそういない。小柄ながらも屈強な男で、若白髪をバート・シンプソン風のクルーカットにし、まるで目の見えない男によって岩から伐《き》り出されたかのような傷だらけのあばた顔をしている――フォークランド紛争当時、まだ若い中尉だったころに、グースグリーンの戦闘で榴散《りゅうさん》弾にやられたときの重傷の結果だ。その爆発で一時的に目が見えなくなったが、それでもライアンは、敵の激しい銃撃を受けながらも、もっと重い傷を負った仲間二人の安全をなんとか確保し、ふたたび戦闘に加わって、敵三人を倒したことが確認されている。のちにライアンは、その勇敢な行為で十字勲章を授与された。

おれたちのＡＰＣが炎に包まれ、部下の一人が道路で明らかに死んでいるにもかかわらず、ライアン少佐の表情は落ち着き払ったものだった。少佐はおれと目があうと、あることを叫びはじめた。それがおれの血管の血を凍りつかせた。

「そこを出ろ！　第二の仕掛けだ！」

第二の仕掛け。兵士たちが最初の爆発に対処しているあいだに第二の爆弾が爆発するという、テロリストたちの典型的な戦術だ。彼らは一九七九年八月にウォーレンポイントの道路でもこれをやっている。そのときの二重攻撃で、空挺部隊員十八人が命を落とした――アイルランド紛争で一度に失われた人数としては最大だ。簡単だし、効果もある。一度めの爆発の生き残りが避難するにちがいない排水溝の柔らかい泥のなか以上に、爆弾を仕掛けるのに適した場所があるだろうか？

心臓が跳ねあがった。泥水のなかになにかあるのか？　地雷？　数ポンドのプラスチック爆弾？　もしあるとしたら、犠牲者数を最大にするため、敵はタイマーではなく遠隔操作で爆発させる可能性が高い。しかもこの待ち伏せ作戦自体もう終わりそうなので、敵は逃げることを考えている。ということは、いつ爆発してもおかしくない。

おれは突撃ライフルを肩にかけて、後ろをさっと振り向いた。ルーカスはまだ四つん這いだったので、肩をつかみ、泥水から引き剝がした。

「第二の仕掛けだ」おれは怒鳴った。「ここを出るぞ」

ルーカスは排水溝の壁によろよろとぶつかって、目の焦点がちゃんとあってないことがわかった。おれの本能は排水溝から飛び出せと命じていたし、こういう状況ではだれもが自分のことを考えるものだが、ルーカスを置いてはいけなかった。ルーカスはおれの親友なのだ。そこでおれはかがみこみ、ルーカスの股間に手を差し入れて、排水溝の上へと押しあげた。ルーカスは状況が切迫していることを理解しているようで、なんとか立ちあがると、よく目が見えないまま、もう一台のAPCのほうへよろよろと歩いていった。そのあいだにおれも、あとに続いて這いあがった。

そのAPCの兵士の一人が前に出てルーカスをつかみ、ライアン少佐とほかの兵士たちは、おれたちのAPCの後部へ走っていった。兵士たちがスノーウィとラフォを助け起こす一方、少佐は両開きドアのなかにかがみこみ、なかに残っている兵士たちを助け出そうとした。おれはジミー・マッケイブが車内から出てくるのをまだ見てないことを思い出し、彼らのほうへ駆けつけようとした。

そのとき背後で、古い車のバックファイアのような爆発音が轟いた。おれの身体は前に投げ飛ばされ、ぬいぐるみ人形のようにアスファルトに叩きつけられ、転がった。身体じゅうが火がついたように熱かった。

少佐のいったとおりだ、第二の仕掛けがあったんだ、と思ったつぎの瞬間、おれは意識を失った。

あれからもう十年になるが、あの日のことは決して忘れないだろう。爆弾の破片による傷は十六ヶ所にも及び、おれはベルファストの軍病院に三週間入院して、復帰するまで二ヶ月かかった。あの爆発は結局四人の命を奪い、IRAにプロパガンダの勝利を与えた。敵の部隊――おれたちを攻撃した連中――はもちろん国境を越えて逃げ、その後数ヶ月のあいだ、アーマー州南部の村々ではこんな落書きが見られた。IRA4点―イギリス0点。

紛争は終わって久しいし、すでに過去の歴史となりつつある。だが変わってないことがひとつある。おれがルーカスの命を救ったことだ。あのときおれがいなかったら、ルーカスはほぼ確実に死んでいただろう。

ということは、ルーカスはおれに借りがあるということだ。ふつうの状況なら、あの借りがどうのこうのということは絶対ない。それくらいルーカスが好きだからだ。だが状況は、もはや尋常じゃないところまで来ている。だから今日は、あの借りを返してもらおう。

## 11

ルーカスとは十九年も前の、おれたちが十七だったとき、一緒に入隊したときからの知りあいだ。ルーカスは軍に九年いたが、あのクロスマグレンの待ち伏せ事件後、まもなく除隊した。ルーカス自身は浅い傷ですんだが、あの一件は仕事を変えろという神のお告げだと思うといって、兵役が満期を迎えたときに更新しなかったのだ。ルーカスのその後の人生がおれみたいにしっくりいっていたとは思えないが、どういうわけかおれたちはずっと連絡を取りあっていて、こんなことは従軍したほかの連中にはなかった。それだけうまが合っているんだと思う。それ以外に言葉が見当たらない。ルーカスは面白いやつだし、昔からずっとそうだった。カリスマ性や魅力も持っているから、いつだって女にもてた。スウェーデン人の血が半分流れていて、ブロンドの髪と、癪《しゃく》に障るほどきれいな金色の肌を受け継いでいるため、人はルーカスを見てスウェーデン人かと思うが、スウェーデン人特有の消極的中立性は感じられない。そのうえ顎は力強く、頬骨は高いから、若いころならきっとモデルになれただろう。

最近は私立探偵をやっている。はじめてもう六年になり、報酬さえよければどんな依頼でも受けるといっているが、仕事のほとんどは離婚絡みの調査だ。それと、行方不明者の調査。もっとも、腕はいいからおれも三回ほど世話になった。車の売買でおれに借金がありながら、完済するよりトンズラするほうを選んだ連中を探してもらったのだ。三回ともルーカスは見つけ出し、三回ともおれたち二人は債務者に金を吐き出させた。おれはルーカスを信用している。三ヶ月近く会っていないが、そんなことは関係ない。ルーカスはおれの親友の一人で、たぶん一番の親友だし、困ったときには頼りになるのだ。

しかも、今日ほど困ったことはない。

おれは盗んだ車を、ホワイトチャペルとオールドゲートの国境沿いにある裏通りに乗り捨てると、コマーシャル通りをリバプール通り地下鉄駅方向に、ブリーフケースを片手に持って歩いていた。半袖シャツ姿で外に出て早い午後の日射しを楽しむ、ランチ休憩中のサラリーマンの一人というていだ。ルーカスの事務所は、スピタルフィールズ市場の南にあるバングラデシュの織物卸売店の二階で、おれがいまいるところから徒歩二分のところにある。もう一時半なので、脅迫者から与えられた携帯電話を使ってルーカスの事務所に電話をかけた。

「マーティン・ルーカーソン・アソシエイツです」自信たっぷりにルーカスはいった。その声は深みがあって、いかにも怖いもの知らずといった感じだ。困ったときに頼りになるタイプとしか思えない。「ご用件は?」

「厄介なことになってるんだ」自己紹介を省いて、おれは切り出した。

「知ってる」

ルーカスのそのいい方が癇《かん》に障った。

「どうして知ってるんだ?」

「その件でおれに電話してきたじゃないか」

「いつ?」おれはびっくりして訊き返した。

今度は向こうがびっくりする番だった。ルーカスは焦れったそうにいった。

「昨日だよ。昨日電話してきただろう」

「おれはなんていってた?」

「覚えてないのか? おいおいタイラー、いったいどうしたっていうんだ? 男に飢えた女たちがまたおまえの酒になにか入れたのか? おまえがガードを下げたすきにベッドに誘いこむために」

「話すと長いんだ」おれはいいながらも、ルーカスのいっていることが真実からそう遠くないように思えた。

「説明してくれるか?」

「その前に、おれが電話でなんていってたか教えてくれ」

「おまえはおれに、つきあってる女に関する情報を手に入れてくれと頼んだんだ」

「リア・トーネスか」そんなやりとりをしたなんて、まるで記憶にない。

「そう、その女だ」

「おれはどんな情報をほしがった？」おれはなかなか状況が呑みこめずにいた。

「ほんとに思い出せないのか？」ルーカスは呆れ声でいった。

「ああ」

「住所を知りたがったんだ」

「だが住所ならもう知ってる。彼女はリッチモンドの夫婦のところで住み込みの子守をしてるんだ。おれは先週そこで彼女を車から降ろした」

「その住所がちがうと、おまえはいってたんだ。実際には彼女はそこに住んでないと」

ルーカスのその言葉にハンマーで殴られたような衝撃を受けて、おれは思わず立ちどまった。あまりに頭が混乱して、これはなにかの悪ふざけなのかと思ったほどだ。

「それは確かか、ルーカス？」おれは慎重に訊いた。「もしこれが――」

「決まってるだろ、タイラー、おれと話したことがほんとに思い出せないんなら、一緒に医者に行ってやろうか」

「いまそんなことしてる時間はない。で、住所はわかったのか？」

「いいや、あちこち探したんだが、その女の名前はどのデータベースにもないんだ。選挙人名簿にも載ってなければ、クレジットカードも持ってないし、おまえから聞いた彼女の携帯電話番号だって、登録されてないプリペイドだった。だからスノーウィにも探してくれと頼んだんだ。おまえも知ってのとおり、やつは狩りの得意なイタチだ。情報があればかならず手に入れるのがスノーウィさ」

スノーウィは、あの日クロスマグレンで爆弾攻撃を受けたＡＰＣからおれが引っぱり出したもう一人の男だ。マーティン・ルーカーソン・アソシエイツでここ二年働いている。スノーウィも有能な私立探偵で、腕のよさではルーカスより上かもしれない。うちの不良債務者三人のうち二人の居場所を見つけたのもスノーウィであり、一人は名前を変えてドイツに引っ越していたから、それを探し出せるくらい有能だということだ。

「で、スノーウィもなにも見つけられなかったのか？」おれはそう予想していたというより、そうであってほしいと願っていた。

「いいや、ちゃんとあるものを見つけたよ」

「なんだって？」おれはわずかに興奮を覚えた。

「スノーウィは、女の名前がアナグラムだとわかったんだ。アルファベットを並べかえたら、なにが出てきたと思う？」

「ルーカス、おれは新聞のクロスワードだって苦手なんだぞ」

「彼女は現実にはいない」

「どういう意味だ？」

「アルファベットを並べかえたらそういうスペリングになるのさ。彼女は現実にはいない。リア・トーネス《Leah Torness》は、〝彼女は現実にはいない《She's not real》〟なんだ」そこにこめられた意図におれが気づかないんじゃないかと心配して、ルーカスはつけ加えた。「だれかがおまえをからかってるんだよ、タイラー」

　おれは数秒間なにもいえなかった。胸のなかで鼓動が高鳴っていた。これはきっとなにかの偶然の一致にちがいない。そうでないとしたら……としたら、なんなんだ？　おれはその疑問を頭の奥に押し戻した。そんなことは考えたくもなかった。

「で、なにがどうなってるんだ？」とうとうルーカスが訊いてきた。

おれは深呼吸をひとつした。

「深刻な問題を抱えてるんだ。おまえの力を借りたい。それもいますぐに」

「わかった」ルーカスはそういった。もしかして、クロスマグレンのあの日を思い出しているだろうか。「おれになにをしてほしいんだ？」

おれはバングラデシュ系の卸売店の前で立ちどまり、マーティン・ルーカーソン・アソシエイツのブザーを押した。

「なかに入れてくれ。説明する」

12

二時をまわったころ、おれは一人ブリーフケースを持って立っていた。指示されたキングズクロスの住所の向かいから、人気《ひとけ》のない赤レンガの三階建てビルを見ていた。あちこち窓が割れていて、落書きが書いてある。似たような人気のない古びた公営住宅地が数多く建ち並ぶ通りの端にあって、キングズクロス駅の裏手約八百メートルのところだ。赤レンガのビルを取り囲む低い金網フェンスには、まもなくここに建設される寝室二つとか三つとかの新しいアパートの広告が括《くく》りつけてあって、錠のかかってないゲートには、不動産押収の通告札がかかっている。

界隈はひっそりしていた。静寂を破るのは、北のキャムデンタウンの方角へ広がっている巨大な建設現場の作業音だけだ。ここが騒がしい都会の真ん中かと思うと不思議な気分だが、それでもこの通りを見ていると、一九九〇年代にボスニアへ行ったときによく見かけた、戦争で破壊され、燃え尽きた村々を思い出す。もちろん目の前の古いビルは、それにくらべれば無傷といっていいほどだし、死や腐敗の臭いもないが、打ち捨てられて活気がないのは同じだし、あのボスニアの村々のように、格好の待ち伏せ場所となるだろう。なにをしても目撃者はいないし、邪魔者が入る可能性もなく、近々ブルドーザーがビルを瓦礫《がれき》にしてしまうわけだから、死体にとってこれほど都合のいい墓場はない。おれの死体だって、おそらく何日も、あるいは何週間さえも発見されないだろう。

おれはそのビルに目を凝らした。なかに人の姿は見えない。が、それこそが肝心なところだ。だれかがこっそりと人目につかずに、なかへ入ったはずなのだ。そしていまそのだれかが、おれを待ち受けている。いったんなかに入れば、生きて出られる可能性は低いだろうし、なぜか裏切られる気がした。おれはこの取引でちゃんと約束を守ってきたのに、リアを殺したにちがいない男のほうは、約束を守ってないらしい。そんなやつ、くそくらえだ。これ以上向こうの決めたルールに従う必要はない。おれはやつがほしがっているものを手に入れた。向こうはこれを手に入れるまで、おれを警察に売ったりしないだろう。そこでおれはブリーフケースを持ったまま、ビルに背を向けて歩き出した。

おれはリアのことを考えていた。彼女の名前はアナグラムだと、ルーカスはいった。そんなのは偶然の一致にちがいないと何度も自分にいい聞かせたが、もし本当にアナグラムだとしても、なぜルーカスは彼女を探し出せなかったのだろう？　そもそもおれはなぜルーカスに、彼女を調べるよう頼んだのだろうか？　そのことがおれには気がかりでならなかった。もしリアが本当の名前でないなら、彼女はおれに嘘をついていたことになる。そしてもし彼女が名前でおれに嘘をついていたとすれば、ほかのことでも嘘をついていた可能性がある。だが今度もおれは、その考えを頭から押しやった。彼女の思い出を汚したくない。

水曜日の夜を振り返った。あの夜はテイクアウトのイカのトウチー醬炒めを食べ、ナショナル・ジオグラフィックでブラジルの熱帯雨林に関するドキュメンタリー番組を見たあと、ニュースを見た。それからベッドに入った。それで終わり。楽しいことなどなにもない。ありふれた、平日の一人の夜だ。ただし、そこから今朝までの記憶は一切ない。

ルーカスは、昨日木曜の午後おれと話をしたといった。そのときのおれは、なにか心配事があるような口ぶりだったらしい。ルーカスはおれにだいじょうぶかと訊いたが、おれがだいじょうぶだ、なにもかもうまくいってると答えたので、それ以上は問い詰めなかった。唯一考えられるのは、おれがリアのことで、不安になるようななにかを見つけたということだ。

そんな大事な一日を記憶から失ってしまった悔しさは大きかった。手近な壁に頭をぶつけてしまいたい衝動に駆られたが、それでなにかを思い出すわけでもない。おれはこうも考えていた。この失われた記憶がじつは永久に戻らないのだとしたら、重要な疑問に行き着く。すなわち、おれがその記憶を取り戻さないのなら、なぜわざわざおれを殺すのだろうか？　おれのいまの状態では、黒幕の男の身元に通じる手がかりはまったくない。ということは、おれがその男を探し出すのはきわめて困難だ。したがって、その男がおれを殺したがるのは、おれに個人的な恨みがあるか、おれの記憶がいずれは戻るからであり、戻ればまっすぐその男に行き着くことになる。どっちにしても魅力的なシナリオじゃない。なぜならその結末は、だれかがおれに死んでもらいたがっていて、その人物は、おれを確実に始末するための冷酷さも力も持ちあわせているらしい、ということだからだ。

だがおれはブリーフケースを持っている。いまのところ、それがおれの切り札だ。

ペントンヴィル通りに向かってカレドニア通りを歩いていると、《ルディズ》というカフェの前を通りかかった。ドアが開いていて、なかからとびきりいい匂いがしてくるし、新鮮なハーブ類の香りもする。本当はそんな余裕などないのかもしれないが、久しぶりになにか食べたかった。おれはなかに入り、今日のスペシャルを注文した。グリルした薄切りチキンにとろとろのモッツァレラがかかったチャバッタ・トースト、レタスとトマトのサラダ、絞りたての新鮮なオレンジジュース、それと大きなカップのコーヒーだ。

店内はがらんとしていて、おれは入り口からできるだけ離れた隅のテーブルに座った。店主は愛想のいいギリシャ人で、眉毛が濃く、エプロンは真っ白だった。まずはオレンジジュースとコーヒーを持ってきてくれて、チキンは作りたてを出したいから数分待ってほしい、といった。おれはかまわないと答え、ごくごくとオレンジジュースを飲んだ。いつもより際立ったうまさにくらくらしていると、携帯電話から陰鬱な『葬送行進曲』の着信音が聞こえてきた。腕時計を見る。二時十五分。

「いったいどこにいるんだ?」

その脅迫的なロボットの声は、もうおれには効かなかった。おれはいった。

「そっちの取引地点の選択が気に入らなかったんだ」

「おまえがどう思おうと関係ない。いますぐそこへ行け」

「いいや、計画の変更だ」向こうはさえぎろうとしたが、おれはその機会を与えなかった。「カレドニア通りに《ルディズ》ってカフェがある。そっちがおれに教えた住所から南に四百メートルのところだ。このブリーフケースがほしければ、十五分後にここへ来い。今度はなにかしようなんて考えるなよ」向こうが反論する前に、おれは電話を切った。力を見せつけたことで、少しはましな気分になった。

すぐにまた携帯電話が鳴り出した。今度は電源を切ってやった。おれがはじめているのはリスクの高い戦略だったが、経験上、こづきまわされるよりも脅しに屈せず立ち向かったほうが、かならず結果はよくなるのだ。おれはオレンジジュースをもうひと口飲んで、腰をすえて待った。

グリルしたチキンとモッツァレラが載ったチャバッタは、名前どおりにうまかった。チキンは薄くて柔らかく、口のなかで溶けるようだった。レタスは新鮮でパリッとしているし、トマトも、オランダの温室で栽培している香りも赤みもないものではなく、じつにトマトらしい味がした。食材に誇りを持つ人間に出会うのはうれしいことで、店主が空いた皿を取りに来たとき、おれはそのことを伝えた。店主は満面の笑みを浮かべて礼をいった。おれはじきに友人が来ることも伝えて、来たらしばらく二人きりにしてほしいと頼んだ。礼儀正しさとお世辞は最高の組みあわせで、店主は、もちろんかまいませんよ、といってくれた。

おれはコーヒーを飲み終え、お代わりを注文した。気分が上向きはじめた。

店主がコーヒーのお代わりを持ってきてくれたとき、カフェに入ってくる人影が見えた。まっすぐおれのテーブルに向かってくる。男はアディダスの小さいバッグを持っていた。

おれは緊張した。男が回収に来たブリーフケースは椅子の横にあって、男からは見えない。

店主は新しい客がおれによく見えるように、引き下がってカウンターの奥へ行った。やってきた男は大柄で、身長は一メートル九十ほど、筋肉質で、小人たちを乗せられるほど肩幅が広い。少しは優雅な身動きにしようと意識しながらも、わずかにどすどすと音を立ててしまう。注文仕立てのネイビーブルーのスーツに、オープンネックシャツという格好だ。男は椅子を引いて、おれの向かいに座った。甘ったるいオーデコロンの匂いに圧倒されて、おれは思わずたじろいだ。ウェーブがかかった黒髪はきれいに撫でつけられ、肌は茶色く日に焼けて、整形手術でもここまでいかないというくらい、ゴムのようにぴんと張りつめている。まさかこんな男が来るとは予想もしていなかった。すぐに、一度も会ったことのない男だとわかった。たとえ記憶喪失になっても、この男の顔なら決して忘れることはないはずだ。

男は感情を感じさせない真っ黒な冷たい目で、おれをにらみつけた。やるべき仕事のことしか頭にない、というわけだ。この男ならまちがいなく、瞬《まばた》きひとつせずにおれの頭に銃弾を撃ちこむだろう――このゴムみたいな顔に瞬きする瞼があるかどうかは定かじゃないが。

「それじゃ、あんたがおれをはめた男なのか?」おれはゴム顔を上から下までながめまわした。

「おれじゃない」ゴム顔は答えた。「おれはただブリーフケースを受け取りに来ただけだ。どこにある？」外国語訛りがある。おそらく南ヨーロッパだ。ギリシャか、もしかするとアルバニア。

おれはコーヒーを啜《すす》って、わざと焦《じ》らした。

「ブリーフケースはどこだ？」ゴム顔は問い詰めてきた。

「ここにある」おれは右足のほうを顎で示した。と同時に、もう一人の男がカフェに入ってくるのに気づいた。ゴム顔よりは小柄で、年は上らしい。男が店主になにかいったとき、おれはボスニアで従軍していたころの記憶から、その男の話している言語がなにかわかった。旧ユーゴスラビアの言語、セルボ＝クロアチア語だ。男がなんといっているかはわからなかったし、わかりたいとも思わない。だが男が長い黒のレインコートを着ていることには、いやでも興味を持った。今日は空に雲ひとつなく、外の気温も、いまごろはゆうに二十七度を超えているはずなのだ。

店主はコーヒーマシンのほうに戻り、レインコートの男は、テーブル二つ向こうの椅子に、壁を背にして座った。男はおれのほうを見なかったが、コートのなかに片手を差し入れた。もう一方の手で強い臭いのするタバコを持ち、どこを見つめるでもなく吸っている。

この状況は気に入らなかったが、おれは平静を装い続けた。

「そっちのほうは、おれがほしいものを持ってるのか？」目の前のゴム顔に訊いた。

「ここにある」ゴム顔はおれから目を離さずに、アディダスのバッグをぽんぽんと叩いて見せた。

「開けろ」

「そうはいかない」ゴム顔は首を振った。「まずそっちがブリーフケースを見せるのが先だ」

おれはかがみこんでブリーフケースを持ちあげ、ゴム顔にちらっと見せてから、また床に降ろした。

「そいつを寄こせ」ゴム顔は命じた。

「そっちがおれのほしいものを持ってると確認したら、渡してやるよ」

「おれの後ろにいる男がいるだろう？」ゴム顔はそういって、顔にせせら笑いを浮かべようとしたが、張りつめた肌が邪魔をした。「あいつは銃でおまえに狙いをつけてるんだ」

それを裏づけるかのように、MAC《マック》10サブマシンガンらしきものの銃口が、男のレインコートの裾からあらわれた。男は膝の上に銃を載せながらタバコを吸っているが、いまではおれのほうを見ていて、無表情なその顔からすると、その男も、引き金を引くのをためらって無駄な時間を費やすつもりはなさそうだ。

おれは冷静を保って、肩をすくめた。

「なるほど。少なくともこれでおれたちは対等ってわけだ」

「どういう意味だ？」

「テーブルの下を見てもらえばわかると思うが、こっちもあんたに狙いをつけてる銃があるってことさ。今日こいつを使ってるから、ちゃんと作動するのはわかってるんだ。さあ、ここを出るときにタマを置き去りにしたくなければ、そのバッグを開けたほうがいいぞ」

この最後のセリフは、ゴム顔とその仲間があらわれる前にリハーサルしておいたものだ。いってみると、いい響きだった。しかも効き目があったらしい。ゴム顔はしぶしぶテーブルの上にバッグを置いて、ジッパーを引き、開いて見せた。

なかはろくに見えなかったが、身を乗り出しすぎて格好の標的になるのもいやだった。もっとも、必要に駆られないかぎりＭＡＣ10男がぶっ放すとは思えない。窓の外の歩道にある二つのテーブルには客がいるし、店主もカウンターの奥で片づけをしている。三メートルほどの目と鼻の先でなにが起こっているとも知らずにいるのか、あるいはただ見たくないだけなのか。どっちにしてもこの二人組は、おれを始末すると決めた場合、犯人の人相を的確に証言できそうな多くの証人たちの前を通らなければならないことになる。あるいは全員を殺すかだが、まさかそこまではやりたくないだろう。

だが、それでもおれは慎重だった。銃を持つ手を隠したまま、もう一方の手をさりげなくアディダスのバッグのなかに入れると、なかを探った。指先が、ビニールに包まれたなにかに触れた。ゆっくり引きあげると、ジッパーのあいだからその一部がかろうじて見えた。乾いた血がべったりこびりついた、刃の分厚い大型ナイフ。ラップに包まれ、透明ビニールの証拠品袋に入っている。ビニール袋のなかには、プラスチックケースに入った銀色のＤＶＤもあった。

おれはごくりと唾を呑んだ。リア殺しのビデオにあったのと同じナイフで、それを見たとたん、今朝の記憶が意識の正面にまざまざと甦ってきた。しばらくぶりに平静さを失いそうになった。おれはビニール袋をバッグのなかに落とし、ゴム顔がもう一度ジッパーを閉めた。

「さあ、今度はちゃんとそのブリーフケースを見せてもらおう」ゴム顔はいった。

リアがまだ生きていたころ、冷えた白ワインのグラスを持って笑っていたのを思い出して、おれは激しい衝動に駆られた。引き金を引いて、この横柄なやつが悲鳴をあげるところを見たい。だがそうはしなかった。かわりにそのバッグを取りあげておれの横に置くと、ブリーフケースを拾いあげ、ゴム顔に取っ手を向けて、慎重にテーブルに置いた。ゴム顔は数秒のあいだ慎重にブリーフケースをながめ、それが本物かどうか見定めていた。すると、はっと動きを止めた。

おれたちみんな止まった。

おれは入り口のドアを見ていて、ゴム顔は、おれの顔によぎった警戒の色を見て取ったにちがいない。

二人の警官が入ってきたのだ。銃は所持しておらず、どうやら地域支援警官らしい。一人は太りすぎの黒人で、ぽっちゃりした顔と、少なくとも一秒は本人より早くカウンターに当たりそうな腹をしている。もう一人は中年の小柄な白人で、おれの子どものころの数学の先生によく似ている。もしこの二人がロンドンで犯罪と戦う顔だとするならば、ロンドンじゅうの法に従う市民は困ったことになるだろう。

おれはゴム顔に、ごく自然なそぶりで振り向かないよう伝えたが、ゴム顔は明らかに空気を読むのが不得手《ふえて》で、すでに振り向きはじめていた。ＭＡＣ10男のほうがまだ落ち着いていて、カウンターに向かった警官二人をちらっと見ただけだった。が、ＭＡＣ10男の銃を持つ腕に力が入ったのを、おれは見逃さなかった。

コーヒーカップを持って、さりげなくひと口飲む。世界に興味ない男というていだ。

だが残念ながら、手遅れだった。おれたちが警官二人の目に留まるのが、視野の隅で見えた。

黒人警官は、ベーコン&ソーセージ・サンドイッチを注文して、カウンターに太い肘を乗せながら、こっちを見ている。その顔には、下っ端役人によくあるお節介《せっかい》な表情が浮かんでいた。自分が力を持っていることを世界に見せたがっているのだ。人生の大きな歯車のなかの無意味なただの歯車ではないことを、自分は尊敬に値する人物であることを、誇示したがっているのだ。その点でいま、この黒人警官はきわめて危険な存在となっている。白人警官のほうはしゃれた料理を選び、それがおれの注文したものとたまたま同じだったが、もっと緊張した顔つきをしていた。無理もない。もしおれたちになんの罪もなければ、おれたちはただその警官の昼食を中断させることになるだけだし、おれたちになにか罪があるなら、捕まえるのは厄介だ。その気になればゴム顔は、白人警官など真っ二つにしてしまえるだろうし、太った黒人警官のほうもたやすく痛めつけてしまうだろう。

ゴム顔はブリーフケースを取って立ちあがった。目的のものであることに満足したらしい。

「そのブリーフケースにはなにが入ってるんだ?」

黒人警官がそう訊いてきて、おれは一気に気が滅入った。警官の声は自信たっぷりで、おどけた調子だった。

「仕事上の書類だ」ゴム顔がぶっきらぼうに答えた。

黒人警官はゆっくりとうなずいたが、その顔には冷ややかな懐疑の色があった。

「仕事上のどういう書類なんだ?」

この警官はなんでこんなことをしてるんだ? たまたま違法な取引に遭遇したと本気で信じているのか? それとも店主にいいところを見せようとしているだけなのか? どっちなのか判然としない。もう一方のテーブルでは、MAC10男が二人の警官をじっと凝視している。銃口も九十度移動して、黒人警官のでっぷりした腹は、いまやその射線上にあった。ゴム顔からの合図ひとつで、ＭＡＣ10男は躊躇せずに引き金を引くだろう。おれはヒーローなんかじゃないが、黙って見ているわけにはいかない。あの黒人警官はあまりに愚かだが、だからといって銃弾の餌食になってもいいわけじゃない。

「ただの書類だよ」ゴム顔は訛りをあからさまに出して繰り返し、ドアに向かって歩きはじめた。

黒人警官がカウンターを離れて、ゴム顔の行く手をさえぎった。その手がベルトに装着された催涙ガス缶に降りるのが見えた。二人の距離は一メートル半。その黒人警官とＭＡＣ10男との距離もほぼ同じだろう。黒人警官にこの緊張の臭いがわかるだろうか。いや、どうやらわからないらしい。

「なかを見てもかまわないか？」警官は訊いた。

「いいや、かまうね」ゴム顔はきっぱりといった。「急いでるんだ」

ゴム顔は押しのけようとしたが、黒人警官は動こうとしなかった。

「どうやら正式にやる必要がありそうだな」黒人警官はいった。「一九八四年警察および刑事証拠法により、違法ドラッグ所持の疑いで身体検査をする」

「クソッ、こんなのばかげてる」

「口を慎むんだ。そのブリーフケースを下に置いて、両手を上にあげろ」

ゴム顔はその両方ともしなかった。かわりに、ＭＡＣ10男とたがいに目配せした。二人のあいだに無言のやりとりがあって、ＭＡＣ10男の引き金に指をかけたほうの腕が、太鼓のように張りつめた。

警官二人は、はじめて目に入ったかのようにMAC10男のほうを見た。MAC10男は二人を見つめ返した。左手はテーブルの下に隠れて見えないが、右手はあいかわらず匂いのきついタバコを持っている。そのタバコをくわえ、ゆっくりと小ばかにしたように吸ってから、MAC10男は、テーブル上にじかに灰を弾き落とした。その顔の表情は冷たく、石のようだ。生まれながらの殺人者の目だ。

店内全体が、一時停止ボタンでも押されたかのように静止した。だれも動かなかった。カフェの店主さえも、作業の手を止めた。まるで石に変えられたかのようだ。後ろでコーヒー・パーコレーターがシューシュー音を立てるなか、つぎに起こることに関しては、避けようがなさそうだった。

MAC10サブマシンガンは、俗に「数撃ちゃ当たる」銃で、正確さよりも接近戦を意識して作られている。毎分千二百発の銃弾を発射することができ、オートマチック状態で引き金を引き続ければ、三十二発入りのマガジンは二秒で空になるし、9ミリ弾は時速九百六十五キロ以上で銃口から飛び出して、射線上にあるものすべてを引き裂いてしまう。この店のように狭い空間のなかでは、撃つ人間の手のなかで銃身は暴れ馬のように跳ねあがって、その効果は破壊的だろう。

手を打たなければ、それも早く。銃撃がはじまる前に。

黒人警官はゴム顔のほうに顔を戻した。そのときはじめて、黒人警官の顔に緊張の色が浮かんだ。銃は携帯してないし頭数《あたまかず》も足りない、その自覚があるのだ。

だが黒人警官は、引き下がろうとしなかった。この期《ご》に及んでも、引き下がろうとしなかった。

「そのブリーフケースを下に置け」黒人警官は繰り返しながら、催涙スプレー・ホルダーのストラップをはずした。「両手を上にあげるんだ」

白人警官は汗ばんでいて、見ると両手が震えていた。

ＭＡＣ10男は、禅の境地を思わせる静けさで座っていた。警官たちのちっぽけな恐怖心など、自分には無縁であるかのようだ。そんな自分に満足しているものの、周囲の人間に対してはそうじゃない。男は最低二人の人殺しをする最後の準備をしているのだ。そしておそらく、このおれが三人めだろう。

「最後にもう一度訊く」黒人警官はうわずった声でいった。「そのあと、おまえを公務執行妨害で逮捕する」ゆっくりと、ホルダーからスプレーを抜き取っている。

「こんなのばかげてる」ゴム顔はこぼした。

ゴム顔はおれに背中を向けていて、おれはゴム顔を盾にできるだろうかと考えた。

ＭＡＣ10男はボスを期待顔で見ながら、最後のうなずきを待っている。椅子の背もたれに背中をあずけているのは、撃ちはじめたときの支えのつもりだ。

一秒一秒が、這うようにすぎていく。店内の空気も、まるで糊のようだ。

おれは脚を緊張させながら、ゆっくりと、椅子から立ちあがりはじめた。

そのとき、それは起こった。

入り口のドアがバンと開いて、一人の男がカフェに駆けこんできたのだ。

「おまわりさん！」男は激しく狼狽《ろうばい》した様子で叫んだ。「角を曲がったところの店で人が刺されました。女性店員がナイフで刺されて、全身から出血してるんです。すぐ来てください」

警官二人は訊き返さなかった。白人警官はすでにドアのほうに走っていて、自分の無線機を引きはがした。

「だれか999に電話したか？」そう叫ぶ白人警官の声には安堵の色があった。ここから出たいがために大騒ぎしているのだ。だが黒人警官のほうはそうじゃなかった。白人警官のあとについてドアから出て行くときに、おれたち三人に向かって、まだ終わりじゃないからな、そこを動くんじゃない、と怒鳴った。カフェの店主にも、ベーコン＆ソーセージ・サンドイッチが冷めないようにしといてくれ、と指示を飛ばした。

そして警官たちはいなくなった。

一瞬、どうすればいいかだれもわからないらしかった。するとゴム顔は、おれのほうを振り返りもせずに、セルボ＝クロアチア語でMAC10男になにかいい、MAC10男は立ちあがって、サブマシンガンをコートの下に隠した。二人はあのブリーフケースを持って、急いで店から出て行った。おれはジーンズのウェストバンドにグロックを押しこみ、アディダスのバッグを持って立ちあがった。

カフェの店主は、かすかに怯えた目でおれを見た。自分の店でなにかひどいことが起こったのはわかるものの、警官たちと同じで、それがなにかまではわかっていないようだ。おれは十ポンド紙幣をポケットから一枚取り出してカウンターのほうへ行き、店主の手に押しこんだ。

「最高にうまいランチだった」おれはにっこり笑ってそういい、店主が答えるよりも早く店を出ていた。女が強盗に刺されたという作り話では、ルーカスはそう長くはあの警官たちを引きつけられないだろう、と思いながら。

## 13

外に出ると、通りは通行人で混雑していた。目と鼻の先で繰り広げられていたドラマに気づく者はだれ一人いない。前から不思議だったが、周りの出来事に気づく人間がいかに少ないことか。さながら、狼だらけの森のすぐそばで呑気に草を食《は》んでいる羊たちのようだ。もしMAC10男が人差し指をちょいと動かして引き金を引いていたら、現場はどうなっていただろうか。二秒間の銃声、飛び散る血、そして死人が出て、あたりは即座にパニックとなり、社会の底辺に埋没していた界隈は、とたんに社会の注目の的になっていたことだろう。

おれは通りを見渡したが、あのユーゴスラビア人たちの姿はもう見えなかった。おそらく二人は車で来て、車で去っていったのだろう。おれのほうは、リア殺しと自分を結びつける証拠を手に入れたものの、これをどうしたらいいのかよくわからなかった。リア惨殺に使われた凶器が入ったバッグを持ち歩いているのは、危ない気がする。これは捨てなければ。

そのとき、おれの携帯電話が鳴った。リア殺しの犯人から受け取ったものではなく、マーティン・ルーカーソン・アソシエイツのものだ。着信音はグレン・キャンベルの『ラインストーン・カウボーイ』。スノーウィがカントリー・ミュージックのファンであり、マーティン・ルーカーソン・アソシエイツの電話の着信音はすべてカントリーの有名なヒットソングになっているのだ。スノーウィ自身の携帯の着信音は、ロン・ジョーダンの『ビッグ・バッド・ジョン』だ。

「いまどこにいる？」電話してきたのはルーカスだった。

「カレドニア通りを北に向かってる。いまウォーフデール通りをすぎたところだ。疲れたような声だな」

「そりゃそうさ。あのおまわりたちからずっと逃げてたんだ。刺された女がおれの頭のなかにしか存在しないとわかって、ちょっと怒ってたよ。あのカフェでなにがあったんだ？　あいつら何者だ？」

「たぶんユーゴスラビア人だろう。セルボ＝クロアチア語をしゃべってたからな」

「ユーゴスラビア人なんかといつから喧嘩してるんだ？」

「喧嘩したことはないと思う。ボスニアで従軍してたときも、地元の人間と揉めたことはなかったよな？」

「おれの記憶にもないな。あの当時はだれともそこそこ仲よくやってると思ってたが」

「しかもあれは十年以上前だ」

「てことは、あの二人組はほかのだれかの下で動いてるってことか？」

「そうらしいが、ただの街のごろつきじゃない。一人はＭＡＣ10を隠し持ってた」

ルーカスは電話の向こうでヒューと口笛を鳴らした。兵士だったので、その高い殺傷能力がわかるのだ。

「相当やばいことに巻きこまれたな、タイラー」

「いわれなくてもわかってるさ。しかももっとやばいことになるところだった。あのおまわりたちが取引の真っ最中に入ってきて、首を突っこんできたんだからな。おまえが来てくれてよかったよ。MAC10を持った男がもう少しでぶっ放しそうだったんだ」

「ま、こういうのも仕事の内でね。　どうだ、おれの演技力に感服しただろう」

「オスカー級だったよ。で、あの二人組はいまどこにいる？」

「ペントンヴィル通りを東に向かってて、スノーウィが尾行している」

「尾行がばれなきゃいいが」

「おれたちはプロだぞ、タイラー。毎日やってることだし、かりに引き離されてもだいじょうぶだ。ブリーフケースに仕込んだ追跡装置が信号を発信してるから、すぐ後ろにいなくても追いかけられるのさ」

おれをリア惨殺に結びつける証拠品と引き換えに、ブリーフケースを渡す――ずっとそのつもりではいたが、それとリア殺しの犯人を探し出すのとは別だ。おれはルーカスに頼んで、ブリーフケースに小さなGPS追跡装置を仕込んでもらった。直径五ミリもないものを、ケースを開け閉めする部分にできるわずかな隙間に埋めこんだのだ。完璧に隠れたわけじゃないが、目を皿のようにして探さなければ見つからないだろうし、ゴム顔は、邪魔が入ったせいもあって、そこまでじっくり確かめていなかった。

「じゃあおれは」ルーカスは続けた。「いまから車に乗りこむ。場所は駅の裏だ。カレドニア通りで落ちあおう、三分後に」

　その言葉どおりきっかり三分後に、昨年うちの販売店からルーカスが買った中古のＢＭＷＸ３が、おれの横で停まった。なかに乗りこんだとたん、こいつは車のクリーニングが必要だな、と思った。

　ルーカスはハンズフリーのトランシーバーで、ターゲットの位置を説明しているスノーウィと話をしていた。しゃべりながら車を出すと、最初の角で左に曲がった。スノーウィは、カフェから五十メートルほどのところにある駐車禁止の黄色い二本線上に車を駐めて、待機していたのだ。ユーゴスラビア人二人組は三人めの男の運転する車で現場を去り、いまスノーウィはその車を追っている。スノーウィによると、ターゲットはいまイズリントンのエンジェル地区東でシティ通りの大渋滞に巻きこまれていた。ここから一・六キロほどの距離だ。スノーウィはユーゴスラビア人たちから車六台分後ろ、一本隣の車線にいる。スノーウィはおれたちに、なにが起こっているか、というよりむしろ、なにが起こっていないかを教えてくれていた。その声はルーカスの声とよく似ている――深みと自信があって、あくまでも冷静だ。ルーカスはスノーウィに、こっちはそこから五分のところだと伝えた。

「五分後に状況報告をしてくれ。あるいはそっちがまた動き出したときに」ルーカスはそういうと、通信を切った。「渋滞にはまってるスノーウィの話を聞いてもしょうがない」それからグラブボックスからくしゃくしゃのラッキーストライクの箱を取り出し、一本つけた。「あいつの話、あんまり面白くないんだ」

　ルーカスはいつものようにめかしこんでいる。皺ひとつない半袖の白いシャツ（元兵士は決まってアイロンがけがうまい）にシルクの赤いネクタイ、それに合ったパラシュート連隊のタイピン。このタイピンを依頼人たちの前でつけるのは、行動力のある男だという印象を与えたいからだが、じつはもう軍服を脱いで十年近くになるのだ。チャコールグレーのズボンは注文仕立てで、黒い靴もぴかぴかに磨かれているが、本人お気に入りのブロンドの髪は、少しばかり伸びすぎて暴れてしまっている。おれから見れば、その髪は腕のいい理容師に切ってもらってきちんと抑えつけたほうがいい。

ルーカスはタバコを吸いながらBMWを運転して、大渋滞を避けるためにイズリントンの裏道を走り抜けようとしたが、そこも渋滞だった。そのあいだ、おれがはめられてからの経緯について、さらに細かく質問してきた。おれはまだルーカスに、あまり詳しく説明していなかった。ルーカスの事務所ではそこまでの時間がなかったのだ。だがいまおれは、助けを求めるくらいルーカスのことを信用していたので、理由を説明するくらいにはルーカスを信用してもいいと思い、しゃべりはじめた。ルーカスは何度も質問でさえぎったが、それに対しておれはできるかぎり答えた。リアのこと、リアがどう殺害されたかを話し、ブリーフケースの交換が四人の死を招いたことも話した。

ルーカスは歯のあいだからヒューッと鳴らした。

「で、そのうちの二人はおまえが撃ち殺したのか？」

おれはうなずいた。

「実際には三人撃つはずだったんだが、仲間割れで一人殺《や》られたんだ」

「タイラー、この件が法廷に出るとしたら、おれなら陪審員にその話は聞かせないぞ」

「あれは正当防衛だった」おれは説明した。「ほかに選択肢はなかったんだ。もっともリアがあんな目にあわされたからには、あまり慈悲を施したい気分じゃないがな」

「ほんとにリアが好きだったんだな」

「ああ」おれはそういって、窓の外を見つめた。「好きだった」

おれの顔の表情を見て、ルーカスは話を戻した。

「で、ブリーフケースの中身は知らないんだな？」

おれはうなずいた。

「知ってるのは、なんであれその中身が、ある実業家を脅迫するのに使われていたってことだけだ。おれの印象だと、あれはなにか……」おれはそこで言葉を切って、適切な言葉を探した。

「なにかとてつもなく気味の悪いものだ」

ルーカスはくいっと眉をあげた。

「ほんとか？　そいつは面白くなってきたな」

「しかもおれにブリーフケースを渡した男は、パラシュート連隊の男だった」

ルーカスの顔が驚いた。

「おれがいたころか？」

「ああ。おまえがいたころにあいつもいたはずだよ。隊長で、たしかファーストネームはイアン。中肉中背で細面、おれたちと同じくらいの年だ」

「フェリー」ルーカスはきっぱりといった。「そいつの名前はイアン・フェリーだ」

「そう、それだ」おれも思い出していた。「すごいな。おまえがそこまで記憶力がよかったとは」

だがルーカスは、おれに奇妙な顔つきを向けた。

「おれの記憶力はそんなによくない。おれが知ってるわけは、ついこのあいだ、そのイアンの依頼で仕事をしたばかりだったからだ」

14

「あいつは二度うちにやってきたんだ」ルーカスは説明した。「最初は、ベドフォードシャーにある土地に関して不動産登記を調べてもらいたいという依頼だった。それが五月のことだ。おれはときどき《アーミー・ニュース》に広告を載せるんで、そこでおれのことがわかったらしい。関連する調査をいろいろやってみると、その土地がバハマを拠点とするオフショア会社のものだとわかった。イアンはその会社の役員たちの名前を教えてくれといった。そこは強情でね。しかもしつこいほど、おれにその情報をほかに洩らさないでくれと念を押すんだ。スノーウィを巻きこむのさえいやがった。おれは役員たちの名前を手に入れて――おれの見たかぎりでは、書類をちゃんとしたものに見せかけるために並んだ地元バハマの人間の名前だけだったがな――それをイアンに渡した。イアンは依頼料を払って、それで終わった」

「その会社に関しては、なにも不正なことはなかったのか？」

ルーカスはうなずいた。

「ああ、なさそうだった。おれが見たところでは」

「で、二度めは?」

「そっちは少し奇妙だったんだ。一ヶ月ほど前だ。イアンは、パリでマックスウェルとスパンが殺された件を調べてほしいといった」

「今朝イアンは、おれにもあの二人の話をしてた。あの二人を殺したのは、自分を始末するのに雇われたのと同じ人物だと思ってた」

「そのとおり。イアンはその人物を、バンパイアと呼んでいた」ルーカスはバンパイアというとき、顔をしかめて強調した。「あの二人の死に関して調べられるかぎり調べてほしいというんだ。正直、イアンは嗅ぎまわっちゃいけないことを嗅ぎまわってると思った。落ち着かない様子だったし、とにかくこっそり調査してくれと何度もいうんだ。こっちが屋根の上から大声でいいふらすわけでもないのに。ほんとは関わりたくなかったが、イアンは前払いで金を払うというし、おれも即金は断わらないからな」

「それで、なにがわかった?」

ルーカスは、今朝おれがイアンから聞いたのと同じことを話した。

「マックスウェルとスパンが護衛していたのは、ロシア人マフィアだった」そしてこうつけ加えた。「そのロシア人は石油業界の大物だったらしいが、調査を担当したパリの探偵によれば、人身売買にもどっぷり関わっていたようだ——若い女たちを東ヨーロッパから西ヨーロッパへ連れてきて、売春婦に仕立て上げるのさ。だがそのロシア人は最近仲間たちと不和になって、ここからが面白いことになるんだ」

「続けてくれ」

「この仲間たちというのが、どうやらユーゴスラビア人らしい。ボスニアの」

「パリの探偵はそいつらの身元をつかんだのか？」

ルーカスは首を振った。

「いいや、イアンがいってたバンパイアに関しても、なにもわからなかった」

「そのことがおれとなんの関係があるのか、おれにはまだわからない」おれはそういった。実際、本当にわからないのだ。見当もつかない。

「おれもだ」ルーカスは、吸殻であふれ返った灰皿にタバコを突っこんで、揉み消した。「あのターゲットがいくつか答えを与えてくれることを期待しよう」

そのとき、ルーカスの携帯電話がまた鳴った。スノーウィだった。ターゲットが動き出したのだ。

つぎの十分間、スノーウィは車を走らせながら状況を逐一伝えてきた。ターゲットはシティ通りからベストリー通りに曲がってニュー・ノース通りに入り、金融地区を離れてイズリントンの東端に向かっていた。スノーウィは少し距離を離した。ターゲットが尾行を心配して、まくために逆方向に向きを変えるかもしれないと思ったのだ。

だがこっちはそのころ、ビジネス・デザイン・センター近くのアッパー通りで金曜日の午後の渋滞につかまっていた。アラブ人をめいっぱい乗せたマツダと四輪駆動車が事故を起こして、前方で車線規制が行われているのだ。

腕時計を見た。二時五十五分。ほとんど雲ひとつない空から、日射しが照りつけてくる。ルーカスは悪態をついて、手のひらでステアリングを叩いた。すでに後ろにはほかの車がずらりと並んでいて、戻ることもできない。マツダと四駆がどくのを待つしかないが、いまのところそうなる可能性はなさそうだ。四駆は戦車みたいにばかでかくて、歩道に乗りあげたとしても、その横をすり抜けるのはむずかしいだろう。運転している女は窓から首を出して、マツダの前に出てきて激しい身ぶりで抗議しているアラブ人たちに、大声で叫んでいる。クラクションがあちこちから鳴らされ、白いバンから男が飛び降りて、両者にそこをどけと怒鳴りはじめた。街は渋滞して排気ガスだらけ、そのうえ暑さもあって、イライラが高じやすい。ここじゃないどこかへ行けたらどんなにいいだろうと、おれは思った。

「百メートル前方でブラボー・ワンが右折、ミンターン通りに入った」スノーウィの声がした。

「疑われないように、おれはこのまま通りすぎる」

「いい考えだ」ルーカスはいった。「こっちはまだ西イズリントンだ。あと十分はかかるだろう」

すでにルーカスからは、追跡装置から発信される信号をスノーウィの車に積んだラップトップが捉えていることを聞いていたが、わずかな問題があった。ブリーフケースが建物のなかに入ると、衛星からのGPS信号がさえぎられて途絶えてしまうのだ。それだけはなんとしても避けたい。というのも、一度建物のなかに入ったら二度と出てくることはないだろうし、おれにとって一番の手がかりは永遠に失われてしまう、そんな気がしてならないからだ。

スノーウィは数百メートル先で待ち伏せし、住宅地の裏通りでふたたびユーゴスラビア人たちの信号を拾った。

「よし、ブラボー・ワンは五十メートル前方で右折、オーズマン通りに――いま入った。渋滞は解消したんで、こっちは尾行を覚られる危険がある。そっちはどこだ？」

「こっちはまだ十分ほど後方だ」ルーカスがそう返事をしたとき、四輪駆動車がようやく歩道に乗りあげ、アラブ人たちも大袈裟な身ぶりを一時中断してその後ろにマツダを停めたので、車線に余裕ができた。

「キングズランド通りに抜けたら、向こうに少し追い抜かせるぞ、いいな？」

「いいとも、スノーウィ。こっちもできるだけ早く合流する。それまで危ないまねはするなよ」

「わかってるって」スノーウィはやや間をおいて、こう続けた。「こっちもオーズマン通りに入って、見えてきたぞ。ブラボー・ワンは三階建ての倉庫の前で停まってる。大柄で黒髪のIC2（南欧系の白人）が出てきた」

「そいつだ」おれはいった。

「手にブリーフケースを持ってる」スノーウィは続けた。「倉庫のドアに行って、インターホン越しになにか話してるな。こっちはおしゃべりをやめて、通りすぎるぞ」長い沈黙があって――十秒か十二秒かもしれない――スノーウィがふたたび通話に戻ってきたころには、おれたちは四輪駆動車を追い越して、アッパー通りを走っていた。「もうすぐキングズランド通りとの交差点だ。白人男はブリーフケースを持って倉庫のなかに入った。倉庫には番地も名前もないが、前にフェンスがあって、青枠の窓は金網でおおわれてる。ブラボー・ワンはいまその倉庫の前を出て、おれの後ろに来た。どうする？　ブラボー・ワンの尾行を続けるか？　それともブリーフケースのところで待機してたほうがいいか？」

ルーカスはためらわずに答えた。

「ブリーフケースのところにいるんだ。車のほうは登録番号がわかってるから、あとでいつでも追うことができる。どこか目につかないところに車を停めろ。できれば倉庫の正面が見えるところがいい。場所が決まったらおれに報告しろ。ブリーフケースがまた動き出したときもだ。十分後に会おう」

## 15

よくあることだが、結局おれたちがそこに着いたのは、約十五分後だった。

オーズマン通りは比較的閑静な細い通りで、倉庫や工場、会社などがいろいろ混ざっているが、その大半は、審美的なデザインの優先順位が低かった六〇年代、七〇年代に作られたようだ。目的の建物はこれといった特徴のない三階建ての大きな倉庫で、黒っぽい窓と窓のあいだには薄汚いコンクリートの柱が立ち、その隙間を安っぽい石材が覆っている。

車の通りはほとんどなく、歩行者もときおり通るだけだ。だからなぜスノーウィがターゲットに見つかる心配をしていたか簡単にわかった。スノーウィは平行して並ぶ通りに入っていたので、おれたちは右折してオーズマン通りに入ると、すぐに左に曲がった。その先にあったのはびっくりするほど緑豊かな通り抜け禁止の通りで、スノーウィのBMW——これもうちのショールームで買ってもらったものだ——はそこに停まっていた。ルーカスはそのBMWの二、三台後ろに駐車スペースを見つけて、低いレンガ壁にバックで寄せた。レンガ壁の向こう側は立ち木に囲まれた小さな公園で、子どもたちのジャングルジムやブランコが見える。ルーカスの車の窓は閉じていて、遊んでいる子どもたちの嬌声《きょうせい》はかすかにしか聞こえない。通りの反対側には、手入れの行き届いた五階建ての公営アパートが建っていて、各部屋には小さなバルコニーがあるが、意外なことに、そのどれにも人がいない。スノーウィはうまく場所を選んだものだ。人気のない通りでありながら、端のほうにはオーズマン通りへ抜ける歩行者通路がある。ターゲットのいる倉庫はここからは見えないが、おれの見当だと五十メートルほどしか離れていないし、もしブリーフケースがふたたび移動しはじめたら、スノーウィは向こうの注意を引くことなく、すぐにまた追うことができる。

おれたちはBMWを降りた。遊んでいる子どもたちの声が大きくなって聞こえてきた。低いレンガ壁の向こうに、一人の若い母親が子どもを抱えあげて滑り台の上に乗せているのが見えた。笑いながら、子どもが滑って下に消えていくのを見守っている。母親の表情には純粋な愛があって、おれはすぐに顔を背けた。またリアのことを考えそうになるからだ。

おれは先に立ってスノーウィの車に近づいた。運転席にスノーウィの姿がある。

しかし、なにかが異様だった。

スノーウィが動いていない。

おれは数十センチ手前で立ちどまり、ルーカスも隣で立ちどまった。

「どうした？」ルーカスはいったが、つぎの言葉を喉で詰まらせた。「くそ、なんてこった」

スノーウィの目は前方の虚空をじっと見つめていて、そのときはじめて、フロントガラスの内側にべっとりした血飛沫《ちしぶき》が飛んでいるのがわかった。

ルーカスにもそれが見えた。

「嘘だろ」そうつぶやいたルーカスの声には、本物の痛みがあった。

ルーカスが前に出て助手席のドアを開けた。異臭と熱気を帯びた空気がふわりと漂ってきて、スノーウィの姿がちゃんと見えてきた。ルーカスは呻き、おれは息を呑んだ。二人とも、自分の見ているものが信じられなかったんだと思う。

スノーウィの喉には、長く深い切り傷が走っていた。ほぼ耳から耳までで、青白くたるんだ肉が、ほつれた縫い目のようにぱっくり口を開けている。その傷口からはまだ動脈の血がどくどくとシャツに流れ出ていて、そのシャツが草色であることは、ズボンのウェストバンドのすぐ上を見ないとわからない。ダッシュボードはさらに血だらけだし、フロントガラスの低いところにまで血が飛んでいることからすると、そのあたりへ血が噴き出したにちがいない。膝の上、ズボンの突き出たジッパーのあたりにちょこんと乗っているのは、ルーカスがブリーフケースに仕込むのをたしかにこの目で見たあの追跡装置だ。小さな黒い物体で、ブリーフケースの革の色に近い。ほぼ見つからないとあのときおれは思ったし、ルーカスもそうだったと思う。

だが明らかにおれたち二人ともまちがっていた。なぜなら、何者かがこの追跡装置を見つけたばかりか、尾行者までも見つけ出したからだ。そしてすぐに手を打たなければと判断した。決定的で、もちろん残酷な手を。

とはいえ、鮮やかな手口だ。気づかれずにスノーウィの車に近づき、窓からなかに身を乗り出して、手袋をした手でスノーウィの白髪をつかみ、もう一方の手で鋭利なナイフか剃刀《かみそり》を当てて一気に切りつける。スノーウィに、反応したり叫んだりするチャンスを与えずに。このあたりは閑静かもしれないが、まだ真っ暗な夜じゃないし、犯人がやったようなことをやるにはかなりの大胆さが要る。それにスノーウィは、簡単に殺《や》られるような男じゃない。パラシュート連隊あがりの探偵なのだから、けっして油断するはずなどないのだ。

にもかかわらず、殺されてしまった。

「見ろ、ポケットのなかも探られてる」ルーカスはそういって、元同僚のズボンを指さした。擦り切れた裏地が外に出てぶらさがっている。

「なんてことだ」

おれは気分が悪くなって顔を背けた。リアの死体や、寝具に染みついたリアの血を思い出したのだ。ルーカスとつい十五分ほど前に話していたマックスウェルとスパンのことも考えた。バンパイア、やつの仕業なのか？

数メートル先で遊んでいる子どもたちの声が、急に大きくなったように感じられた。目の前の光景とはグロテスクなほど対照的だ。おれはこれ以上死の臭いを吸うことができず、スノーウィの車からわずかに後ずさった。

「車に戻ってろ」透明なビニールの手袋をはめながら、ルーカスはおれにいった。「おれは確かめることがある」そしてスノーウィのＢＭＷに乗りこむと、ドアを閉めた。

訊き返すまでもなかった。うなだれてルーカスの車に戻り、なかに座って、込みあげる吐き気を抑えるために深呼吸する。しくじってしまった。それはまちがいない。こんな残酷な展開になるとは、この先いったいどうすればいいのだろう。

もちろん、その疑問の答えはすぐにわかった。

ドアが開いて、戻ってきたルーカスが運転席に飛び乗った。

「すまない」おれはルーカスに謝った。ほかになんていっていいかわからなかった。

ルーカスはその言葉に答えなかった。かわりに、スノーウィのポケットは全部空っぽだったと告げた。

「全部持っていかれた」ルーカスはつけ加えた。顔の表情がなんともいえず暗い。「携帯電話、財布、なにもかも」

「てことは、スノーウィがだれに雇われてるかがばれてしまうわけだ」

ルーカスは溜め息をついた。

「そのようだ。これは警告だな、おれたちに手を引けという」

「わかってるが、そいつは無理だ」

「そういうと思ったよ」ルーカスはいいながらエンジンをかけ、駐車スペースから車を出した。通りのただひとつの出口から出ながら、ルーカスは空いているほうの手でタバコを口に押しこみ、火をつけた。

「おれはあの倉庫に行く」おれはいった。

「ばかいえ、タイラー、やめておくんだ」ルーカスは、くわえタバコでぶつぶつといった。

「いいか、リアは死んだ。スノーウィも死んだ。あのブリーフケースだけが唯一の手がかりなんだ」

「いまごろはもう、あそこにもないさ」ルーカスは指さして、おれたちはオーズマン通りのまわりに大まかな円を描くようにして、裏通りを目的もなく走った。

「ないかもしれない。だがなにか知ってる人間がいるはずだ。それにおれはまだ銃を持ってる」

「それよりも、おれがあの倉庫の住所から登記簿を調べるほうがはるかに簡単だし、はるかに安全だ」

「そんなことしたって、バハマに拠点を持つどこかのオフショア会社の倉庫だとわかるのが関の山だ。それがわかったところで、どうなるもんでもないだろ?」

ルーカスはタバコをぷっと吹いて、窓の外に飛ばした。ステアリングを握りしめる両手の拳が赤くなっている。BMWのエアコンはフル回転しているにもかかわらず、日焼けして少し皺の入った額の肌には小さな汗の玉が浮かんでいた。

おれはルーカスを巻きこんでしまったことを後悔していた。ルーカス自身もきっと後悔しているだろう。古い友だちに力を貸したせいで、信頼する仲間の命が一瞬で奪われ、何年も汗水垂らして築きあげてきた稼業が急に危うくなってきたのだ。なぜならスノーウィが殺されたことは、まっすぐ自分に跳ね返ってくるからだ。もちろん、スノーウィの死体には身元を証明するものが一切ないかもしれないし、乗っている車だって、登録上の所有者はスノーウィ個人であって、マーティン・ルーカーソン・アソシエイツではない。おれがそれを知っているのは、スノーウィにあの車を売ったのがおれだからだ。だが警察がいくら怠慢だとはいえ、いずれはスノーウィとルーカスを結びつけるだろう。そうなれば、ルーカスたちが調べていたこともわかって、おれの名前が浮上し、警察はおれを探しはじめることになる。それもあるからこそ思うのだ。いちかばちかあの倉庫に入ってみるしかない。おれの時間はもうなくなりかけているのだから。

ルーカスは車を走らせながら、懸命におれを思いとどまらせようとした。ルーカスはこういった。そもそもなんのプランもないんだ、アドリブでやったってうまく行きっこないぞ、また殺すつもりでもないかぎり。今日はもう死体を二つ作ったんだろ、それをもっと増やしたいと本気で思ってるのか？　ルーカスはまたこうも指摘した。倉庫のなかの連中は、おまえが来ると思ってるかもしれないぞ、おまえがスノーウィの死体を見つける可能性は高いとわかってたな。そんなところへおまえが一人で乗りこんだところで、ほぼ確実に銃の数で負ける。ってことは、おまえは死にに行くようなもんだってことだ。そして最後にこういった。敵が何者かを割り出すほうがうんと安全だ、より通常の調査方法を使ってな。いわせてもらうが、おれはその道の専門家だ。

ルーカスはこんなことを、三十秒ほどのあいだでいった。たしかにその主張には力強い説得力があった。だが残念ながら、おれには効かなかった。おれの腹はすでに決まっていて、きっとなにか悪いことが起こるからといって、それはなんだろうかと逡巡したりしたくなかった。兵士というのは、戦闘に行くときはあれこれ考えすぎてはいけないし、たいていは考えすぎない。だからこそ、死が待つ可能性が統計的にかなり高いからといって反対方向に逃げるよりも、前に進むのだ。銃弾が飛んでいるとき、その弾に当たるのが自分だとは決して思うな、という古い格言がある。たしかにそのとおりだ。だからおれはルーカスに右に曲がれといい、つぎも右に曲がらせて、まもなくおれたちは、オーズマン通りに戻っていた。

通りを走っていると、倉庫のすぐ前に一台のタクシーが停まって、スーツ姿のありふれたビジネスマン風の男二人が降りてくるのが見えた。二人は黒いドアに近づき、一人がインターホンに話しかけた。このときにはおれたちは倉庫の前に通りかかっていて、ルーカスはおれに、じろじろ見るなと小声でいった。

「おれのほうを見るんだ」ルーカスは命じた。「さりげなく。おしゃべりしてる感じで」

おれはいわれたとおりにした。

「だれが見てるかわからないからな。それに目立ったら厄介だ。いろいろと裏目に出てるわけだし」ルーカスはそういって、バックミラーにさりげなく目をやった。「おれたちはこうやって鏡を利用するんだ。そうすれば自然に見えるだろ。よし、ドアが開いて、さっきの二人組がなかに入った。あいつらに見覚えは？」

「生まれてこのかた会ったこともない」

BMWは、オーズマン通りがキングズランド通りにぶつかるところまで来た。

「よし、ここで降ろしてくれ」おれはルーカスにいった。「裏口から入ることにする」

「自分がなにをやってるか、わかってるよな」おれを見すえながら、ルーカスはいった。真剣そうな顔つきが、高い頬骨と北欧風の目鼻立ちを際立たせている。ルーカスらしい表情だ。そして冬の旅の広告にある南の海のような、鮮やかな青色の目。いまその目に、心から心配するような色が見える。

時間があれば、おれは感動していたかもしれない。だがその時間がなかった。時計は容赦なく針を進め、おれはいくつか答えを思いつく必要に迫られていた。だからおれが答えたのは、これだけだった。

「ああ、もちろんわかってるさ」とはいえ、どんなに観察力の乏しい人間の目にも、おれがわかってないことは明白だったにちがいない。おれは上体をルーカスに近づけて、その腕に手を置いた。「いろいろとありがとう。感謝してる。スノーウィのことは本当にすまない。だがおまえはもう帰っていいぞ」

「ばかいえ」ルーカスは鼻で笑うと、交差点でBMWを停めて、そのまま動き出す気配を見せなかった。「おれがここでおまえを置いていくと、本気で思ってるのか?」

「おまえには一緒に来てほしくないんだ。おまえはもう充分やってくれた」

「おまえと一緒に行くつもりはないさ。だがおまえを見捨てるつもりもない。おれたちの携帯電話、まだ持ってるだろ?」

「もちろん持ってるさ。他人の物は大事にするほうでね」

「十五分たっておまえから連絡がなかったら、ひと騒動起こすぞ」

「騒動って、どんな?」

「なにか考えるさ」

「ここまでのこと、感謝するよ」おれはそういった。こんな残忍なことだらけの一日のさなかに、信頼できる人間がいることがありがたかったのだ。

おれたちは長い一瞬見つめあい、やがてルーカスがいった。

「気をつけるんだぞ、タイラー」

おれはそうすると答えた。そして握手を交わし、その手をすぐに引いた。ぐずぐずしたくなかった。ぐずぐずしていると恐怖心が湧いてきて、おれをずっと駆り立ててきた勢いが失われてしまうのがわかっているからだ。

おれは車から飛び降りた。ルーカスはＢＭＷを発進させ、左に曲がって本通りに入った。おれは歩き出しながら、橋を渡って向こうへ消えていくＢＭＷを見送った。一歩踏み出すたびにリアのことを思い、なぜリアはスノーウィのように、ブリーフケースの謎の中身のために死ななければならなかったのか考えた。

そろそろその答えを見つけ出すときだ。

16

橋に着くと、その橋が運河にかかっていて、オーズマン通りの建物群が、その岸沿いの道に背を向けて連なっているのが見えた。これを利用しない手はない。さっきの倉庫はどこにあるかすぐわかった。倉庫の裏手は高さ二メートル半ほどのレンガ壁が囲っていて、その真ん中に両開き式のゲートがあり、ゲートの上には、錆びた二列の有刺鉄線が設置されている。全体に威圧的な見た目だが、見た目は人を欺くことがあるし、おれにとっては、その程度のセキュリティをくぐり抜けるぐらいたやすいことだ。

深呼吸をひとつして橋の横の階段を降りると、運河道に出て、倉庫のほうへなるべくさりげない感じで歩いていった。運河の対岸では、ジョギングをする二人連れが、暑さにすっかり参った様子で走っていった。

そのとき、ようやく運命がおれの側についてくれた。目的のゲートに近づくにつれて、そのレンガ壁の向こう側でだれかがしゃべっているのが聞こえたのだ。今度もセルボ＝クロアチア語だ。足を遅くし、立ちどまったつぎの瞬間、ゲートの錠が内側からはずされる音がした。隠れる場所はない。ゲートが外側に開いたとき、とっさに扉と壁のあいだに入って身を隠した。なかから安物の黒いスーツを着た若い男が出てきて、ゲートは自動的に閉じようとしていた。男は携帯電話で話をしているところで、おれに背中を向けてゆっくりと運河沿いの道を歩いている。おれはその機に乗じてゲートの端をつかみ、閉まるのを押さえると、敷地内にすっと滑りこんだ。ゲートはガチャッと閉まった。

そこは二十平方メートルほどの駐車場で、倉庫の裏口に通じていた。各階に窓が並んでいるが、ほとんどはブラインドを降ろしてあって、ブラインドのない窓にも人の姿が見えない。駐車場には形も大きさもさまざまな車が十数台あって、ジャガーと真新しいメルセデスＣＬＫクラスのカブリオレまであるあたり、奇妙な違和感を覚えた。

前に進むと、背後でゲートがまた開く音がした。スーツ姿の若い男が戻ってきたのだ。もう電話はしておらず、男はゲートをガチャッと閉めた。おれはメタリックブルーのランドローバー・ディスカバリーの後ろに身を隠し、男が通りすぎるまでしゃがんでいた。男は立ちどまってタバコに火をつけ、それからまた歩き出して、倉庫の裏口に向かった。姿が見えるのはその男だけだったので、おれはそっと背後に忍び寄った。埃っぽいコンクリートの上で、おれの足音はほとんどしなかった。

男が背後のおれの気配に気づくころには、まだ裏口まで五メートルあったし、おれはすでにウェストバンドからグロックを抜き取っていた。振り向いた男を見ると、二十代後半で歯並びが悪く、フェレットみたいな目をしていた。その目がびっくりまなこになったと同時に、おれは男の額の真ん中に、銃の握りを叩きつけていた。男が苦痛に呻いて片膝をついたので、もう一度、今度はこめかみにお見舞いした。その一撃で、男はあっさり気を失った。これで数分は目を覚まさないだろう。そうであってほしいと、いまは願うしかない。

数メートル先の封鎖された積載所の隣に、ホイールがついた大型ゴミ収容器がひとつあった。むっとくる暑さで、そこから魚が腐ったような刺激臭が漂ってくる。グロックをジーンズの腰に押しこみながら、おれは男を手荒く抱えあげて、そのゴミ容器のほうへ引きずっていった。蓋を取ったとたん、きつい臭いが押し寄せてきた。ここの連中がなにを食べていたかは想像するのもいやだった。こんななかには、いくら相手が最悪の敵でも放りこみたいとは思わないだろう――もっとも、最悪の敵がおれの敵みたいになりつつあるとしたら話は別だ。おれは男を肩に担ぎあげ、ゴミ容器のなかに投げこんで、蓋を閉め、新鮮な空気を深々と吸った。

裏口は非常出口で、ドアはストッパーでわずかに開いていた。そのドアをゆっくり開けると、なかはセメント床の暗い廊下だった。右手には無人の厨房エリアがあり、まっすぐ前方にはまたドアがあって、どうやらそこに脈がありそうだ。取っ手をまわしてみる。錠はかかっていない。

つぎにあらわれたのはカーペット敷きの廊下で、天井には明かりのついたシャンデリアがある。ここはエアコンが利いていて、前方の開いたガラスドアの向こうから、なにげないおしゃべりの声がかすかに聞こえてくる。ときおり女の笑い声もして、いったいここはどういうところなんだと思わずにいられなかった。左手にあるカーペット敷きの階段をやりすごしてガラスドアを抜けると、そこは狭くて窓のないバーだった。明かりは中国製の提灯六つの柔らかな光だけだ。装飾はとても高価とはいえないものの、高価に見せようとしていることは確かで、この倉庫が外見のわりに、なかのほうははるかにきれいなことに驚いた。

部屋の片側に並んでいるテーブルはチーク材に似た色をしていて、それぞれのまわりにある低い安楽椅子には革が張ってある。その大半を占めているのが、二種類の人間たちだ。一方はまだ二十歳になったかならないかのほっそりした若い女たちで、表情には敬意があるもののどこか空《うつ》ろな感じだし、スカートは、それで首が括れるんじゃないかというくらい短い。もう一方は、全体に高そうな服装のなかに、一部派手な格好が混じっている男たちで、頭髪はほとんどなく、慇懃《いんぎん》な言い方をすれば、男盛りを過ぎて久しい人々だ。一人としておれのほうを見ない。男たちは女のことで頭がいっぱいで、女たちのほうはおれのことなど気にも留めないようだ。おれはすぐに気づいた。ここは売春クラブの待合室だ。経営者たちは別の場所にいる。

バーテンダーは――壁紙と同じ色の赤っぽいベストと小さな蝶ネクタイをつけた、ただ一人おれより年下の男だ――おれのほうを興味ありげに見た。おれはバーテンダーににっこり笑いかけて背を向け、来た道を戻り、階段へ行った。

階段の一段めに足をかけたとき、右手のドアが開いて、そこから背の低いずんぐりした男が出てきた。額の生え際が鋭いV字型になっているあたり、ドラキュラ伯爵として全盛期を誇ったベラ・ルゴシに似すぎるくらい似ている。距離はほんの一メートルほど。男は顔をしかめて、なにかいおうと口を開きかけたが、おれのほうはウェストバンドから一瞬のうちに銃を抜いていた。男が動く前にその腹に銃を押しつけ、さらに距離を詰めて、まるで抱擁でも交わすかのように男の首の後ろをつかむ。男からは饐えた安タバコの煙の臭いがした。相当頭に来ているらしく、しかめて歪んだ顔は、まるで表情のたががはずれたかのようだ。だが男は愚かではなかった。グロックの銃口が押しつけられているのをちゃんとわかっていたし、おれが簡単なボディチェックをして、十センチの飛び出しナイフをズボンのポケットから奪うときも、抵抗しなかった。

男の耳のすぐ下の圧点を親指でぐいっと突き、落ち着いた声でいった。

「おれは今日二人の人間を殺してきた。いまからする質問に答えないと、おまえは三人めになるぞ」

男はわけのわからない言葉で呻き声をあげ、おれの目をにらみ返した。脅しには怯まないというわけだ。

あまり時間がないのはわかっていた。いつだれかが通りかかって、状況を見て騒ぎ出さないともかぎらない。

「髪が黒くて茶色く日焼けした大男を探してる」

男は当惑顔になった。

「だいぶ顔をいじくったやつだ」おれはそうつけ加えて、あのゴム顔だとわかってくれることを願った。

だが男は、さっぱりわからないという顔をした。

「なにいってんだ？」

プランを持たないことに関してルーカスがなにをいいたかったか、とたんにわかった。そろそろ決定的な手段を講じるときだ。おれはまた男の首に手をやって、親指を圧点に叩きつけた。男はあまりの痛さに息を呑んで、脚を震わせた。殴って気絶させるのは簡単だが、数分もすれば目を覚ましてしまうだろう。それに、出会った一人ひとりを一時的に無力化しながら建物内を歩きまわりたくない。なぜなら、なんとかしてまたここから出て行かなければならないからだ。

「まあいい、階段をあがれ」おれはそういって男に背中を向かせ、腰の後ろを銃で小突いた。「ここの経営者のところにおれを連れて行くんだ。おかしなまねをしたら、余生は車椅子で送ることになるぞ」

こっちが本気であることをちゃんとわからせるように、グロックの銃口を男の背中にぐいっと押しつけた。男は階段をあがりはじめた。おれは男の首に息がかかるくらい、すぐ後ろについていった。背後でまた笑い声が聞こえた。今度は男の声で、椅子がカーペットを擦る音がした。バーにいた男たちの何人かが、いよいよコースのメイン料理にあずかるのだろう。あの男たちもまもなくこの階段をあがってくる。おれはドラキュラ男を小突いて急がせた。

「おれがだれのことをいってるか、わかってるんだろ?」おれは小声でいった。今度はナイフの刃を出して男の頬に押しつけたが、切れるほど強くは押しつけなかった。

男はまた呻いたが、ふてぶてしい感じの声だ。どうやらそう簡単に怖気づくような人間じゃなさそうだ。おれが行きたいところへ行くにはこの男に血を流させなくちゃならないかもしれないが、この男には分別があることを願いたい。おれは元兵士であって、拷問者とはちがう。無力な男の顔をナイフで切り刻むなんて、想像するのもごめんだ。

階段をあがりきったところで、男は左へ曲がり、おれたちは長い廊下を歩きはじめた。ホテルにあるような長い廊下で、両側にはずらりとドアが並んでいる。どのドアも閉まっているが、いくつかドアの奥から、快感に浸っているふりをする女たちの声、そしてときどき野獣のような激しい呻き声がした。廊下自体に人の姿はない。みなさんお忙しくて、廊下をうろつく暇もないのだ。だがすでに、バーから新しい客が階段をあがってくる足音が聞こえてきた。

おれはドラキュラ男を、もう一度ナイフの刃でぐいっと押した。ドラキュラは歩き続け、廊下の突き当たり近くにある重い防火扉の前で立ちどまって、取っ手をつかんだ。

「鍵がかかってる」男はぶつぶつといった。

「だったら開けろ。おまえが鍵を持ってるのはわかってるんだ。さっきボディチェックしたときに感触があったからな。早くやれ」

おれはナイフでもう一度小突いた。今度は男の肌が切れて、小さな血の滴が出てきた。ドラキュラ男はわずかに怯んで、ポケットから鍵の束を取り出した。男の頬をゆっくりと血が滴り落ちるのを見て、一瞬、吐き気がした。

男がドアを開けると同時に、数人の客と女たちが二階にあがってくるのが見えた。だれかがこっちに顔を向ける前に男を前に押しやって、姿が見られてないことを願いながら自分もあとに続いた。

そこには、さらに上の階へあがる階段があった。おれたちはその階段の下で足を止めた。上からはなにも聞こえてこない。なんの物音もしないことが、おれを不安にさせた。この建物は三階までしかない。もし上にだれもいないなら、ほかにどこを探せばいいか、まったくわからなくなってくる。

「おれが探してる大男はどこだ？」

するとドラキュラ男は、階段の上のほうに顎をやった。おれを罠に陥れようとしているのだろうか。おれは男をじっと見すえた。頬のナイフ傷から、顎に向かって血の筋が伝い落ちている。男の顔つきが緊張しはじめていた。

おれはナイフの刃をたたみ、ジーンズの尻ポケットにしまって、ドラキュラ男の首に腕をまわして引き寄せ、盾にしながら、パントマイムの馬のように一緒に階段をあがっていった。

「つぎはかすり傷じゃすまないぞ」おれはドラキュラ男の耳もとに、耳垢の臭いや饐えたタバコの煙の臭いもかまわず、小声で凄んだ。「おまえの背骨を吹き飛ばしたっていいんだ」

あと三、四段であがり切るというところで、三階が見えてきた。間取りは同じだが、照明ははるかに眩しくて、真っ白な壁には経年の染みがある。

すると、いきなり左手のドアが開いて、なんとゴム顔があらわれた。ゴム顔は後ろを振り向いて、おれには見えない相手とセルボ＝クロアチア語で話をしている。

おれはすかさずドラキュラ男を押して残りの階段をのぼらせ、ゴム顔の正面に立たせた。ゴム顔は物音を聞いてこっちを向くと、たちまち罵り言葉を吐いた。虚を突かれて、一瞬その足が止まった。

ゴム顔がすぐに落ち着きを取り戻して、出てきた部屋のなかへ戻ろうとするのはわかっていた。おれはドラキュラ男の背中から銃を離して、ゴム顔の上半身にまっすぐ狙いをつけた。

「動くな、動いたらその腹にぶちこむぞ」状況を支配しているのがこのおれであることをわからせるような口ぶりで、おれはいった。

だが残念ながら、支配しているのはおれじゃなかった。グロックの直接的脅威から解き放たれたドラキュラ男が、その機に乗じておれの手首をつかみ、首を絞めているおれの腕を引き離そうとして暴れたのだ。おれは思わず後ろによろめいた。ドラキュラ男は空いているほうの腕でおれの腹に肘打ちを食らわせようとしたが、おれは身体をよじってその肘打ちを避け、ドラキュラ男の首を思い切り絞めあげ、喉から空気を搾《しぼ》り出した。ドラキュラ男は息も絶え絶えだったが、もがくのをやめようとはせず、おれは壁に背中から叩きつけられた。ドラキュラ男は銃を持つおれの腕を引き寄せようとし、おれはそれに逆らって腕を高くあげた。ゴム顔がセルボ＝クロアチア語でなにごとか怒鳴っていて、おれは思った。数秒のうちに状況を挽回しなければ。さもないとこっちが殺《や》られてしまう。

壁から背中を離し、ドラキュラ男の尾骨に膝蹴りを食らわせた。息ができていれば痛さのあまり悲鳴をあげたにちがいないが、おれが喉を絞めあげているせいでそれもできない。男がおれの手首をつかむ力は緩んだし、銃を持つ腕も男の手から引き抜いた。おれは男が暴れるのをやめさせるため、銃身を頭に叩きつけようと腕を振りあげた。しかし、男がまた手首をつかんできて、ちょうど銃口がこめかみに向いてしまった。

それがまちがいだった。もともと引き金に指の力がかかっていたのに、ドラキュラ男が急につかんできたため、思わぬ力がさらに加わってしまったのだ。

グロックの銃声が耳もとで轟いて、腕に温かいものが飛び散る感じがあった。ドラキュラ男の残った頭の部分から血飛沫が飛んできたのだ。血はカーペットにもたっぷり飛び散っていて、おれの腕のなかで男の身体から力が抜けていった。事故かもしれないとはいえ、まっすぐこめかみへ撃ちこまれた完璧な一発で、ドラキュラ男はほぼ即死だった。

軍の訓練では、格闘時には感情を切り離せと叩きこまれる。良心の呵責《かしゃく》や感傷に流されずに淡々と相手を殺し、すぐにつぎのターゲットへ向かっていくのだ。おれはドラキュラ男を床に落としてその死体をまたぐと、グロックを両手で握りしめながら、ゴム顔が消えたドアに近づいていった。ゴム顔が逃げこんで五秒ほどしかたってないが、おれは急襲というもっとも効果的な武器を失ってしまったわけだ。こっちが来るのを知られた以上、流れはがらりと変わってくる。その部屋に入ったとたん、撃たれてしまうだろう。奇襲部隊風に転がりながら入ったとしても、ターゲットがどこにいるかわからず、結局撃たれてしまうことに変わりはない。あのネズミ顔のＭＡＣ10男がなかにいた場合はなおさらだ。なにかほかの手を考えなければ。それもいますぐ。

そのとき、一人の女が悲鳴をあげた。

どこからともなく聞こえてきた。いや、正確にいうと、そのドアの向こう側のどこかから聞こえてきた。激しく狼狽する声で、おれは思わず足が止まった。また聞こえた。今度はさっきより大きい。その声には確かに苦痛が感じられて、おれのアドレナリンはふたたび全開になった。

ドアが開きはじめた。

「助けて」女が懇願するのが聞こえた。「あたしを助けて」

ドアが十五センチほど開いて、隙間から顔が見えてきた。おれは銃を前に突き出したまま、その場に立ち尽くした。銃口は女から六十センチも離れていない。いったいどうなっているのか、おれにはさっぱりわからなかった。

「ゆっくり出てくるんだ」

「あいつら、あたしを傷つけたの」女はすすり泣いた。

おれは女に出てくるよう繰り返した。自分からなかに入るつもりはない。

ドアがさらに開いたかと思うと、恐怖に顔を引きつらせた若いブロンドの女が、カジュアルなジーンズにTシャツ姿でおれのほうに駆け寄ってきた。銃には見向きもせず、ほっと安堵の表情を浮かべている。

おれがすでに銃を降ろしはじめているところへ女は飛びこんできて、おれの肩に顔を埋めた。女の清潔で麝香《じゃこう》のような匂いが鼻に入ってきた。女が顔をあげて目があったとき、まるで二つの暗い淵をのぞきこむかのように魅せられた。

だがそれが災いした。なぜなら、女が手になにか持っていることに気づいたときにはもう遅すぎたからだ。

女の手が鞭のように飛んできたかと思うと、おれが握っていたグロックを意外に強い力で叩き落とし、もう一方の手がおれの脇腹に電気ショック棒を叩きつけていた。激しく身をよじらせるのは今日二度めだ。いったい何ボルトなのか、電気が全身を駆け抜けていく。なんて愚かなんだと自分を罵ったものの、脚の力が一気に萎えて、おれの身体は床に倒れこんだ。

## 17

気を失っていた時間は長くはなかった。おそらく三、四秒だろう。気がついたときには、防弾チョッキと一緒にシャツが脱がされるのがわかった。それから二人以上の手で立たされ、廊下を歩かされて、また階段をあがった。四階があるとは思わなかった。だれも一言もしゃべらない。

ドアが見えてきて、そのなかに放りこまれた。なかは暗くて、外よりはひんやりしていた。椅子に座らされたとき、ようやくおれを捕まえたやつらが見えた。一人はさっきのブロンド女。もう一人はゴム顔で、ゴム顔はおれの顔を平手で強く叩いた。そのあまりの威力に、身体が横に飛ばされた。おれは足でゴム顔のすねを蹴りつけ、立ちあがろうとしたが、ゴム顔にまた平手で殴られ、倒れてしまった。右頬が、火がついたように痛い。

「二度と動くな、動いたらまた電気ショック棒をお見舞いするぞ」ゴム顔はそう命じると、顔を近づけてきて、完璧に白い歯を見せてにやりとした。

椅子には革の拘束具がついていた。そこからこの部屋の使用目的がよくわかったし、当然ながら、この部屋にいたいとも思わなかった。ゴム顔はおれの腹に革ベルトをまわすと、後ろでバックルに通して絞めあげた。そのあいだじゅう、女のほうはおれの脚に電気ショック棒を押しつけていた。おれがにらみつけると、女は顔を逸らした。どうやら本心ではこういうことが好きじゃないらしい。

「こいつをどうするの、マルコ?」女は心配そうな声で訊いた。

「おまえは気にするな」ゴム顔はぴしゃりといった。「それに、おれの名前を出すんじゃない、いいか、死んだも同然のやつの前でもだ、いいな?」

マルコはそういって、女の腕を荒々しくつかんだ。女は怯えるようにして従順な顔を見せた。身のほどをわきまえているのは明らかだ。いくらおれにあんなことをしたとはいえ、そしてつぎに起こること(マルコがその内容を洩らしたようなものだった)が女のせいであるとはいえ、おれは女がかわいそうになった。

マルコはおれに顔を戻し、軽蔑するような目でにらむと、女の手から電気ショック棒を奪い取って、おれの股間に押しつけた。感じたことのない痛みが駆けあがってきた。文字どおり、息が止まった。拘束具の下で全身が震えて痙攣すると同時に、息を吸いたくてたまらなかった。マルコは電気ショック棒をそのまま押しつけていた。押しつけながら、その太鼓のようにピンと張った面の皮を、哀れむような微笑みの形にした。

「これがおれをコケにしようとした罰だ」マルコはいった。

視界が真っ暗になりかけたとき、ようやくマルコは電気ショック棒を離した。おれは意識を失わないように抗ったが、少しずつ気を失いかけていて、暴力に満ちた今日一日が、海霧に包まれた岬のようにかすんできた。ドアが閉まる音がしたとき、吐き気がまた込みあげてきて、二度えずいてから、胃のなかのものを全部ぶちまけた。気分は最悪だったが、おかげで意識を失わずにすみ、一発で現実世界へ引き戻された。もっとも、この現実世界にいたいかどうかは議論の余地があるが。

嘔吐物の残りを唾と一緒に吐き出し、背もたれに寄りかかると、口に嫌な味が残っているのもかまわず、二度深呼吸をした。だれもいない。室内を見まわす。天井が低い小さな部屋だ。壁はコンクリート打ちっぱなしで、湿った臭いがする。右手の小窓から射しこむ明かりが唯一の光で、饐えた空気中に漂う何千もの埃の粒子を明るく浮かびあがらせていた。窓ガラスには左から右へ歪んで走る長いひび割れが入っていて、擦り切れたカーペットは汚れ、あちこち黒ずんだ染みがある。家具らしいものはない。安い木製の椅子二脚がある以外には、かつて旋盤だったにちがいない古めかしい機械がひとつあるだけだ。それと、おれが座っている椅子の隣にある錆びた電気コンロ。それが使えるのかどうか、もし使えるとしてもどんな使い方をするのか、おれは考えないようにした。

ドアがまた開いて、つなぎを着た男が入ってきた。小柄な中年で、でかい眼鏡をかけている。ドアを閉めると、おれの向かいにやってきて椅子に座った。手にはピスタチオの大袋を抱えていて、一粒ずつ取り出しては器用に殻を割り、中身を口のなかに放りこんでいる。ポリポリ嚙み砕きながら、おれを興味深げにながめている。でかい眼鏡の分厚いレンズの奥で目が光っているが、そこにあるのは悪意だけで、慈悲は皆無だ。

「なんでこんなとこまでのこのこ来たんだ?」男は訊いてきた。口ぶりは陽気で穏やか、ほかの連中と同じように東欧訛りがある。しゃべりながら、またピスタチオの殻を剝いて、その殻をカーペットの上に落とした。

おれも拘束具に縛られて座ったまま、同じことを自問していた。ルーカスがひと騒動起こすまであと何分あるだろうか、とも考えていた。

「おまえ、うちのボスに、あのブリーフケースを寄こした男の本名を知ってるといったな? 教えろよ。なんて名だ?」

自分を呪うのははじめてじゃないが、おれはうっかり口を滑らせたことを後悔した。

「知らないんだ」

男はにやりとした。

「おれたちがおまえの口からその名前を聞き出せないと思うか? かならず聞き出してやると も」男はまたピスタチオを口に放りこんだ。「おまえがたったいま撃ち殺した男はペロって名前だ。ありゃまずかったな、うちのお得意さんたちをあんなに怖がらせるとは」男は首を振った。「さて、単刀直入にいおうか。おまえにはいまから死んでもらわなくちゃならない。無理やり押し入ってきて仲間を一人殺したんだ、放っとくわけにはいかないだろ。失礼にもほどがあるってもんだ、ちがうか? だが死に方にもいろいろあってな。なかにはちっとも痛くないものだってある。たとえば、後頭部に銃弾《たま》をぶちこまれるとか」男は親指と人差し指で銃の形を作り、自分のこめかみに押し当てて、引き金を引くまねをした。「一発で、バーン、おしまいだ。問題は解決、面倒は終わり。あとはぐっすり永眠《ねむ》れる。だが方法はほかにもあってな。あまりうれしくない方法だ」男はまた間を置いたが、今度はピスタチオを食べるためではなく、効果を狙っての間だった。「おまえが殺したペロ……あいつのいとこがここにいるんだが、人を痛めつけるのが大好きってやつでな。いまそいつが、いとこを殺された腹いせに、本気でおまえを痛めつけたがってるんだ」男は身震いするまねをした。「だがおれならそいつを思いとどまらせることができる。おまえはただ、ブリーフケースを渡してきた男の本名と、その男についてほかに知ってることを、おれに話すだけでいい。そしたらさっさと片づけてやろう。な？　それでどうだ？」

男がそういって笑顔をつくろったとき、心底恐怖を感じた。

そのころにはおれは、中指の爪の先を使って、ジーンズのポケットにある飛び出しナイフを外から探り当てていた。ナイフを少しずつ上にずりあげていく。莫大な集中力が必要だったが、顔のほうは、いま提示されている申し出に興味があるふりをするほかなかった。

「そいつに拷問させないという保証は？」おれは訊いた。

「そんなもんはないさ」意外にも男は正直に答えた。「だがその程度のリスクは覚悟してもらわなくちゃな」

おれはその点を考えるふりをした。飛び出しナイフの柄は、ようやくポケットから一センチほど出た。親指と中指でつかみ取ろうとしたが、うまくつかめない。

「おれを舐めるなよ」男はぴしゃりといった。「そいつの名は？」

この連中は、イアン・フェリーがなにか隠し持っているとまだ考えているのだ。それはいったいなんだろうと、おれは一瞬思った。

「わかった、わかった」おれは腹を決めたような口ぶりでいった。飛び出しナイフの柄の下のほうを爪の先でさらに押しあげて、ポケットから上に出す作業を続ける。「名前はテリー・ダグラス」とっさに浮かんだその名前の主は、おれの人生初のガールフレンドの父親だ。不動産業者に転身した元ボクサーで、娘はおれにはもったいないと考えていた。「おれは、その……」口ごもって時間を稼ぐ。なぜなら、残りの情報をしゃべったとたん殺されるからだ。

もう一度ナイフの柄をしっかりつかむと、今度はポケットからするりと抜けた。刃の飛び出しボタンを探して、探り当てる。死まであと十秒。拷問者はおれを期待顔で見ている。この男が銃を持っているのかどうか、おれを撃ち殺すのがこの男なのかどうか、考えようとした。おれは恐怖に怯えるあまり、両手の震えを抑えるので必死だった。

「おれたちは警察で一緒だった」必要以上に大きな声でいった。飛び出しナイフの刃が開く音を掻き消すためだ。

「警察?」男は怒って首を振った。「舐めてるのか。おまえのことはみんなわかってるんだ。おまえは警察にいたことなんかない」

しくじった。こっちの調べがついていることを頭に入れておくべきだった。だが同時に、数秒の時間稼ぎになったことは確かだ。おれは親指でナイフの刃を探り、その刃を革の拘束具に押し当てて、ゆっくりと、のこぎりのように動かしはじめた。かすかに前後するおれの右手の動きに、男が気づかないことを願いながら。

「いや、そっちの警察じゃなくて」

「軍か？　軍でそいつと一緒だったのか？」

この連中はおれの情報をたくさん持っているのだろうが、自分たちを脅迫している男のことはろくに知らないらしい。連中が知らないことを親切に教えてやる手はないと、おれは思った。イアン・フェリーはもうあの世に行ったかもしれないが、イアンがまだなにがしかの手がかりを連中に与える可能性はある。おれはルーカスの忠告を振り返った。スズメバチの巣に飛びこんでドンパチやるよりも、通常の探偵仕事に集中したほうがいい。そのとおりだとつくづく思う。ここを出たら、絶対にルーカスのやり方でやっていこう。

「ああ」おれは答えた。「そっちで知りあったのさ」だが呑気な口ぶりを装ったので、今度も男は、おれがでたらめをいっていると思うだろう。

だがおれは、時間を稼いでいるのだ。

男は立ちあがってドアのほうを振り返り、セルボ＝クロアチア語でなにか怒鳴った。おれは男が顔を戻すまでの三、四秒間、狂ったようにナイフを動かした。

「おまえの嘘にはもう飽き飽きした」男はおれを見て、呆れ返ったようにいった。「チャンスをくれてやったのに、このおれをコケにしやがって。さあ、たっぷり代償を払ってもらおうか」

男が椅子に戻ると、ドアが開いた。入ってきた男の姿を見たとたん、おれは思わず目を剝いた。

# 18

男は上半身裸で、腹まわりがわずかにだぶつきはじめているものの、全体に筋肉質だ。覆面で顔は隠れているが、すぐにだれだかわかった。頭全体をぴっちりおおう、ぎざぎざの金属ジップだらけのフェティッシュな黒い覆面。男はそれをかぶって、昨夜リアにナイフを突き刺したのだ。

たちまち恐怖は霧散して、激しい怒りが込みあげてきた。おれは椅子に座ったまま、拘束具をはずそうと激しくもがいた。いまはこの覆面男を殺す以外になんの望みもないし、はっきり確信しているのは、この男を殺すまでは死ねないということだ。

覆面男が後ろを向いてドアにボルト錠をかけたとき、昨夜は背中にあったはずの傷がないことに気づいた。覆面男はこっちに振り返ると、立ったまま、覆面に開いた二つの穴からおれをじっと見つめた。その目にはあからさまな憎しみの色が光っていたが、それはおれもきっと同じだっただろう。

覆面男の片手には野菜油の二リットルボトル、もう一方の手には小型の片手鍋とレードルがあった。

おれはもがくのをやめた。覆面男はおれのほうに歩いてきて、古い電気コンロの横で立ちどまった。片方のコンロのスイッチを入れ、片手鍋をその上において、油をなみなみと注ぐ。男はおれのすぐ横、手を伸ばせば触れそうな距離にいた。しかるべきところを見れば、おれの右手にナイフが見えるだろう。

だが覆面男はそっちを見なかった。おれをにらみつけている。おれはナイフの動きを止めたまま、じっとにらみ返した。

向かいに座っているつなぎの男は、悪意に満ちた笑みを浮かべた。

「こいつの大好物、知ってるか？ 火傷《やけど》さ。情熱の域だよ。この油を熱々にして、レードルでかけると、肉がとろりと溶けて水みたいに滴り落ちるんだ。そんときの悲鳴ときたら、そりゃもう。おまえに聞かせてやりたいよ」つなぎ男は、椅子に座ったまま身を乗り出した。「さあ、ほんとのことを話してもらおう。おまえにブリーフケースを渡したのは何者だ？」

だがおれはしゃべらなかった。つなぎ男は覆面男に合図を送った。すると覆面男は、ズボンのポケットから剃刀を取り出した。刃を開いたとき、おれは思った。この男がついさっきスノーウィを殺した男、イアンがバンパイアと呼んだ殺し屋だろうか。剃刀の刃はぎらぎら光っているが、そこに血はついていない。

「おまえには、恐怖の調理に入る前に少し味見してもらおうか」つなぎ男はいった。「ラドバン、油が熱々になるのを待つあいだに、こいつの片目をえぐり出せ」

ラドバンはおれのほうにかがみこんだ。おれはまた激しく暴れたが、拘束具はびくともしない。必死にラドバンから顔を遠ざけて椅子ごと倒れようとしたが、ラドバンに顎をつかまれてねじあげられ、そのまま押さえつけられた。剃刀のカーブした刃先がおれの視野全体を占めながら、少しずつ接近してきた。

おれはたまらず口走った。

「話す、話す。ほんとだ。なんでも話す」そのつもりだった。

刃先がぴたりと止まった。右目まであと二、三センチのところだ。ラドバンの息が顔にかかった。味わいのある臭いで、よく熟成された肉のようだ。ほかの臭いもした。部屋の外から臭ってくる。煙だ。姿は見えないが、つなぎ男が椅子に座ったまま動いている物音が聞こえた。あの男にもこの臭いがわかるのか？

またしゃべろうとしたそのとき、いきなり火災報知器が鳴り出した。甲高いベルの音が倉庫じゅうに鳴り響いている。かすかにパニックになった人々の悲鳴が、上にあがってくるかのように聞こえた。

ドアをどんどんと叩く音がした。

ラドバンは後ずさり、剃刀の刃先も離れていった。つなぎ男は、不安げな顔つきで椅子から立ちあがった。

「どこのどいつだ？」尋問者はドアに怒鳴った。

「あたしよ、アラナ」女の声が答えた。「外へ出たほうがいいわ。火事よ」

女が激しくドアを叩くため、つなぎ男はボルトを引き抜いて、ドアを数センチ開けた。煙が入ってきて、とたんに臭いがきつくなった。隙間からブロンドの髪が見える。あの電気ショック棒でおれを無力化した女だ。しかし、おれが意識していたのは女のほうじゃない。おれはまた、ナイフを動かしていたのだ。今度はできるだけ速く。なぜなら連中に命を奪われないとしても、火事に奪われるからだ。そもそも、なんでルーカスは火なんかつけたんだろう？　おれがここに捕らわれてることはわかっていたにちがいないし、だとしたらここを全焼させることは、とうていおれを助けることにはならないはずだ。

拘束具の革はあと少しで切れそうな感じがあるし、運よくラドバンは、剃刀を固く握ったまま、ドアのほうを見ている。

「わかった、そうしよう」つなぎ男はいった。「いま出る」

「あいつもまだそこにいるの？」女は訊きながら、隙間に身体を押しこんでなかに入ろうとした。

「このアマ、なんでそんなこと知りたがる？」つなぎ男はそういって、女を押し戻そうとした。「余計なことに首を突っこむな！」つなぎ男はラドバンを振り返った。眼鏡の奥の目を緊張で見開いている。「よし、お楽しみの時間はなしだ」男は怒鳴った。「喉を掻っ切れ」

まだすぐ近くにいたラドバンは、おれの首めがけて剃刀を一閃させた。だがおれは、そう来ると踏んで右足で蹴りを出し、ラドバンのバランスを崩した。わずか数センチでおれの喉の肉は剃刀の刃の餌食にならずにすんだが、それで稼げた時間は一秒の何分の一かだ。おれはナイフを動かすのをやめ、これがラストチャンスだと思いながら、手首を縛る革に力を入れた。視野の端に、つなぎ男が服のポケットからリボルバーを取り出すのが見えた。だがいまこの瞬間、つなぎ男はどうでもよかった。なぜならおれの人生が続くか終わるかは、この拘束具を切る力があるかどうかにかかっているからだ。

ラドバンはおれの脚が届かないところまでさっと離れていて、ふたたび剃刀の刃が飛んできた。

今度は逃れられそうもない。

するとプチッと音がした。ようやく革が切れたのだ。おれは膝をつく形で前に倒れこんだ。剃刀が頭頂部をかすめて、強烈な痛みを感じた。頭皮が切られたからだが、おれの勢いを殺《そ》ぐほど深い傷じゃない。だが膝をついた瞬間、ラドバンはおれの髪をつかんで立ちあがらせ、喉を掻き切ろうと身体を寄せてきた。うっすら煙が入ってきていて、そのなかにつなぎ男の姿がちらっと見えた。リボルバーを構えて静かにおれの胸に狙いをつけ、いつでも撃てるようにしている。挟み撃ち状態だが、おれは一度にひとつのことにしか対処できない。引っぱりあげられてラドバンの手に喉を締めあげられているとき、手のなかで飛び出しナイフの向きを変え、人殺し野郎の太腿に根元まで刃を突き立てた。ラドバンは深々と吐息を洩らして——はじめてこの男が立てる音を聞いた——後ろによろめき、同時におれは飛ぶように前に倒れこんだ。銃弾を避けなければならないからだ。カーペットの上を滑るおれを、リボルバーの銃口が追いかけてくるのが見えた。防弾チョッキがなければ、いいカモだ。銃声が一発鳴り響いたが、当たらなかった。つなぎ男が罵るのが聞こえた。

「なにするんだ、このアマ！」つなぎ男は大声で叫んだ。意外なことに、そしてありがたいことに、あのブロンド女がつなぎ男と格闘しているのが見えた。リボルバーは二人につかまれ、天井を向いている。二発めが撃たれ、三発めも発射された。

火事の煙は、いまや部屋のなかにもくもくと舞いあがっている。火が燃え盛る音もかすかに聞こえてくる。おれはすでに煙で息が苦しくなりはじめていたが、ラドバンのほうをちらっと見た。太腿に刺さったナイフのことなどかまわず、脚を引きずりながら電気コンロのほうへ行って、ふつふつと煮えたぎる油が入った片手鍋を持ちあげている。

銃がまた発射された。銃弾は、今度はおれのすぐ近くに飛んできた。つなぎ男とブロンド美人の格闘はあいかわらず続いている。

ラドバンは両手で片手鍋を持って、こっちのほうを振り返っていた。ナイフが突き刺さったところからは血がどくどくと流れ出て、ズボンの上を伝い落ちているが、ラドバン自身は気にも留めていない。ラドバンは無慈悲で冷酷な拷問者かもしれないが、おれがこの男のいとこを殺した事実は残っていて、名誉の問題にしろ感情の問題にしろ——覆面では感情がわからないため、必然的に名誉ということになるだろうが——どうしてもおれに代償を払わせたいのだ。だがラドバンの両手は震えているし、腿にナイフを突き立てられて、歩くのもおぼつかない。油は鍋の縁からこぼれてラドバンの靴に飛び散り、激しく湯気を立てた。

この男こそ、無力に横たわって怯えるリアをカメラの前で惨殺し、おそらくスノーウィの喉も掻き切った人殺しなのだ。こっちこそ、この機に代償を払わせてやる。おれはラドバンが予想もしなかったにちがいない速さで床から立ちあがると、ラドバンが反応する前に空手キックを繰り出した。不恰好ながらも正確なその蹴りは、片手鍋の底に命中し、たっぷりの灼《や》けた油が、ラドバンの裸の上半身にざばっとかかった。今度はラドバンが苦痛の悲鳴をあげ、その声におれは喜びを感じた。ラドバンは鍋を落とし、肉を溶かす油を叩くようにして拭いている。その隙におれは、ラドバンの股間めがけて頭からタックルし、ラドバンは後ろにあった電気コンロの上に倒れた。肉が焦げる臭いがしたし、おれの頭頂部も、ラドバンの身体を伝う油に触れたとたん火がついたように痛んだ。ラドバンは身をよじって絶叫し、すっかり戦意喪失したようだった。おれは覆面をしたその頭に手のひらを叩きつけるようにして、熱したコンロに押しつけた。ラドバンは寸前でかなり抵抗したが、もう遅かった。覆面をかぶった頭は横向きにコンロにくっついて、フライパンでベーコンがじゅうじゅう焼けるような音がした。ラドバンは悲鳴をあげ、逃れようともがいたが、覆面の革はすでに溶けはじめているし、こっちが逃すはずもなかった。おれはさらに両手を使って強く押しつけ、ジッパーの金属部分から伝わってくる熱も気にせず、リアがばらばらにされるのを見せられたDVDを思い出していた。ラドバンは、空しく両手で叩いてきたり脚をばたつかせたりしているが、もうおしまいだ。そのことは疑いようがない。

部屋には煙が充満しかけていて、呼吸もしにくくなっている。つなぎ男とブロンド女は、姿も見えなければ声も聞こえない。しかし、広がる炎の轟きは聞こえる。

ここを出るときだ。

## 19

急いでシャツを引っつかみ、手探りで部屋を出たとたん、息を奪う黒い煙に襲われた。もくもくと濃い波になって階段を駆けあがってくる。下に逃げる道はない。つまり、選択肢はほぼないということだ。恐怖が込みあげてきたが、それを無理やり押さえこんで階段から離れ、前が見えないまま、よろよろと短い廊下を歩いた。なにかにぶつかってつまずいたが、なんとか転ばずにすんだ。煙のなかに見えたのは、うつ伏せに倒れているつなぎ男だった。気を失っている。この男から答えを引き出している時間はないし、この男を抱えて逃げることもできないので、またいで先へ進んだ。

短い廊下の突き当たりには、ドアがあった。それを開け、手探りでなかに入って、後ろ手にドアを閉める。どうやら収納室らしい。いろんなガラクタが——ほとんどが箱で、ところどころに家具がある——手当たり次第に壁際に積みあげられているが、おれの目はすぐに、部屋の真ん中に置かれていたアルミ製の大きなビヤ樽に引き寄せられた。安堵感が一気にやってきた。ビヤ樽の真上に、開いた天窓があったのだ。だれかがすでにこの方法で倉庫の外へ脱出したらしい。きっとあのブロンド女だ。そうであってほしい。

刺激臭のある煙を吸って息も絶え絶えになり、もはや疲れ切って体力の限界だったが、新鮮な空気を吸いたいという切なる欲求に突き動かされて、おれはそのビヤ樽の上によじのぼった。爪先立ちになると、なんとか天窓の枠の端をつかむことができた。腕の力で身体を引きあげると、窓枠の外へ顔を出し、暑い夏の新鮮な空気を思いきり吸いこんだ。

下のどこからか爆発音がして、倉庫全体が揺れた。おいおい、ここにはなにが保管してあるんだ？ ダイナマイトか？ こっちはまだフライパンからも火からも逃げ出してないのに。両腕を突っ張って窓枠から身体全体を引きあげ、傾斜した屋根瓦の上に横になった。目の前には運河と対岸の建物群がある。対岸の道では、ジョギング中の大人たちや制服姿の生意気そうな子どもたちがずらりと並んで、目の前の業火をじっとながめている。キングズランド通りの橋の歩道に、ルーカスの車がハザードランプをつけて駐まっているのが見えた。ルーカスは車の横に立っていて、おれの姿を見つけたとたん、大きく手を振ってきた。まるで空港の到着ロビーで、長いあいだ消息不明だったいとこが出てくるのを待っていたかのようだ。だが距離はゆうに四十メートルはあるし、四階となると高さもけっこうある。せめて梯子くらい探してくれたっていいだろう、とおれは思った。

屋根の傾斜を降りて端の雨樋まで行き、下を見る。高さについては思ったとおりだ――いくらパラシュート連隊で訓練を積んだとはいえ、飛び降りるには高すぎる。下のあちこちの窓から煙がもくもく出ていて、一階部分の外壁を炎が舐めている。スーツ姿の若い男を投げこんだ大型ゴミ容器は、完全に炎に呑みこまれていた。あの男は逃げ出せただろうか、それとも、今日出た死人の一人になっただろうか。

消防車があちこちから駆けつけてくる音がしたが、彼らの到着を呑気に待っている場合じゃない。この手の古い建物はあっというまに全焼してしまう。すでに瓦は火災で熱くなりはじめている。

おれはルーカスに背を向け、屋根瓦の上を這って倉庫の西の端まで行った。隣接する建物の屋根までは約三メートル。高所ではかなりの距離だが、うまく飛んで渡りさえすれば、無事に帰れたも同然だ。なぜなら隣の建物の裏手には二階建ての増築部分が見えるからであり、そこへ降りれば、さほど苦労せずに地上に戻れるからだ。

隣の建物の庭では、薄汚いオーバーオールを着た男たちが、おれをじっと見あげていた。

「だいじょうぶだ！　あんたは飛べる！」一人が叫んだが、口でいうのは簡単だ。

瓦の隙間から、幾筋もの細い煙がゆらゆらと立ちのぼってくる。この屋根が崩落するのも時間の問題だ。下のどこからか、また爆発音がして、今度も建物が揺れた。おれの身体も揺れて、あやうくバランスを崩し、思ったより早く地面に落ちてしまうところだった。隣の建物との境に一台のパトカーが停まって、一人の警官が降りてくるのが見えた。口もとに無線機を押し当てている。

おれは数歩後ずさって雨樋から離れ、煙の出る傾斜屋根の上にまっすぐ立った。それから隣の屋根めがけて走った。二秒後、おれは宙を飛んでいた。勢いが落ちないように、両脚をばたつかせた。隣の屋根の端に両足がついたと思った瞬間、片足が滑ってはずれた。両手でなんとか瓦に指をかけようとしたが、いつのまにか身体は増築の二階建てのほうへと転がっていった。そのまま屋根から落ちたが、片手で雨樋をつかんだおかげで落下の衝撃は和らぎ、なんとか増築部分の平屋根の上に両足から着地できた。おれは今度は自信を持って平屋根の上を走り、屋根からぶら下がって飛び降りた。着地したところは、オーバーオール姿の作業員二人の、がっしりした腕のなかだった。

「いいぞ、もうだいじょうぶだ」さっきおれを励ましてくれた男がそういったが、この男は半分もわかってはいない。だいじょうぶなものか、ここから立ち去るまでは。

激しく咳きこむと、だれかが水のペットボトルを差し出してくれた。それをごくごくと飲んだ。

「座ったらどうだ」水をくれた男がそういって、おれの肩に腕を置いた。

「あそこには売春クラブがあるのか?」ほかのだれかが訊いてきた。

「逃げなくちゃならないんだ」おれは口もとを拭った。「裏口はどこだ?」

だれかが作業場の先の、水漆喰《みずしっくい》の壁にあるゲートを指さして、

「鍵はかかってない」といった。

「女房と面倒なことになりたくないんだろ?」ほかのだれかが叫んだ。この作業員たちのなかのお調子者らしい。

おれはこの一団をあとにして、ゲートに向かって走った。サイレンがあちこちから聞こえてきて、燃えさかる倉庫から炎が噴きあがるさまは、さながらドラゴンが口から吐く炎を思わせる。肺に焼けるような痛みを覚えながら、おれはゲートを押し開け、転がるように運河道へ出た。ルーカスはまだ橋の上だった。おれは痛みを押してそっちへ走っていき、なんとか階段をのぼった。

のぼり切るころには体力がほとんど残っていなかったが、その点は心配いらなかった。なぜならルーカスがおれをつかまえて、車のほうへ運んでくれたからだ。助手席側のドアが開いて、おれは姿勢を低くしたまま転がりこみ、ルーカスがドアを閉めてくれた。ルーカスは運転席に座ると、ＢＭＷを発進させて車の流れに合流し、キングズランド通りを北へ向かった。

「おまえ、臭いな」最初の信号を通過するとき、ルーカスはいった。クラクションをけたたましく鳴らしながら反対車線を騒々しく走ってくる消防車を、横にふくらんで避けた。

「別に驚くことでもないだろ?」おれはようやく答えた。呼吸が少し落ち着いて、咳も収まっていた。「感謝してないわけじゃないが、あんなふうに火をつけて、いったいどういうつもり

だ?」

ルーカスは、信じられないといいたげな表情で、おれを見た。

「いったいなんの話だ? おれは火なんかつけてないぞ。こっちこそ、おまえの仕業だと思ってたんだ」

## 20

火をつけたのがルーカスじゃないとすれば、いったいだれが? なぜ?

どちらの疑問も、おれにはさっぱり答えがわからなかった。車のシートに寄りかかり、キングズランド通りの寂れた安っぽい商店街が後ろに飛びすさっていくのを眺めながら、生きていることに心底安堵した。そして、リアを殺し、もしかするとスノーウィも殺したかもしれない男を始末したことに、かすかな満足感があった。あの覆面男が、イアン・フェリーを殺すのに雇われたとイアンが思っていた殺し屋、イアンがバンパイアと呼んでいた殺し屋なのだろうか? もしそうだとすれば、これであの男は自分の罪の代償を払ったことになるわけだ。覆面が焼け切れたときのあの男の苦痛の呻きを思い出しながら、あの男がリアと同じように苦しみながら死んでいったことを、願ってやまない。だがその程度しか満足していない理由は、なぜおれを陥れるためにあれほどの手間をかけたのか、その人物はだれなのか、いまだにわからないことだ。それを突き止めなければという気持ちが、いままで以上に強くなった。

「アディダスのバッグは？」足もとになにもないのを見て、おれは訊いた。

「後ろだ」ルーカスはそう答え、おれがバッグを取ろうとして後ろを振り返るのを見ると、すぐにつけ加えた。「しかし空っぽだぞ」

「空っぽ？　どういう意味だ？」

「おまえが倉庫に行ってるあいだに、あのナイフは運河に投げ捨てておいた。あれほど打ってつけの場所はないと思ったからな」

それを聞いて、少し不安になった。おれにはそれほど打ってつけとは思えなかったのだ。あの売春クラブのなかには死人が少なくとも二人はいるし、あるいはもっと多いかもしれない。周辺は重大犯罪現場となるだろう。事件の手がかりを求めて運河を浚《さら》うことだって、ないとはかぎらないわけだ。

ルーカスはそんなおれの考えを読んだ。

「心配するな、指紋はきれいに拭き取ってある。おまえにつながるものはなにもない」

「それと、あのＤＶＤは？」

「おれがまだ持ってる」ルーカスはジャケットの腰のポケットをぽんと叩いた。「おれがなかを確認して、そのあとで始末しよう」

おれはゆっくりとうなずいた。

「そうだな」

あまりに疲れていてまともに頭が働かなかったが、にもかかわらず、不審な違和感を覚えざるをえなかった。なぜルーカスは、おれになんの断わりもなくナイフを捨てたりしたのだろう？　おれは、余計な妄想を振り払えと自分にいい聞かせ、シートに背中をあずけた。ルーカスは一人の親友を失ったばかりだ。こんなことに関わっていていいはずがない。

おれたちは迂回路を通って、コマーシャル通りにあるルーカスの事務所に戻った。裏手の路地に車が停まったときは、四時になったばかりだった。ルーカスはおれに、車に座っててくれといった。

「イアン・フェリーのファイルを取ってくるだけだ。いまこのあたりをうろうろしてるのは安全じゃないからな。スノーウィを殺したやつは、名刺からこの事務所の住所を割り出すはずだ」

「ということは、おまえが待ち伏せされてる可能性もあるわけだ。おれが行ったほうがいいな」

「しかしおまえの見た目、ひどいぞ」ルーカスはいった。「そんななりで歩いたら、いくらこの界隈とはいえ、一キロ先からでも目立ってしまう」

バックミラーで自分の格好を見てみると、たしかにルーカスのいうとおりだった。頭はまるで、スピードをあげる大型トラックの排気管に突っこまれたかのようだ。出ている肌はどこも煙で真っ黒だし、いつもはきちっとした流行の髪型も、例の頭皮の傷から出た血がこびりついて、全体に奇妙な形で立っている。首にも血がこびりついていて、おまけにシャツには、赤錆におおわれた嘔吐物がべっとりついている。

「だいじょうぶだって」おれはそういってシャツを脱ぎ、一番汚れていそうにない部分で顔を拭いた。髪をきれいに撫でつけようとしたが、うまくいかないとわかったとき、ルーカスがシートの下から、古いベレー帽を取り出してくれた。おれはそれをかぶった。

「よし」ルーカスは溜め息まじりにいった。「行くぞ」

おれたちは裏口から事務所に入った。ルーカスは余裕を装っていたが、おれにはルーカスが緊張しているのがわかった。ルーカスは薄暗い裏口広間を慎重に抜け、事務所に通じる螺旋階段をあがっていく。どうして自宅を探偵事務所にしないのか、おれにはその理由がよくわからない。ルーカスはイズリントンのモダンな通りにしゃれたアパートを持っているのだ。こんな寂れた通りの店の二階にある事務所なんかよりもずっと、依頼人たちの心をつかむにちがいない。ルーカスは一度、でかい金が動くのはシティだから、シティに近いところに拠点を持ちたいといったことがある。公正を期すためにいえば、ルーカスのいまの事務所はオールドゲートのきらめく高層ビル群からほんの数百メートルしか離れていない。だがここはロンドンであって、ときに数百メートルが数キロに感じられることがある。ルーカスがどう考えたいかはともかく、いまの拠点はホワイトチャペルにあるのだ。ここは切り裂きジャックが出没した地域、正真正銘のイーストエンドであり、金融街では決してない。おそらくわかっているにちがいないが、後者の人々はふつう、前者のほうへあえて行こうとはしない。

そして格好の待ち伏せ場所でもある。おれはそう思いながら、二人で階段をのぼりきり、ルーカスはドアを開けた。身を隠せるくぼみが壁にたくさんある古い建物で、残念なことに、おれは銃を持っていなかった。あの売春クラブで取りあげられてしまったのだ。安全な防弾チョッキも奪われてしまって――いまごろは燃えてカリカリになっているにちがいない――自分が裸になったような脆弱になったような、そんな気分だった。

なかに入ると、ルーカスは後ろ手にドアを閉めた。室内を見渡して、ゆっくりと首を横に振った。モニターと電話が載った大きなデスクが二つ、どちらも一定の角度でドアのほうに向かうよう配置されている。右のデスクはもう一方よりやや大きくて、ルーカスのものだ。すべてがきれいなシンメトリーに並んでいて、思ったより片づいている。スノーウィのデスクのほうはぐちゃぐちゃで、ペンと書類があちこちに散乱し、空っぽのマグカップも二つ置かれて、ひとつには〝世界一のおじさん〟という言葉がプリントされていた。

「あいつが死んだなんて、信じられない」ルーカスはそういって、いまは亡き部下のデスクに近づいていった。

「スノーウィに家族はいるのか?」おれは訊いた。スノーウィとは一緒に従軍した仲だが、あいつに関してはその程度のことも知らなかったのだと、いまさらながら思い知らされた。

タバコに火をつけて、ルーカスは答えた。

「弟が一人、それだけだ。両親はもう亡くなっている。スノーウィは弟とは仲がいい――というか、よかった。あいつにはほかに仲のいいやつはいなかったんだ」ルーカスはデスクの上の写真を取って、悲しげにながめた。「あの猫が大好きだった」そしておれに、丸々と太った虎毛の写真を見せてくれた。電気暖炉の前でのびのび寝そべって、片目を閉じている。それを見ただけで、おれも眠りたくなってきた。

「猫ってのは自立心がしっかりしてるんだ。その猫もだいじょうぶさ」とはいったものの、この猫が本当にだいじょうぶかというと、確信はなかった。ふだんからいい暮らしを楽しんでいるだろうし、主人がいなくなったいま、その暮らしをだれが与えてくれるというのか？

ルーカスはその写真を置くと、自分のデスクのほうへ行った。電話機の赤いランプが点滅している。

「留守電のメッセージだ」ルーカスはそういって、ボタンを押した。

メッセージは二つあった。ひとつはケビンという男からだ。妻の浮気の確証をつかむ件がどこまで進んでいるか知りたがっていた。

「進みすぎたくらいさ」メッセージを聞きながら、ルーカスはいった。「こいつの女房はここ一週間で三人の男と寝たんだ」

もうひとつのメッセージは、フィルと名乗る男からだった。ルーカスが知りたがっていたレクサスLS600、登録番号W32BCSは、バーモンジーのテニソン通り十四番地に住むトレバー・ブレイクという人間で登録されていた。四十四歳、結婚して九歳の息子がいる保険セールスマンで、犯罪歴はない。ルーカスはそれをメモ帳に書き留めると、そのページを破り取った。

「スノーウィが追ってた車だ」ルーカスは説明した。「おまえのユーゴスラビア人たちを乗せた車さ。どうやらナンバープレートは偽造らしい。ちょっとイアン・フェリーのファイルを取ってくる。そしたらここを出よう」

保管室に入って数秒後、ルーカスは薄いファイルを脇に挟んで戻ってきた。

「なあルーカス」おれはいった。「おまえはおれのために充分やってくれた。その情報さえもらえば、ここからはおれ一人でやるよ」

ルーカスは顎を引き締めて、きっぱりと首を振った。

「いや、これはおれの問題でもある。連中はおれの親友を殺したんだ。ただ仕事をやってただけのスノーウィを。そのうえもう一人、おれの親友を殺そうとしている。いいか、タイラー、おれには男も女も知りあいこそたくさんいるが、この世でほんとにおれが大切に思ってる人間は、そう多くないんだ。スノーウィはその一人だった。そしておまえもだ」

おれは心を動かされた。朝からずっとつらい思いをしてきただけに、なおさらだ。

「しかし、おまえを面倒なことに巻きこみたくないんだ」おれはいった。「いまのところ、おまえは問題になるようなことはなにもしてない。この先行きすぎたりしたら、あとで後悔するはめになりかねないぞ」

ルーカスはタバコを強く吸った。

「その心配はおれにさせてくれ」

「警察がスノーウィの身元を突き止めるのにそう時間はかからない。おれはスノーウィに車を売ったから、あの車がスノーウィの名義で登録されてることを知っている。じきに警察が来て、おまえの玄関ドアをノックするだろう」

「来たら、向こうの質問に答えるまでだ」

「警察は、スノーウィが殺された時刻の少し前におまえがスノーウィに電話したことを突き止めるだろう。おまえは真実をしゃべって、おれのことを話さなくちゃいけなくなる。適当に話をでっちあげたとしても、警察には通用しない。おまえがおれのために疑われるなんて、いやなんだ」

「おれだって、おまえを銃の前に立たせたくはない」

「そうするしかないんだ」おれはいった。「ほかに選択肢はない」

「それはつまり、おまえにはこの事件の背後の人物を突き止める時間があまりないってことだ。だったら助けは、多ければ多いに越したことはないだろ。おまわりたちがあらわれるまでは、おれがその助けだ」

「ありがとう、ルーカス」おれはこれ以上ないほど感傷的になった。深呼吸をひとつして、自分にいい聞かせる。こんなのはただの精神的動揺で、今日一日あったひどいことに対して遅れて反応が出てきただけだ。おれは感受性人間だったためしがない。古いタイプのイギリス人で、男同士の肉体的接触は固い握手のみと信じている。だがルーカスがおれの横を通ったとき、おれはその肩に手をまわして抱き寄せた。妙な気分がして、すぐに身体を離した。この不意打ちのような友情表現に、ルーカスも同じくらい動揺した顔をした。

「なんだか今日は妙な一日になりそうだな」ルーカスはいいながら、ドアのほうへ歩いていった。

その言葉には同意したい気分で、おれもあとについて部屋を出た。壁の時計は四時七分を差していて、当然ながら湧き起こる不安とともに、おれは思った。この奇妙な一日は、つぎはいったいなにをもたらすのだろうか。

21

最初に起こったのは、ルーカスと一緒に、イズリントンにあるルーカスのアパートへ車で行ったことだ。ルーカス自身はアパートというよりメゾネットと呼びたがっている。居住スペースが二階建てになっているからだ。ゆっくりと高級化しつつあるホロウェイ通り西端の界隈で、一九六〇年代のローコスト低層住宅が建ち並ぶ通りではかなり目立つおしゃれなガラス張りのビルのなかにある。安全な地下駐車場にＢＭＷを駐めて、おれたちはなかに入った。うれしいことに、ここにはなんの待ち伏せもなければ、警察も来ていない。

「振り出しからはじめよう」ルーカスは書斎に入るとそういって、自分のラップトップを起動させた。

おれたちは大きなガラスの机を挟むようにして、心地よい揃いの黒革の椅子に座ってコーヒーを飲んでいた。時刻は四時四十分で、おれはだいぶ気分が上向いていた。シャワーを浴びて、ルーカスのアルマーニ・ジーンズと、綿でできた半袖のヒューゴ・ボスのシャツに着がえたのだ。ルーカスに靴もくれと頼んだが、おれの友情はそこまでだと断わられ、靴はあいかわらず煤けた安物のティンバーランドを履いている。

「ゆうべのことはまだなにも思い出せないのか？」ルーカスは訊いてきた。

「昨日のことはほんとになにも思い出せないんだ。昨日の朝ショールームへ車で行ったのはぼんやり思い出したが、それだって、百パーセント確信があるわけじゃない。おまえに電話したのも覚えてないんだ」

「おまえの記憶をこじ開ける手がないのが残念だな。おまえを陥れた連中は、相当な手間をかけておまえがゆうべ過ごした場所を隠している。ということは、おまえの記憶が戻るかもしれないと考えているか、あるいは……」

「あるいはなんだ？」

「あるいは、その場所がおまえにとって見慣れた場所かだ」

おれは首を振った。

「あんな部屋には行ったこともない」

「部屋に行ったことがなくても、その家には行ったことがあるかもしれない」

「そうは思えないな」おれはいった。「おれが今朝目覚めた場所は、ロンドンの北だ。ハートフォードシャーか、もしかするとエセックスの端あたり。そんなところに住んでる知りあいはいない」

「わかった」ルーカスは折れた。「いまからおれはこのＤＶＤを見る。なにが映ってるか確めないとな」

ルーカスはポケットからＤＶＤのケースを出すと、ディスクを取り出した。

「見れたもんじゃないぞ」おれは忠告した。

ルーカスはタバコを一本つけて、煙越しにおれを眺めた。

「わかってる。おまえはここにいなくていいぞ。というか、いないほうがいいかもな。自分からまたつらい思いをすることはない」

ルーカスのいうとおりだった。ルーカスがラップトップにDVDを差しこんだとき、おれは立ちあがって部屋を出た。はじめて出会ったときのままのリアを思い出したかった。茶目っ気たっぷりに微笑み、バンビのようなきれいな目をして、鼻がつんと上を向いたリアを。冷たい死体になったのでもなく、血塗れの残酷な終わりを迎えたのでもないリアを。

おれはルーカスの居間のソファに座って、がらんとした壁に唯一かかった巨大なプラズマテレビの、がらんとした画面を見つめていた。ルーカスのメゾネットは典型的な独身男の住まいで、家具らしい家具はなく、大半の金は電気製品に費やされている。どの壁にも絵はないし、ソファと揃いの椅子が寸分の狂いなくきちっと並べられていて、どこかのショールームといった趣だ。明らかに豪華ではある――つまり、探偵はおれが思ってたよりずっと稼げる稼業だということだ――が、面白みがなくて個性に欠ける。

待っているあいだ、リアのことを無理やり頭から追い出し、今日の出来事を振り返って、いくつか答えを探すことにした。おれは、過去になんの関係もない凶悪犯罪者たちから罠にかけられた。軍で一緒だったもののほとんどつきあいがなかった元兵士のイアン・フェリーは、あるものが入ったブリーフケースを持っていて、今回の連中はそれを喉から手が出るほどほしがった。だがそれを回収するのに連中自身の仲間を一人送るのではなく、おれを利用して、おれに殺人の罪を着せたうえで指示に従うようにさせるなど、手の込んだまわりくどいことをすることにした。イアンはおれに、ブリーフケースの中身を教えるのを拒んだが、なにか〝とても悪いもの〟であることをほのめかし、おれにはその様子からして――極端に緊張し動揺していた――イアンが本当のことをいっているように思えた。

ほかにも本当なのは、おれがブリーフケースを届けた連中が、ブリーフケースを手放そうとはせず、邪魔してくるスノーウィのような人間を躊躇なく殺してしまうことだ。売春クラブでは何人か死んだが、連中はまだいると思われるし、まだブリーフケースを持っている。連中は、イアンがなにか隠していたとも信じているようだ。

イアン・フェリー。どこから見ても、あの男がこの災厄の鍵だ。出発点だ。

ソファから立ちあがったとき、ちょうどルーカスが書斎のドアを開けて、居間に入ってきた。おれはイアンのことをもっと調べる必要があるといおうとしたが、思いとどまった。ルーカスの顔の表情は、衝撃と動揺のそれだった。

「ひどかっただろ?」

「酷《むご》い」ルーカスはそういって、ゆっくりと首を振った。「恐ろしいとしかいいようがない」

「わかってる」おれはいったが、もちろんわかってはいない。おれが見たときは最後まで見ることができなかったので、あのDVDの残酷さと恐怖は想像するしかないのだ。

「しかし、それだけじゃない」ルーカスはそういって、溜め息をついた。「おまえに見せなくちゃならないものがある」

「あの映像はもう見たくない」おれはいった。

「あのDVDの映像じゃない」

おれは困惑したまま、ルーカスのあとについて書斎に入り、ラップトップの前でルーカスの横に立った。画面には〝マイコンピューター〟が表示されていて、さまざまな文書ファイル・アイコンや、内外のドライブ・アイコンが並んでいる。ルーカスはかがみこんで、DVDドライブのアイコンを右クリックした。オプション・メニューがあらわれて、〝プロパティ〟のアイコンをダブルクリックする。真ん中に円グラフがあるウィンドウがあらわれ、DVDディスクには空き容量が八十三パーセントあることを告げている。円グラフの下には、タイトルのついてないファイルがひとつあった。

「このファイルの日付を見ろ」人差し指で画面を軽く突きながら、ルーカスはいった。

〝無題〟というタイトルの右側に、〝更新日時〟とある。すなわち、最後にクリックされた時刻だ。おれはルーカスに顔を向けて、じっと見つめた。たぶんそのときのおれの表情は、ルーカスがさっき書斎から出てきたときと同じ動揺のそれだっただろう。

「これは連中がおれに寄こしたDVDだよな？　殺人の様子を録画した？」

ルーカスはうなずいた。

「そのとおりだ。おまえとリアを映して、昨夜録画されたことになっているものだ。だが見てわかるだろ？　ちがうんだ。この殺人映像のファイルは、水曜日の午後十一時四十七分に作成されたものだ」ルーカスは画面上の日時を指先で叩いた。「つまり、二日前ってことになる。何者かがおまえを騙してるんだ、タイラー」

おれは急に怒りがこみあげてきて、ラップトップからあとずさった。

「いったいこれはどういう意味だ？　みんな演技だったってことか？　だが確かにリアは死んでたぞ、ルーカス。おれは見たんだ。死んで二日もたってたなんてはずがない」

ルーカスは溜め息をついた。

「映像自体は充分本物に見える。もし偽物だとすれば、あまりにできすぎた代物だ」

おれは思わず机に手のひらを叩きつけた。コーヒーカップがガチャンと音を立てて、ルーカスが顔をしかめた。おれは冷たい平手打ちを食らったかのように苛立ちに打ちのめされ、記憶がないことが自分をどれほど無力にさせているか、あらためて思い知った。「いったいこれはどういう意味なんだ？」おれは声をあげて繰り返した。

「これは」ルーカスは穏やかにいった。「リアは死んでるかもしれないが、今朝おまえの隣で寝ていた女は、リアじゃなかったってことだ」

## 22

「タイラー、本当はどれほど彼女のことを知ってたんだ？」ルーカスは静かに訊いてきた。その口調にはどこか非難めいたものがあって、おれは気に入らなかった。

「よく知ってたさ」おれは答えた。「ルーカス、リアはこの件には関係ない。リアは本当にいい人間なん……」おれはいい淀んだ。「いい人間だったんだ」

「わかってる、わかってるが――」

「だがなんだ？ リアはもう死んでるんだぞ。殺されたんだ。どうやってこの件に関われるっていうんだ?」

ルーカスは溜め息をついた。

「よく聞け、タイラー、おれとおまえのつきあいはどれくらいだ?」

「そりゃ長いさ」おれはしぶしぶ認めた。

「そうだ。おまえはおれの友だちだ。おれはおまえの判断を尊敬してるし、おまえがほんとにリアのことを思ってたのもわかってる。だが正直にいわせてもらうと……」ルーカスはそこで言葉を区切り、険しい眼差しでおれを見すえた。「なにかがおかしい」

おれはいい返そうとして口を開いたが、なにかが思いとどまらせた。椅子の背もたれに寄りかかり、耳を傾ける。頭のなかでは、リアと出会った夜のこと、その瞬間からリアに心奪われていたことを思い出して、胸が締めつけられるような気分になった。

「おまえは昨日おれのところに来て、リアに関する情報をほしがった」ルーカスは続けた。「それはつまり、おまえ自身彼女のことをよく知らなかったということだ。それにあのDVDから絶対的にわかるのは、彼女は昨夜の木曜日とか今朝早くに殺されたんじゃないってことだ。水曜日の夜遅くに殺されたんだ」

おれはどう考えていいかわからず、額を手で拭った。リアと一緒に過ごした三週間は、おれの人生でもっとも幸せな時間だった。なにもかもうまくいっているように感じられた。それがリアのほうはすべて演技だったなんて、いまでも信じられない。

「で、ルーカス、いったいなにをいいたいんだ?」

「彼女はおまえをはめた何者かの下で動いてた可能性があるってことだ。おまえを引きこむために使われたが、まさかただの消耗品と思われてるとは予想もしてなかった、とかな。彼女は利用され、殺されたんだ。おまえの協力を確実にするために」

「しかし、もしおれが昨日リアに会ってないとすれば、あの家におれを連れて行ったのはだれなんだ？　それに、今朝おれが目覚めたときに隣にいたのはだれだ？」

「わからない」ルーカスはいいながら、疲れたように肩をすくめた。「残念ながら、おまえ自身もわかってない。あのアナグラムを思い出すんだ。リア・トーネス《Leah Torness》。彼女は現実じゃない《She's not real》」

それでもおれは、あのDVDの日時になんらかのまちがいがあるにちがいないと思った。なぜなら、今朝見たのがだれだかわかるからだ。明らかにリアだと確信しているからだ。あの身体の曲線、宝石類、刺青。あれはリアそのものだった。だがそれ以上はいう気が起こらなかった。反論しても無意味だからだ。

ルーカスは諦めたように溜め息をついて、こういった。

「わかったよ。とすると、別の角度から見直さなくちゃならないな」

「イアン・フェリーからはじめるのはどうだ？」おれはまたちゃんと考える気持ちになって、そう提案した。

「いい考えだ」

ルーカスは一瞬黙りこんで、考えをめぐらせた。おれはその邪魔をしないようにした。なんといっても、ルーカスは探偵だからだ。ルーカスは考えながら、大きなデスクトップコンピューターのメモ帳にあれこれ書きつけた。ようやくタバコに火をつけると、天井に煙をひと筋吹きつけて、おれのほうを見た。

「おまえは今朝取引場所に向かったとき、教えられてた住所から、すぐ別のところへ行かされたといったよな？」

「そのとおりだ。通りのすぐ先の家だった」

「どれくらい離れてた？」

「わからない。五十メートルとか？」

「それほど遠くなかったってことだな。おそらくイアン・フェリーは、おまえがあらわれる少し前に、取引場所を連中に教えなくちゃならなかったんだろう」

「そうだったはずだ。おれを脅迫してたやつは、おれが到着する一時間半前に、おれに行き先を指示してたんだ」

ルーカスはメモ帳になにか書きつけた。口の端からタバコがぶらさがっている。

「最終的にイアンと会った場所は、人が住んでるように見えたか？」ルーカスは訊いた。

おれは人が住んでいそうな気配がなかったのを思い出して、首を振った。

「いいや、そうは見えなかった」

ルーカスはゆっくりとうなずいた。

「おれもそう思ったんだ。イアンが自宅か自宅近くで取引するつもりだったとすれば、そこまで緊張するはずがない。ということは、イアンはどこか別のところに住んでたと推定するのが妥当だろう。それがどこなのか、突き止めなくちゃならない」

「イアンは今朝、慎重すぎるくらい慎重だった。簡単にはいかないぞ」

「その心配はおれに任せとけ」ルーカスはぴしゃりといった。「さて、取引場所の住所を告げられたとき、おまえは会うことになる人物の名前を教えられなかった。そうだな?」

おれはうなずいた。

「連中はイアンの名を知らないんだ。それがおれにしゃべらせたがってたことでもある」

「その点こっちは有利だな。おれたちはイアンの名前を知ってるからだ。たとえイアンが追っ手を煙に巻こうとしても、おれたちはきっと見つけ出す」ルーカスはまた上に向かってタバコの煙を吐いた。「信じろ、おれは探偵だ」

そこでおれは座って自分のコーヒーを飲み、今日はじめてくつろごうとしたが、あまりくつろげなかった。ルーカスのほうは調査を続けた。そしてまもなく、イアン・フェリーが確かに追跡されまいとしていたことがはっきりしてきた。イアンがルーカスを雇ったとき、依頼に対して現金で前払いしたうえに、連絡先を教えようとしなかったのだ。だがイアンの名前に関しては、おれたちはついていた。比較的めずらしい名前で、首都圏の選挙人名簿にはイアン・フェリーが四人しかいなかったのだ。ネットをサーフィンし、戦略的に構築した関係筋にいくつか電話をかけることで、その四人のうちのだれも従軍経験がないことが確認できた。行き止まりか? だがルーカスは怯《ひる》まなかった。

「その気になれば、だれだって探すことができる」電話の合間に、ルーカスはそういった。「探す場所さえわかっていればな。個人情報保護法だとか、他人のプライバシーは守らなくちゃいけないとかってくだらない縛りがあるが、そんなのはあちこちのデータベースに載ってるんだから、保護するなんて不可能なんだ。それにそういうデータベースのセキュリティは、役に立たないことがしょっちゅうだ。知りあいにちゃんとしたハッカーがいれば、そいつはデータベースに侵入しても足跡ひとつ残さないだろう」

そしてルーカスは、ちゃんとしたハッカーと知りあいだった。ルーカスが持っていたそのハッカーの名刺には、ドリエル・グラハムという奇妙な名前が書いてあって、肩書きはＩＴセキュリティコンサルタントだった。

「この男が一番腕がいい」ルーカスはそういって、名刺の番号に電話をかけた。

おれはルーカスの目を盗んで、その番号を書き留めた。そういう特殊技能は、いつ役に立つかわからない。

そして、役に立つときはすぐに来た。ルーカスはドリエルに、国防省のコンピューターシステムに侵入させたのだ。国防省は領土防衛を全うするものだと考えると、侵入などほぼありえないと思うのが当然なのだろうが、国防省のシステムの一部はほかのシステムよりも安全なのか、従軍中の兵士と最近除隊された兵士のデータベースに関しては、簡単にハッキングできるのである。イアン・フェリーは軍を去ってしばらくたつかもしれないが、国防省にはまだイアンの記録が残っていたし、ルーカスが電話をかけてから十五分もしないうちに、二ページの写真つき文書がプリンターから出てきていた。

「こいつは役に立ちそうだぞ」ルーカスはそういって、その文書を読みはじめた。「イアン・フェリーは選挙人名簿にも土地登記簿にも名前がないかもしれないが、フェリーに近い人間なら名前があるだろう。いいか、ここにフェリーは一九九九年に結婚したとあって、妻はシャーロット・メラニー・プリームとなってる。彼女の記録がどこかにあるはずだ」

ルーカスがつぎに電話をかけたのは、出生、結婚、死亡関係の登録局だった。一般市民のだれもがアクセスできるデータベースだ。結婚の日付と夫婦の名前をもとに、ルーカスはたちまち、イアンの不合理な行動が原因で夫婦が二〇〇三年十二月に離婚したことを突きとめた。イアンが不合理ななにをしたのかについては詳細が書かれていなかったが、そんなことはどうでもよかった。おれたちが気になっていたのは、離婚訴訟の原告である元妻のプリームが、恒久的な住まいとしてエンフィールドにアパートを手に入れたことだ。土地登記局で確認すると、彼女がいまもそのアパートを所有していることがわかった。ルーカスはブリティッシュ・テレコムにいる接触者の一人にすばやく電話をかけ、すぐにプリームの固定電話の番号を突き止めた。簡単に探せるのだ、ルーカスがいうように、探す場所さえわかっていれば。

「いるといいな」おれはいった。

ルーカスは肩をすくめた。

「べつにいなくたってかまわないさ。その住所で登録された携帯電話を持ってる可能性が高いからな——その携帯の番号さえ手に入ればいい。もっと大事なのは、元女房がイアンの住まいを知ってるかだ」

ルーカスはもう一本タバコの火をつけ、固定電話の番号にかけた。

十秒後、ルーカスは、昔ながらの早口でまくし立てていた。

「もしもし、フェリー夫人ですか？　いや、すみません、プリームさんでしたね。お手数かけて申し訳ありませんが、あなたの元ご主人の居場所を知りたいんですよ」ルーカスは自分が元兵士で、イアンと一緒に従軍していたこと、隊の同窓会に招待したいことを伝えた。ルーカスの陽気で人好きのするしゃべり方のどこかに、女たちを惹きつけるものがあるのははっきりしている。なぜなら二人は数秒もしないうちに、古い友人のようにおしゃべりしていたからだ。ルーカスの話しぶりからすると、向こうは元夫に関してあまりよろしくない意見を速射砲のように繰り出しているらしい。当然だろう。「そうかい、シャーロット、そうしてもらえるとありがたいなあ。恩に着るよ」ルーカスはしゃべりながらおれにウィンクして、両手の親指を立てて見せた。「ありがとう、助かったよ……いいや、正直いって、彼とはそれほどのつきあいじゃないんだ、でも招待しとかないと悪い気がするし、彼に会いたがってるやつも何人かいるからね」

短い間があったあと、ルーカスはメモ帳になにかを書き取った。どうやらうまくいったらしい。

「そうだよね」ルーカスは電話口にそういった。「彼がそんなふうだったとしたら、弁解のしようがないね……いや、それはやらないほうが……そうさ、きみは知るわけなかったんだから……」ルーカスはおれに向かって目をまわして見せた。「まったくだよ。こういうことに気づいたときには決まってもう手遅れなんだ……ぼくがいまなにをしてるかって？　森林レンジャーだよ……そう、昔っからアウトドアに目がなくてね。さて、悪いけど、もう切らないと……ああ、ありがとう……ありがとう……ああ、かならず、時間があればね……オーケー……じゃあ」ルーカスは受話器を電話台に叩きつけた。「くそ、あんな女と一緒に生活しなくちゃいけないとなったら、おれだって不合理な行動を取るだろうな。しゃべり出したら止まらないときてる」

「しかし、必要なものは手に入ったんだろ？」

消した。

ルーカスはうなずいて、住所を書き留めた紙をメモ帳から引きちぎり、灰皿にタバコを揉み消した。

「ああ、彼女は三ヶ月前にイアンに会ってる。イアンはサウスゲートのアパートに住んでいた。いまもそこにいると彼女は思ってる。フロビシャー・ハウスという名前だ」

もっと長く腰を落ち着けていてもよかったが、もう五時になっていたし、スノーウィが白昼殺害されてから約二時間だ。じきに警察がそのことでルーカスに電話をしてきてもおかしくない。

ルーカスも同じことを考えていたのだと思う。なぜならおれたちは同時に立ちあがって、三分後、二人でルーカスのＢＭＷに乗りこみ、ホロウェイ通りを北に向かって走っていたからだ。

## 23

フロビシャー・ハウスは、低層アパート五棟が建ち並ぶ通りの二番めの建物だった。五棟とも安っぽい一九七〇年代のアパートで、どれも表彰状ものの味気なさを有している。この味気ないアパートが通りの片側を占めている様子は、向かいのエドワード朝風の戸建て住宅にあるこぎれいなテラスとくらべると、まるで歓迎されない侵入者のようだ。おれとルーカスが出発してから三十分後にアパートの前に車を駐めたときは、五棟分の駐車場で子どもたちがサッカーに興じているところだった。一日は確実に夕方に向かうにつれて、暑さを増していた。

車を降りると、おれたちはフロビシャー・ハウスの正面玄関に向かった。

「正直な話」ルーカスはいいながら、傷だらけの古いアクリルガラス製のドアを開けた。「こんなしけたところに住んでたら、おれも脅迫という手段に訴えると思う」

ルーカスがなにをいいたいか、おれにはわかった。ドアの横の壁には書き立てのわけのわからない落書きがあったし、建物のなかに入ったときも、饐えた足の臭いと汗の臭いに襲われて、思わずおれは学校の男子更衣室の臭いを思い出した。

「やつは博打好きだったそうだ」おれはいった。「ただ、あまりうまいほうじゃなかったんだろうな」

イアン・フェリーの住まいは二階で、廊下の突き当たりにあった。かすかに漂白剤の臭いがしたが、一階にこびりついていた臭いにくらべればはるかにましなものだった。ひとつの部屋から、女が子どもたちに怒鳴っている声が聞こえてきた。別の部屋からは、赤ん坊が癇癪を起こして泣いている声も聞こえたが、廊下自体にはだれもいない。イアンの部屋のドアは合板でできていて、建物全体の安っぽさにマッチしている。そこにはイェール錠とチャブ錠がついていて、後者は最近つけ加えられたものだ。

「いいか」ルーカスはそういって、ポケットから万能鍵の束を取り出した。「もしおれがなにか高価なものを持っていて、それがほかのだれかにとって、あれだけの額を払ってもいいほどのものだとしたら、こんなところには絶対隠さない。あまり安全とはいえないからな」自分の主張を証明したいのか、ルーカスは錠を開けにかかって、おれには自然に振舞えといった。

「だれかになにやってると訊かれたら、おれたちはおまわりだというんだ。いいな？　しつこく訊かれるようだったら、おれがそいつらに見せる身分証を持ってるから」

ルーカスは相当仕事上の訓練を積んでいるようで、探偵仕事が枯渇したとしても、強盗としてやっていけるにちがいない。チャブ錠を開けるのに約一分、イェール錠を開けるのにその半分しかかからなかったのだ。おれは感心し、ドアが開くと、ルーカスのあとに続いてなかに入った。

入るとそこは、確実に住んでいた形跡がある、独房みたいに小さいリビングルームだった。ルーカスの独身貴族風の部屋とは明らかに対極をなしている。布地の擦り切れたソファ、ソファに不似合いな安楽椅子二つが、コーンフレークのダンボール箱に載ったポータブルテレビの前で小さな半円形に並んでいる。吸殻であふれ返ったどこかのパブの灰皿が、ソファの肘掛上にひとつ、床にひとつあって、使ったままキッチンに戻さずに床に置きっぱなしになった皿がいくつもある。ペーパーバックの山の重みでしなっている本棚が二つの壁にずらりと並んでいて、額に入ったエキゾチックなビーチのポスターが、残った壁の一方のほとんどを占めている。そのビーチにはターコイズブルーの海と、葉が垂れさがったココナツヤシがあって、題は「パラダイス」。思うにイアン・フェリーは、あんな裏切りにあわなかったら、きっとそこへ向かう計画だったのだろう。それを証明するかのように、玄関ドアの横にはあちこちへこんだサムソナイトのスーツケースがあって、その上にパスポートと航空チケットが載せてある。

ということは、イアンがおれに、すぐこの国を出るといっていたのは本当だったのだ。因果なことに首を突っこんでしまったのだから、当然といえば当然だが。

ルーカスは薄いゴム手袋をはめて、おれにもそれを渡してくれた。パスポートを取りあげ、写真のページを開く。

「たしかにあいつだ。ということは、少なくともここでまちがいないわけだな。どこへ行くつもりだったか見てみよう」ルーカスはつぎに航空券を調べた。「カラカス行きの片道切符か。いいところだな。おれも逃亡犯だったらそういうところへ行きたいよ」

ルーカスは航空券とパスポートをスーツの内ポケットにしまうと、小さな廊下のほうへ行った。リビングルームを出たところにある廊下には、三つのドアがあった――おそらく寝室、洗面所、キッチンだろう。どれも閉まっていて、ルーカスはそれぞれの部屋のなかをすばやく確認したあと、リビングルームに戻った。

「ここにコンピューターはない。ラップトップも、デスクトップも」ルーカスはいった。

「やつのスーツケースのなかは？」

ルーカスはスーツケースのほうへ行き、取っ手を押すと、ケースの片側が開いて倒れた。なかには衣類、靴、数冊の本が入っていたが、ラップトップはなかった。ルーカスはスーツケースを閉めてもとどおり立たせると、部屋のなかをじっくりながめた。顔にはまるで犬の糞でも踏んづけたかのように、不快な表情が刻まれている。

「よし」ようやくルーカスはいった。「速く取りかかれば取りかかるほど、速く終わる。ルールはこうだ。できるだけ音を立てずに、なにもかも引っくり返す。なにもかもってことは、カーペットもだ。あいつは脅迫者だった。ということは、大事なものをただ置いておくことはしないだろう。手書きの紙を見つけたら、どんなに意味のなさそうなものでも、あとでチェックできるように一方に置いておく。暗号が使われてるかもしれないからだ。それから、家電絡みのものは目を皿のようにして探せ。空のCD、フラッシュドライブ、情報の保存に使えそうなものはなんでもだ。もちろん携帯電話もな。おれはこのリビングからはじめる。おまえは寝室だ。さあ、やるぞ」

イアンの寝室は、リビングルームほど散らかっていなかった。ダブルベッドがひとつあって、その両側にセットになったベッドサイドテーブルがあり、これもまた本がぎっしり詰まった本棚がひとつと、作りつけの衣装戸棚があった。衣装戸棚の扉は開いていて、ほとんどの衣類は持ち出されたのがわかるが、空っぽのコートハンガーにまじって、冬のコート数着がまだぶら下がっている。

ベッドサイドテーブルのひとつに、派手な銀色のフレームに入った、結婚式当日のイアンと花嫁の六×四判写真があった。作業をはじめる前に、その写真を手に取る。写真のなかの若いイアンは、紙ふぶきがあちこちについたモーニング姿で、紫色のネクタイをしていた。隣に立って、くっつきそうなくらい頭を近づけているのは、ウェディングドレス姿の健康そうな、同い年くらいのブロンド美人だ。二人ともカメラを見て笑っているが、女のほうが笑みが大きいし、笑い方にイアンよりも真実味がある。

その写真を見ていると、なんだかイアンがかわいそうになってきた。もちろんこの災いの種はイアン自身が撒いたものなのだが、人生で最高の幸せを感じていたにちがいない日に微笑む人間の写真は、その男の命が数時間前に暴力的な形で奪われたのを知っているだけに、見ていてつらかった。あまり考えたくないが、このおれだっていつ死ぬかわからないのだ。イアンを殺したのと同じ銃弾がおれの命も奪おうとしたし、おれがまだこうして生きているのも、たまたまついていたのと訓練の賜物《たまもの》でしかない。しかもまだ終わってもいない。ここと大してちがわない寝室に厭世的な刑事が立って、おれがまだ引き出しのひとつにしまってある結婚式当日の古い写真を見つめながら、捜査中の殺人事件の被害者が殺されて当然の人物だったのかどうか考えている、そんなときがいずれ来るかもしれないし、それがほんの数時間後という可能性だって充分ありうるのだ。

考えると気が滅入ってくるので、頭をさっと切りかえて写真を置き、家捜しに取りかかった。右から左へ少しずつ移動していき、ときおり手を休めては額の汗を拭う。室内は暑いし、窓は閉まっていて空気が淀んでいる。隣人の部屋のほうからまくし立てるような怒声が聞こえてきて、壁を隔てているにもかかわらず、その一言一言が聞き取れた。十代の少年が母親といい争っているのだ。少年はさんざん悪態をついて、母親を敬おうとしなかった。自分の問題でこんなところにかかずらっていなかったら、隣へ行ってクソ生意気なガキに一発ビンタを食らわしてやるところだ。少年の怒鳴り声が不明瞭なピークに達すると、ドアがバタンと閉まって、おれはまたじっとりした重苦しい静寂のなかに取り残された。

本棚から一冊ずつ本を取り出してぱらぱらめくりながら、なかに紙切れでも挟まってないかどうか確かめて、床の上につぎつぎと放り投げていく。そうこうするうち、イアンの読書趣味に興味が湧いてきた。イアンは犯罪小説が好きで、何冊か古典的名作――アメリカのレイモンド・チャンドラーやミッキー・スピレイン、そしてわが国のアガサ・クリスティーものがたくさん――もあった。最近のものもあって、おれが名前を聞いたこともない作家もたくさんいた。

もっともおれは最近あまり本を読まないし、読むとしてもたいていは伝記だ。

死んだ人間の家を捜索するのは楽しくもなんともないが、少なくともきれいに後片づけする心配はしなくていい。本のなかには使えるものがなにもないとわかって、おれはカーペットを引き剝がし（下にもなにもなかった）、ベッドからシーツを引き剝がして、ベッドを起こした。だがそこにもなにもなくて、なにか使えるものが見つかるんだろうか、と疑いはじめていた。イアンは、金を手に入れたらすぐに国外へ逃亡する計画だった。つまり、手がかりとなるようなものを置いていく理由はないのだ。「おまえが絶対目にしたくないもの」、イアンはブリーフケースの中身をそういいあらわした。本当にそこまで禍々しいものなら、自分の関与を示す証拠は残しておきたくないはずだ。

だが売春クラブのつなぎ男は、そうは思っていなかった。あの男は、イアンがすでに死んだとわかったあとでも、イアンの本当の名前を知りたがった。考えられる理由はただひとつ、イアンが脅迫していた連中は、イアンがなにか隠しているんじゃないかと思いこんでいたからだ。そこでおれはせっせと家捜しを続けた。頭にあったのは、一分ごとに手がかりの痕跡が薄れて行き、スノーウィ殺害の件でルーカスが警察に尋問されるときが近づいてくる、ということだ。つぎには警察は、このおれも追いはじめるだろう。

正直、この考えが頭のなかでまわり出していて、指先が冬物のジャケットのポケットに入っていたなにかに触れたときも、危うく見逃すところだった。表紙に金文字がエンボス加工された小さな黒い本を取り出したとき、思わず神の名を呼んで褒め称《たた》えたくなった。金文字で「住所録」とあったのだ。

早速ぱらぱらめくってみると、そこにはいくつも名前があった。知っている名前はなかったが、知らなくて当然だろう。おれはイアンのことを本当には知らなかったし、イアンも本当のおれを知らなかったのだ。それを再確認するため、おれは自分の住所があるかどうか確かめた。やはりなかったが、ルーカスの住所はあった。探偵事務所のほうだったが。

そのとき、はっとひらめいた。Mの項目を見たが、目当ての名前はない。最初のページからはじめて、ひとつずつ名前を見ていく。Eの項目で、古い軍関係者の名前が出てきた。ニール・エリソン。ぼんやり覚えている。何年も前に除隊して、以来会っていない。Fの項目にはいくつかイアン・フェリーの家族の名前があった。GとHには名前がひとつずつあるだけで、どうやらイアンは世間から好かれる人間じゃなかったらしい。つぎのIの項目で、ようやく探しているものを見つけた。あの売春クラブで、おれを電気ショック棒で無力化したあのブロンド女が、おれがあの大柄なゴム顔に撃たれそうになるのを阻止してくれたとき、あの男のことをマルコと呼んでいた。ページからおれを見あげていたのは、マルコ・イチニックという名前で、その下にロンドンの郵便区域W2の住所がある。ほかの住所を見ることも考えたが、イアン・フェリーのような男がマルコという名の男を二人も知りあいに持つとは思えない。

隣のリビングルームのほうからはほとんど物音が聞こえなかったので、おれには才能があるから探偵になる訓練を受けたほうがいいかもと思いながら、見つけたものをルーカスに見せようと、大股でリビングルームに行った。

だがなかに入ったとたん、足が止まった。ルーカスもなにかを見つけたらしいのだ。それはルーカスの手のなかにあった。ルーカスは顔に激しい動揺の色を浮かべながら、しげしげとそれをながめている。

ルーカスはおれが戻ってきたことにすぐには気づかず、じっと考えこんでいた。それからゆっくりとおれのほうに顔を向けながら、おれによく見えるように、親指と人差し指で挟んでそれを持ちあげた。

はじめはそれがなんなのかわからなかったが、もっとよく見ようと近づいたとたん、わかった。そういうものは前にも見たことがある。コソボやシエラレオネで大量虐殺が行われた現場の泥土から、まるで不気味な供物のように流れ出ていたものだ。なのにいまも、自分の呼吸がせわしくなっているのがわかった。

なぜならルーカスが持っているものは、食品包装用のラップに何重にも包まれて、黄色味がかった骨が見えている、腐って黒っぽくなった人間の指だったからだ。

## 24

「どこで見つけたんだ？」沸き起こってくる恐怖感を鎮めながら、おれは訊いた。

「ソファの横の、下のほうだ」ルーカスは静かな声で答えた。「信じられるか？」

「くそ、イアンはどんなことに首を突っこんでたんだ？」

ルーカスは首を振った。

「わからない。だがそれがなんであれ、悪いことであるのは確かだ。これは本物の人間の指だ、まちがいない」

おれはその指をじっと見つめた。切断面はくぼんでどす黒くなっているが、その大きさと爪のマニキュアから、女の指であることはわかる。腐敗が進んでいるせいで、年齢を推定することはできない。いくつだったのか、あるいはいくつなのか――その点に衒学的《げんがくてき》にこだわるとすれば、持ち主の女がすでに死んでいるとはかならずしも断定できないからだ。

「切断されてからどれくらいたつと思う？」おれはようやくそのおぞましい発見物から目を逸らして、ルーカスに訊いた。

「見当もつかない。保存されてた条件によってもちがってくるからな。この暑さのなかで少しでも日射しにさらされてたら、腐敗するのに時間はかからないはずだ」

ルーカスはおれをじっと見つめた。そのブルーの目が不安でいっぱいなのが見てわかった。なにしろルーカスは、軍を離れて何年もたっているのだ。軍の生活を完全に忘れたわけじゃないかもしれないが、軍の生活の大半を占めていた危険は、とっくに過去の話になっている。いまや気ままな独身貴族で、仕事の羽振りもいい。少なくとも数時間前までは。それがいまはおれと同じく、危険のなかに首までどっぷり浸かっている。

ルーカスは溜め息をついて、眉間に皺を寄せた。

「イアンのことはあまり好きじゃなかったが、まさか人殺しをするような男だとは」

「まだそうとはかぎらない」おれはいった。

「かもしれないが、だったらどうして指がここにあるんだ？　だれかが仕込んだものじゃない。

隠し方が巧妙すぎる」

「かりにイアンが人殺しだとしても、自分がしたことの記念品を、どうしてこんなところにしまっておくんだ?」

「しまっておくつもりはなかったと思う。ここにはもう戻ってこれなくなったから、たまたま置いていくはめになったんだ」

おれはそのことを少し考えたが、そうは思えなかった。なぜだかわからないが、ルーカスと同じように、イアンが人殺しをするような男だとは思えないのだ。少なくとも、他人の指を切り落としてソファの横にしまっておくような人間じゃない。

「この指が、イアンが脅迫してた男と関係あると思うか?」ルーカスは訊いてきた。「どう関係する? 連中を脅迫するネタが……」ルーカスはぴったりくる表現を探した。「人間の残存物だった?」

「わからない。だがイアンがこれを持ってる理由が、ほかにありうるか?」

それはいい質問で、ルーカスはあえて答えようとはしなかった。かわりに黙って立ったまま、しばらくその指をながめていた。そしてようやく指から視線を逸らした。

「しかし、これでも先に進む手がかりにはならないな」ルーカスはいった。

「ああ、だがこれはなるかもしれない」

おれは住所録を見せてIの項目を開き、その意味を説明した。

「W2か」ルーカスはいった。「パディントン界隈だな」

「おれはいまからここへ行く。だがおまえは来なくていい」

「いいや」ルーカスは答えた。「こうなったら一蓮托生だ、おれも行く」

「おれはあの売春クラブで銃を失くした。だからおれたちには武器がない。危険かもしれないぞ」

「そこはおれがなんとかするさ」

「いいや、ルーカス。おまえはもうなにもやらなくていい。これ以上おまえを深みに引っぱりこむつもりはないんだ。おれにはもう失うものがないが、おまえにはある」

「いいか」おれの言葉が聞こえなかったかのように、ルーカスはいった。「おれは第一次湾岸戦争のとき、土産を持って帰ってきたんだ。サダム・フセインの義理の息子のものだったといわれてる、ピストル数丁とAK-47一丁だ」

信じる信じないはともかく、海外の紛争地帯で従軍していた兵士たちが部隊と一緒に帰還するときに武器を密輸入するというのは、聞かない話じゃない。兵士たちは、民間の税関ではなく軍の空港を通って帰国するため、めったに身体検査を受けないし、ほかの装備や武器類のなかに違法な銃器を隠すチャンスがおおいにあるのだ。それらの銃器のほとんどは、ルーカスがいうように土産として持ちこまれるものだが、結果犯罪者に売られる数も多い。政府はなぜもっと本腰を入れてその問題を撲滅しないのだろうかと、おれはしょっちゅう思っていた。

「AK-47はもう壊れたが」ルーカスは続けた。「ピストルのほうは使えるはずだ」

「どこにある?」

「うちのロフトだ」

おれは溜め息をついた。

「ちょっと考えさせてくれ」

ルーカスはうなずいた。

「わかった、だがここは出よう。いつまでもうろうろしてると危険だ」

「そいつはどうするつもりだ?」腐りかけの指を指さして、おれは訊いた。

ルーカスはポケットに手を入れて、くしゃくしゃの透明なビニール袋を取り出し、その口を振って開けた。

「証拠だからな」ルーカスはそういってビニール袋に指を入れ、袋をポケットに戻した。「なんの証拠かはさておき、持ってる価値はあるはずだ」

おれはルーカスの理由づけに疑義を挟まなかったし、饐えた死の臭いが漂うイアンのむさ苦しい住まいを出るという誘いは、まさに渡りに船だった。おれたちはすぐにそこをあとにした。歩きながら後ろを振り返ることもなく、まだ明るく暑い夕方のなかに出て、ほっと胸を撫でおろした。

と同時に、ルーカスの携帯電話が鳴った。

「匿名電話だ」ルーカスは、立ちどまって画面を確認した。

しかし、それがじつは警察だということがすぐに明らかになった。おれたちがスノーウィの死体を発見してから二時間半後、警察はとうとうルーカスまでたどりついたのだ。横で立って聞いていると、ルーカスは同僚の死の知らせにショックを装い——ルーカスが得意なことだ——警察官たちとできるだけ早く会って供述書を作成することに同意した。「信じられません」ルーカスは消沈しきった声で、そういい続けた。ルーカスは演技がじつに達者で、このおれでさえ、ルーカスはいまはじめて同僚の死を知ったんだと思いそうになった。ルーカスは警察と二十分後に会うことを約束して、電話を切った。

「警察はおれのアパートに来て事情聴取するつもりだ」車に乗りこみながら、ルーカスはいった。「避けられるものなら避けたかったんだが」

「気にするな」おれはいった。「わかってる」

「銃のことも、力になれるかどうか」

「いいって。だいじょうぶだから」とはいったものの、内心は不安だった。また一人に戻ったわけだし、自分を守る明確な手段もないのだ。

それでもおれは、なんとか気力を奮い立たせ、こっちには手がかりがあるんだと、自分にいい聞かせた。リア殺害に関わった連中の一人を、おれは知っている。あのマルコという男、今度は逃がすものか。

## 25

ルーカスは、地下鉄ホロウェイ通り駅でおれを降ろしたとき、運転席の下に手を入れて、長さ三十センチほどの円柱に同じ長さの取っ手がついた道具を取り出した。北アイルランドで従軍していたときに見たことがあったので、すぐにわかった。エンフォーサーという重たい棍棒の一種で、警察がドアの錠を壊すのに使うものだ。ハイテク機器全盛の現代ではアナクロとしかいいようのないしろものだが、それでも錠のかかった家に侵入するにはもっとも効率のいい手段といえる。

「プレゼントだ。なにかの役に立つかもしれない」ルーカスはいいながら、車の後部を探した。そしてあのアディダスのバッグを見つけ、そのなかにエンフォーサーを入れて、バッグごと渡してくれた。

「ありがとう、親友。恩に着るよ」

おれたちは握手を交わし、ルーカスは、あとで電話するといった。おれはもう一度ルーカスに、おれのことはかまわないで警察には本当のことを話せよ、と念を押した。ルーカスはそうするといって、去っていった。時刻は六時十五分になった。

夕方のこの時間は、タクシーをつかまえても意味がない。道路はひどい渋滞だからだ。それでも街の中心を通らなければならないので、ピカデリー線に乗ってキングズクロス駅まで行き、サークル線に乗ってパディントン駅まで行った。ここまでで三十分弱。この界隈は不案内だったので、パディントン駅の売店でポケット地図を買った。行きたい住所はリトルベニスにある。ウェストウェイ高架の向こう側だ。

今度もおれの計画は単純だ。押し入って、答えを手に入れる。油断している相手の意表を突いて、強引にしゃべらせる。もし相手がいなかったら、待つ。そういう直接的なアプローチが前はうまくいかなかったじゃないかという向きもあるだろうし、それもたしかに一理あるが、こっちは武器を持っていないし、自分がはめられた理由もいまだにわからない以上、ほかに選択肢はない。マルコは一味のなかでも信頼されている男だ。そうでなかったら、ブリーフケースを受け取りに行かされたりしないだろう。ということは、マルコはこの件の一連の流れと首謀者を知っているわけだ。イアン・フェリーのアパートからあの指が見つかった以上、あのブリーフケースの中身がなんなのか、おれ自身知りたくなってもいた。

日暮れの街を歩きながら、おれの思いはリアに戻っていった。ここ数時間、頭から彼女のことを締め出そうとしてきたが、一人の時間になると、どうしても思い出してしまう。一緒に過ごした三週間のことを、最初から最後まで振り返った。スーパーマーケットでの最初の出会い、その夜交わした愛。翌日のハムステッドヒースでのピクニック。ともに過ごした一日一日。そして、いまだに後ろめたい思いに駆られながらも、いろんな兆候を探した。その間のリアの行動にあった不自然なこと、彼女の経歴の誤り、その場のはぐらかし。しかし、なにもなかった。恋に落ちた二人――どこから見てもそうとしか思えない。今朝おれの隣にいたのもリアだった。それは確信している。なんの罪もないのに、かわいそうなリア。

十分後、ジョージ王朝風の贅沢な白いタウンハウスが両側に建ち並ぶ、閑静な並木道に来ていた。目的の家はすぐに見つかった。堂々とした玄関ドアの両側に、花がいっぱいに咲いたハンギングバスケットがぶらさがっている、立派な家だ。下種《げす》なギャングに出くわしそうな家にはとうてい見えないが、昨今の犯罪には莫大な金が絡んでいることを忘れてはいけない。マルコの住所はその地下の一室で、そこへ行くには短い石段を降りなければならないが、その石段は錠のかかった鍛鉄のゲートと、インターホンのついたセキュリティに守られていた。ゲートの高さは胸まであるかないかだ。おれは難なくそのゲートによじ登った。バッグを持っているあたりきっと泥棒に見えるにちがいないと思いながら、石段を降りていき、きれいな塀に囲まれて木々が鬱蒼《うっそう》と茂る庭を抜けた。

玄関前に着いたとき、横の窓に鉄格子があるのに気づいた。やはりここはロンドンなのだ。金持ちなら、界隈の泥棒たちにあっさり押し入られないようにしたいのである。たとえその結果、家が豪華な刑務所監房のようにしか見えなくなっても。

鉄格子の冷たい金属に鼻を近づけ、そこが広々したキッチンだとわかった。カウンターの上にはなにも置いてないし、棚に沿ってぶらさがっている鍋やフライパンは、どれも使っていないようだ。玄関前に戻って、ノブを試してみる。鍵はかかっていた。バッグを下に降ろし、郵便受けを開けて、なかを見る。

玄関ホールに人気《ひとけ》はなかったが、その物音にはすぐに気づいた。いくつかあるドアのうちの開いたドアから、その物音がはっきりと、まちがいなく聞こえてくる。

だれかが息をしようと喘いでいる。

切羽詰った感じで、発作に襲われた喘息《ぜんそく》持ちのようだ。その物音のほかに、別のだれかの物音も聞こえてきた。荒々しく唸る男の声だ。男女が情熱的で激しい一戦を交えている最中か、男が女を殺そうとしているかのどちらかで、おれはすぐにそれが後者であり、様子からして終わりが近いだろうと判断した。

おれは急いでバッグのジッパーを開け、エンフォーサーを取り出した。北アイルランドではけっこう逮捕行為をやっていたので、使い方は心得ている。身体の右側をドアに押しつけ、エンフォーサーを低く振りあげてから、一気に錠めがけて振り下ろす。木部が弾け飛んで、ドアがぱっと開いた。

一気にアドレナリンが湧き出して、おれはなかに飛びこんだ。床にエンフォーサーを落とし（武器として使うにはあまりに扱いにくいのだ）、物音のするほうへ走っていく。まだ敵の意表を突く余地はあったので、それが功を奏することを願いながら、寝室に押し入った。そんなおれに、カリフォルニアを舞台にしたテレビドラマ『ベイウォッチ』の水着を着た等身大のパメラ・アンダーソンが、ポスターのなかから微笑みかけてきた。

キングサイズベッドの上では、髪を黒く染めた筋骨隆々の男が背中をこっちに向けて、若い女にまたがっていた。手袋をした手で女の首を強く締めつけ、命を奪おうとしている。女は男の下から逃れようと、両脚をばたつかせていた。金色で爪先が開いたスタックヒールのサンダルは、片方が脱げている。

マルコはすでに振り返りかけていたので、速さが必要だと思って、飛びかかった。その勢いでマルコはバランスを崩し、おれは後ろからその首に腕をまわして、強くねじりあげた。必要ならその首をへし折ってやるつもりだった。だがおれはミスをしてしまった。体重をかけるのではなく、喉にパンチを食らわせて無力化すべきだったのだ。なぜならこういう揉み合いになると、おれはいつも不利になるからだ。マルコが動転していないことも悪い兆候だし、大柄な男にしては、マルコは機敏だった。おれはマルコの喉を肘の内側で絞めあげながら後ろに引っぱったが、マルコは後ろに手をまわすと、おれの身体でもっとも繊細かつ大事な部分を分厚い手でつかみ、獰猛《どうもう》な力で握り締めてきた。

あまりに耐えがたい痛みに思わず腕が緩んで、マルコを逃がしてしまった。マルコは振り返って、おれと正面から向きあった。片手はあいかわらずおれの股間をつかんだままだ。よかったのはマルコが女からはもう手を離したことで、女はまだ息があった。名前は忘れたが、売春クラブにいたあのブロンド美人だ。これであのときの借りを返して、女の命を救ってやったといっていいだろう。少なくとも一時的には。よくないことはいうまでもない。おれは苦痛になすすべもなかったし、汗に塗れたマルコの顔の怒りの形相からすると、おれの尻を蹴って油を絞る程度では許してくれないだろう。そのぎらつく黒い目には明らかに殺気があった。

痛みを我慢してパンチを繰り出すと、それがマルコの顎に命中した。まるで岩を殴っているような感じで、びくともしなかった。もっとも、おれの玉を握るマルコの手の握力が少しだけ緩んだ。が、そのありがたみを充分に嚙みしめる前に、まるで特急列車のような拳が顔に飛んでくるのが見えた。その拳が当たるまでが長く感じられて、なんとか直撃を免れたものの、拳の威力はすさまじかった。痛みはなかったが――アドレナリンが出まくっていたのだ――爆発的な衝撃とともに、おれの身体は後ろに飛ばされていた。そしてありがたいことに、マルコはおれの玉を放してくれた。さもないと、おれと玉は別れ別れになっていただろう。おれは肩甲骨から壁にぶつかり、後頭部がそれに続いて、ぶざまなぼろ雑巾のように床に崩れ落ちた。

軽く目が眩《くら》んで、とっさの反応が遅れてしまった。マルコが前進して、とどめの一撃となる前蹴りを繰り出してくるのがかすかに見えた。十五年間パラシュート連隊にいて、爆撃され、襲撃され、銃撃されたが、この顔には痣《あざ》ひとつできたことがない。なのにそれがいま、茶色とクリーム色の古臭い革靴《ブローグ》によって行われようとしている。しかもそれに対して、おれにはなすすべがない。

だがその蹴りは結局、飛んでこなかった。避けられない衝撃を少しでもそらそうと両手をあげたとたん、マルコがよろめいたのだ。ブロンド女がベッドから飛び降りながら、電気スタンドのようなものでマルコを殴ったからだった。ガラスが砕けて、マルコは悲鳴をあげた。女は喉を押さえて咳きこんでいたが、かといって怯むことはなく、マルコの大振りのパンチを食らいそうになったときもひらりと横に移動し、うまくバランスを保ちながらかわした。そして低い姿勢のまま片足を蹴り出し、マルコの左膝のすぐ下に、関節はずし狙いの容赦ない空手キックをお見舞いした。

マルコはわずかに身体をひねってなんとか最悪のダメージを避けたものの、女の蹴りは痛烈で、スタンドで殴られた顔も出血していた。しかも女の攻撃は、それだけに留まらなかった。飛びかかってきたマルコに、両脚を踏んばって片手をあげ、その鼻めがけて掌底を叩きつけたのだ。

おれは思わず身体がすくんだ。掌底は、接近戦のなかでも相当痛いほうの部類に入る技であり、衝撃が強ければ危険な技でもある。顔の骨が折れて脳みそにめりこむこともあるからだ——もっともマルコのような男には、そういう運命こそふさわしいが。

しかしながらマルコはついていて、鼻血が出ただけだった。だがそれで充分だった。今度ばかりは本気で悲鳴をあげながら、掌底を食らった部分を手で押さえたのだ。鼻を治すのにいくらかかるだろうと、内心穏やかじゃないにちがいない。押さえた手の指の隙間から、じわりと血が染み出してくる。その目には、痛みをこらえると同時に、信じられないという表情があった。自分の半分ほどしかない女にやられているのがわかったからだ。三十秒前にはベッドに押さえつけられ、無力だった女に。

するとマルコは、スーツのポケットのなかに手を入れた。武器を出そうとしているのだ。おれは立ちあがろうとした。具合からしてあまり助けにはなりそうになかったが、マルコはおれの姿を視野の隅でとらえ、それに気を取られた。その隙にブロンド女がまた前に出て蹴りを繰り出し、それが膝のすぐ下に命中した。

折れた音は聞こえなかったが、マルコの脚はひどく曲がった。今度はマルコは、ポケットのなかの武器がなんにしろ、いまの状況には不充分だと判断したのか、ひどくぎこちない動きで振り返ると、ドアのほうに逃げ出した。大げさに足を引きずって、かなり痛むらしくうんうん唸っている。ブロンド女は脱げていた片方の靴をつかみ取り、床のハンドバッグからなにかを取り出すと、部屋を出て行った。数秒後、玄関ドアが開いて、バタンと閉じる音がした。

どうにか今度も危機一髪の状況を切り抜けることができたし、二人がいなくなったいま、振り出しに戻ったらしい。

そう思いながら立ちあがって、マルコに殴られた頬に触れた。肌がひりひりして、すでに腫れはじめているが、血は出ていない。ということは、少なくともまた服を着がえる心配はしなくていいわけだ。マルコが手荒く扱ったタマから腹にかけて鋭い痛みがあって、そこがなにより痛かった。おれは首を振って頭のもやを払い、今度はきびきびと、寝室のドアに向かった。

だが廊下に出て、左手に不意な動きが見えたかと思うと、壁に叩きつけられた。つぎの瞬間、おれの喉にはナイフの刃が押し当てられていた。

「おいおい」一ミリも動かないで、おれはいった。「せっかく助けてやったのに、こういう感謝の仕方はないんじゃないか」

「感謝はしてるわ」女はナイフを微動だにさせずに答えた。東欧訛りがかなり強い。「あなたいったい何者？」

「マルコと話をしたい者だ」

「どういう？」

「おれはあることではめられた。おれをはめたやつを、マルコは知ってるはずなんだ」

女はそのことを少し考えて、ナイフを降ろした。

「あいつは出てったわ。でもじきに戻ってくる、ほかの連中を引き連れて。あなたも逃げたほうがいいわ」

「しかし、おれが来たときのきみの様子からすると、きみもここにいないほうがよさそうだ。一緒に逃げないか？」

女がためらっているようだったので、自分のなかでも一番信頼されそうな表情を浮かべて見せた。

「おれはやつらの側じゃないし、きみもちがう。少なくともおれたちはその点で共通してる」

「じゃああなたはだれの側？」

「いまはおれの側だ。それにきみにはいうが、おれの側は味方がどんどん減っていきつつある」

女はおれをしげしげとながめて、ようやくうなずいた。

「オーケー、行きましょう。あいつが仲間を連れて戻ってくる前に」

外の日射しのなかへ出ると、おれは眩しさを避けるために目を細めた。頭のなかがずきずきする。マルコのパンチの衝撃が思ったより残っているのが心配だった。ブロンド女は、急がなくちゃといって、石段でおれを後ろから押し上げてくれた。おれは両脚を広げることで股間の痛みを少しでも和らげようとしながら、なるべく急いで石段を登った。

上のゲートは閉まっていたが、女はジーンズからカードを取り出して錠の隣にある差し口に差しこみ、ゲートを開けて、二十メートル先に駐まっているアルファロメオのドアをリモコンで開けた。おれは女に導かれてアルファロメオのほうへ向かいながら、面白い、と思った。女はこの建物のカードキーを持っている。マルコは女を殺そうとしていたかもしれないが、二人は明らかに近い関係にあり、マルコは自分の住まいに女が出入りできるようにしていた。ということは、どうしておれはこの女を信用しているんだ？

しかし、その自問の答えはあっさり出てきた。アルファロメオの助手席側のドアを開けてもらい、快適な助手席に慎重に乗りこんだとき、おれは目を閉じて、至福の瞬間のなかで、なにもかもどうでもよくなっていたのだ。なぜこの女を信用しない？　なぜだ？

どうせ考えても、ばかげた理由しか出てこないに決まってる。

## 26

もしかするとおれは、顔に飛んでくるマルコの拳を避けようとしないほうがよかったのだろうか。もしあの拳がまともに当たっていたら、頭蓋骨への衝撃で、閉ざされていたおれの記憶の扉が開いたかもしれない。しかし実際には頭は割れるように痛むし、昨日の記憶はあいかわらず抜け落ちたままだ。

まったく記憶がなかったことは、人生でほかに一度だけある。何年か前にドイツのバーに行って、仲間の兵士たちと、テキーラを炭酸レモネードで割ったカクテルの飲みくらべをしていたときだ。どうやらおれは三十分で十二杯飲んだらしかった——ずいぶん無茶をしたものだが、まだまだ若いと思っていたのと、周りの目もあったのだろう。仲間たちも飲《や》っていたが、もしかするとほかのみんなは、おれほどピッチが速くなかったのかもしれない。おれは最初の二杯を飲んだことまでは覚えているが、翌朝十時に目覚めて自分の嘔吐物に顔が浸かっているのに気づくまでなにも覚えていないし、あのときの頭は、今朝の頭のほうがまだましだったと思えるほど痛かった。一緒に飲んだ仲間によると、おれたちは三軒のバーをはしごして、めちゃくちゃ楽しい夜を過ごしたそうだ。あるバーでおれは、テーブルにのぼってウェイトレスとスローなダンスをし、別のバーでは火のついたサンブーカ（イタリアのハーブ・リキュール）で上唇を火傷し、そのしばらくあとで、ジョッキのビールを口まで運ぼうとしながらそのまま後ろに引っくり返り、死んだようにばったり床に倒れた。おれは四人にそれぞれ両手足を担ぎあげられて、二百メートル先の兵舎まで運ばれていった。途中四人の一人が、ひょっとしてこいつ気を失ったふりをしてるんじゃないかといい出して、本当に意識がないかどうか確かめるため、みんなで何度もおれの身体を街灯柱に叩きつけることにした。四、五回ぶつけてもおれが顔をしかめもしないのがわかると、みんなはおれを担いで兵舎に到着し、おれを簡易寝台に放り投げて、バーに戻って飲みなおしたのだ。

問題は、おれがそのときのことをいまだに思い出せないことだ。その夜全部が空白で、これから先も死ぬまで思い出せないだろう。今回もそうなりそうな気がしつつある。

「だいじょうぶ?」ブロンド女が訊いてきた。おれを見ている表情からして、本当に心配しているのかもしれない。そうだといいのだが。

おれははじめてその女をちゃんと見た。売春クラブで見たときと服装が変わっていて、無地の白いTシャツにブルージーンズという格好だ。身体にぴったりフィットしているため、まるで素肌にペンキで描いたかのように見える。Tシャツは皺になって、横の縫い目が七、八センチ破れていた。マルコに絞められた首には太くて赤いミミズ腫れができていて、頬は赤ワインの色に染まっている。巻きあげたゼンマイのように張りつめていて、両手で固くステアリングを握りしめている。

おれはだいじょうぶだと伝え、そっちはどうだと訊き返した。

「だいじょうぶ」おれのほうを見ずに答えてから、女は礼をいった——今度は心からの感謝だ。

「あなたに助けられたわね」

「その前に助けてもらったお返しさ」おれは謙遜《けんそん》していった。

「連中にあなたを殺させるわけにいかなかったの」

「どうしてだ? あいつらがやりそうなことは事前にわかってたはずだろ」

「あたしはあなたに電気ショック棒を使うよう命じられてたの」女は答えた。「マルコに脅されてたのよ、いわれたとおりにしないとおまえを殺すって」

今度は女はおれを見た。女は試練を受けたかもしれないが、外見にはまったく影響していなかった。真っ先におれは、その目に惹かれた。完璧な楕円形で、艶やかなブロンズ色の目。そこには純粋さがあって、彼女がいうことなら信じたいと、おれは思った。

おれたちはエッジウェア通りを走って、北のキルバーン方面に向かっていた。

「わかった」おれはそういってゆっくりうなずき、車は赤信号で停まった。「つまり、おれを襲わざるをえなかったってわけか？」

「ええ」女は答えた。「そうよ」

「きみの名前はなんだっけ？」おれは訊いた。

「アラナ」

そのとき思い出した。あの売春クラブで彼女がドアをノックして火事よといったときに、そう名乗っていたのだ。

「いい名前だな。だがアラナ、おれはいま少し戸惑っている。きみはあのマルコって男の部屋の鍵を持っていた。しかもおれをあの売春クラブのあの尋問部屋に引きずっていったあと、マルコと楽しげに話していた。ということは、きみはマルコたちの仲間の一人ということになる。だが尋問担当のつなぎ男がおれに銃を向けたとき、きみはやつの背中に飛びついてくれた。それから数時間後、おれはマルコがきみを殺そうとしているところに出くわし、おれがそれをやめさせようとして逆に殴られてなかば失神状態にあったとき、きみはまたいきなりマルコに飛びついて、あの映画の空手キッドばりのことをして見せた」おれは溜め息をついた。「いまはおれをあどけない無垢な目で見ているし、そういう目がとてもお似合いだとしかいいようがないが、おれはこうも考えてしまうんだ。きみがあまりよく知らないかもしれない英語の文句を使うとすれば、〝目に見える以上のことがきみにはある〟。だから教えてくれ、なぜおれはきみを信じたほうがいいんだ？」

「そうね」アラナは答えた。「あたしも少し戸惑ってる。だって、あなたも謎めいてるから。あなたを見かけたことはないのに、今日いきなりクラブに入ってきて、ペロを撃ち殺した」

「あれは事故だった。あいつと揉みあってるうちに、誤って暴発したんだ」

アラナは疑わしげにくいっと眉をあげた。眉毛は頭髪よりも黒っぽく、黄金色の肌にくっきりと際立っている。

「あたしが聞いた話とちがうわね」前の車が動き出して、アラナも発進させた。「あたしが聞いたのは、あなたが連中の助けになる情報を持ってるかもしれないってこと。マルコはあなたのことをほとんど教えてくれなかった。教えてくれたのは、あなたがとても危険な男だから死んでもらう、ってことだけ。だからあたしはあなたを助けたの。だって、あのけだものたちがどうするつもりかわかってたから。でも、つぎにはあなたはいきなりどこからともなくマルコの部屋にあらわれ、おれははめられた、おれをはめたやつをマルコは知ってるんだといって、あたしに一緒に逃げないかといった。だからあたしの質問は、そっちこそいったい何者なの？あなたが乗ってるのはあたしの車だから、あなたから答えて」

アラナの口ぶりはきっぱりとして揺るぎなかった。この女に気骨があることはとっくにわかっていたが、その気骨はたぶん鋼鉄製だろうと、いまあらためて思った。しかし、話す内容には慎重を期さなければならない。そこでおれは事の大筋を聞かせてやることにした。あとあと罪に問われないように少しだけ脚色し、アラナが知る必要のないこと、とりわけリアに関することを省いた。リアのことを話しても、事を面倒にするだけだからだ。おれはアラナに、自分が元兵士で、ブリーフケースをマルコに届けるために雇われたが、マルコはそのブリーフケースをおれから奪い取って、おれを殺そうとした、と話した。ある友人がブリーフケースに発信機を装着しておいてくれたおかげであの売春クラブの場所がわかったが、行ってみると友人が殺されていて、発信機も友人の死体と一緒にあった。

「それについてなにか知らないか？」おれはアラナに訊いた。

アラナは本当にびっくりしているようだった。

「いいえ、知るわけないでしょ。つまり、だれかがあなたのお友だちを路上で殺したってこと？」

「車に座ってる友人の喉を掻き切ったんだ。売春クラブの入り口からほんの五十メートルのところでね。おれがなかに入るほんの十五分前だ。だから殺した人間は、あの近くにいたにちがいないんだ」

アラナはもう一度、その殺人についてはなにも知らないと否定した。

「おれは銃を持っていた」おれは続けた。「自衛のためにね。そして売春クラブのなかに侵入して、マルコを探した。きみたちのペロをつかまえて二階に連れて行かせたら、マルコがおれたちを見てびっくりし、ペロが暴れはじめた。銃が暴発して、あとはきみも知ってのとおりさ」

「ブリーフケースの中身はなんなの?」

おれはイアン・フェリーの部屋にあった腐りかけの指のことを思い出した。

「わからない」

「じゃあ、あなたは単なる配達屋ってこと? 自分がなにを配達してるのか知らないし、知りたくもない、報酬《かね》さえよければ。そう考えていいのね?」

驚くほど非難めいた口ぶりだった。隣に座っているのは女ギャングだとばかり思っていたのに、とうてい似つかわしくない言動だ。アラナに真実を話したいという欲求が、ふと込みあげてきた。自分はじつはふつうの仕事熱心な男で、まったく関係のないことに巻きこまれてしまったのだ――といいたかったが、おれはその欲求を抑えこんだ。

「ああ」溜め息をついて、おれは認めた。「そう考えてもらってけっこうだ」

「あなた、名前はあるの、配達屋さん?」

「タイラーだ」

「じゃあミスター・タイラー、あなたの力になれるかもしれないわ。それにあなたもあたしの力になれるかも」

「本当か? いったいどうすればいい?」

アルファロメオは本通りを離れて、安っぽい一九七〇年代のテラスハウスが建ち並ぶ住宅地に入っていった。明らかにこの住宅地の開発業者は、炭殻コンクリートブロックが有り余っていたが、美的感覚は欠如していたらしい。アラナはテラスハウスのひとつの前で車を駐め、エンジンを切った。

「なかに入って。あなたに話してあげる」

おれはアラナがなにを教えてくれるつもりなのかさっぱりわからなかったし、推測する気もなかった。ひどい一日だった。だれを信用するにしても、そこには危険がともなう。しかし、疲れきって喉が渇いているときにブロンド美人が自宅に招いてくれるなら、それを断わるには相当強固な意志が必要になってくる。だがいまはそんな気分じゃない。

おれは車を降りると、アラナのあとについて玄関ドアに向かった。

27

アラナのあとについて廊下を進み、狭苦しいキッチンに入った。キッチンの窓からは、切手ほどの大きさしかない裏庭と、その先の鉄道高架橋が見える。

「一杯飲む？」口を切ってない白ワインの瓶を冷蔵庫から取り出しながら、アラナが訊いてきた。

いまはそれ以外にほしいものは思いつかない。

「ああ」おれはいいながら、冷蔵庫にアルコール類しか入ってないことに気づいた。

アラナは食器棚からグラスを二つ取ると、引き出しを探してワインオープナーを見つけた。ワインを注ぎ、グラスをおれに手渡すあいだ、列車が音を立てて高架橋を走っていき、その振動が窓をガタガタ揺らした。

「こっちに来て」アラナはそういい、二人で小さな居間に場所を移した。そこは列車の音がキッチンほどうるさくなかった。

アラナはソファに座り、おれは靴を蹴って脱いで、ソファの向かいの、部屋にひとつだけある椅子に座った。スプリングがへたりこんでいて身体がぐっと沈みこみ、あと十五センチで尻がサイケデリックなカーペットにつきそうだ。そこでクッションを探して尻の下に敷き、アラナはタバコに火をつけて、ワインをするように飲んだ。おれは自分のワインをがぶがぶ飲んだ。あまりご大層なワインじゃないのに、いまは極上の美酒に感じられる。

「とにかく、いまおれが知りたいことのなかで一番重要なのは、マルコやおれを拷問しようとしたやつらがだれのもとで働いているかだ」

「ボスの名前はエディ・コジックよ。いわゆる人身売買業者だと思うわ。バルカン諸国の若い女たちを、イギリスに密入国させるの。新しい人生と仕事と金を約束するからといって、うまいこと丸めこんでね。でもいざ女たちがイギリスに来ると、今日みたいな売春クラブで身体を売る仕事をさせて、まるで自分の奴隷みたいにこき使うの。逃げようとするとこっぴどくぶん殴られるから、みんな二度と逃げようとしないわ」

おれはルーカスから前に聞いた、マックスウェルとスパンが殺されたときの話を思い出した。パリのホテルの部屋であの二人が護衛していたロシア人ビジネスマンは、どうやら人身売買に深く関与していたようだったが、結局旧ユーゴスラビア出身のボスニア人たちと仲たがいした。あのマックスウェルとスパンの殺人事件に、イアン・フェリーは強い関心を持っていた。イアンはあのブリーフケースを持っていた。マルコとその仲間は、あのブリーフケースをほしがった。そこからひとつのパターンが浮かびあがってくる。

「そのエディ・コジックって男、ボスニア人か？」

アラナはうなずいて、そのパターンを裏づけた。

「ボスニア系セルビア人よ。やつらはみんなそう」

しかし、それでもなぜ連中がリアを殺したのかという謎を解き明かしたことにはならない。それに、なぜ連中がおれを罠にはめたのかも。

「きみのその口ぶりからすると、どうやらコジックのやり方に賛成してないみたいだな。となるとどうしても気になってくるんだが、きみは今日あの売春クラブでなにをしてたんだ？」

アラナは深く息を吸いこんでから、おれをじっと見つめた。

「あいつのやり方には賛成してないけど、あたしの妹があいつのとこにいると思うの」

わずかな沈黙があった。

「最初から説明してくれるとありがたいんだが」

アラナは優雅な手つきで長々とタバコを吸った。

「あたしの妹は、八ヶ月前にベオグラードで行方不明になったの。名前はペトラで、年は十八。絶対妹は、来たくもないのにロンドンに連れてこられたのよ。エディ・コジックは妹の居場所を知ってるにちがいないわ。だからあたしもここに来たの。妹を見つけるため、妹を国に連れて帰るために」

「で、あんな格闘術をどこで習ったんだ？」

「あたしは警察官よ」

おれはびっくりして眉をあげた。アラナのような外見の警察官とやりあったことはいままでない。くだけた話の仕方や、手錠をかけてきたりしないことを含めて推測すると、おそらく公務で来ているのではないだろう。その推測が正しいことはすぐにわかった。

「ベオグラードの警察官なの。だからペトラの身に起こったことを知ったのよ。あの子はたまたま悪い連中と関わってしまったの。覚えておいて、ミスター・タイラー――」

「タイラーでいいよ」

「覚えておいて、あたしたちの国はとても貧しいの。妹とあたしが住んでた村は、産業が農業しかなかった。あたしは七年前の十八のとき、街のほうへ引っ越した。あたしだって、悪い連中と関わってたかもしれないわ。ベオグラードにはそんな連中がうようよいるから。でもあたしはウェイトレスをして一生懸命働き、お金を貯めて、大学へ行った。それから警察の仕事を手に入れたの。妹のペトラは、十六になるとすぐ、あたしのところに来て一緒に暮らしたいっていい出した。田舎の生活が大嫌いだったから。でもあたしは、十八になるまで待ってから決断しなさいって、考え直させたの。警官だから、若い女の子が街にやってくるとどうなるか、いろいろ見てきたわ。売春クラブはどこもそういう女の子でいっぱいよ」

アラナは疲れたように溜め息をつき、タバコをもみ消した。

「でもペトラは昔っから我慢てものに縁のない子で、勝手に家を飛び出してきたの。ある日あたしのアパートにいきなりあらわれて、泊めてくれって懇願されたわ。でも、はいどうぞってわけにはいかなかった。泊めたりしたら両親に悪いから、あの子を家まで車で送り返したの。

あの子はずっと車のなかで泣いてたけどね。きちんとした立派な両親だし、あの子をひどく責めたりしないのはわかってたの。でも数ヶ月後、あの子は二度めの家出をしてしまった。両親はすっかり怯えながらあたしに電話してきて、なにが起こったか話してくれたわ。そのときは、あの子がいなくなってまだ一日しかたってなかった。だからあたしはアパートで待ってたの、あの子が来るのを……」言葉が途切れがちになって、アラナは、深い物思いに沈む顔になった。「でも、あの子は来なかった。その日も、つぎの日も。あたしは同僚に妹の捜索願いを出した。あたしは警官だし、一般人より影響力があるから、権威を駆使して妹を探す努力をしたけど、なんの成果も得られなかった。うまくいかなかったの。ベオグラードは大都市よ、徒《いたずら》に日がすぎるばかりで妹からはなんの連絡もなかったから、どんどん心配になっていったわ。起きてる時間はずっと妹を探してた。父もそう。田舎の村からはじめて街に出てきたの。二人で手分けしてバー、カフェ、レストラン、売春クラブだって、妹がいそうなところはどこでも行ったけど、同僚たちが興味を失くしていくにつれて、こっちの捜索作業はますますきつくなっていった。ペトラが無理やり売春をやらされてたのはわかってたわ。そうじゃなきゃ連絡できたはずだもの。東欧の国々では、売春はビッグビジネスよ。セルビアも例外じゃない。でもこのビジネスを運営してる連中はものすごく強い権力を持っていて、あたしでもそういう連中の口を割らせるなんてできないわ。まもなく父は、家族を養うために村に帰らなくちゃいけなくなった。でもあたしは探し続けた。だれかを犯罪で挙げたら、それがどんな犯罪でも、かならずペトラの写真を彼らに見せて、この子を見かけなかったかって訊くの。もしなにか情報があれば、扱いに手心を加えてやってもいいというふうに見せかけて。でも、あるという人間は一人もいなかった。というか、少なくともだれもあるとは認めなかった。そのあたりはなかなか踏みこめなかったわ。セックス産業を運営する裏組織を怒らせたい人間なんて、だれもいないから。

でもようやく一ヶ月前、手がかりがつかめた。あたしの男友だちのマーティンが、あるバーの喧嘩沙汰で、一人の男を殺人未遂容疑で逮捕したの。逮捕された男は地元売春クラブの用心棒で、長期刑がほぼ確定してたんだけど、マーティンがペトラの写真を見せたら、知ってるような顔をしたの。ペトラは美人よ。艶のある黒髪で、茶色の目は色っぽいし、肌もオリーブみたいにすべすべなの。一度見たら忘れないわ」

アラナを見た男もたいていは忘れられないだろうと思ったが、なにもいわなかった。

「この男はなにかを知っている、そう確信したマーティンは、その男に、もしペトラに関する情報を提供してくれたら刑を軽くするよう判事にかけあってやるって持ちかけたの。それでも男はペトラを知ってることを否定し続けて、マーティンはとうとう男を寝返らせることができなかった」

アラナはまた少し間を置いて、冷ややかな目でおれを見つめた。

「でもマーティンがやれなかったことを、あたしはやった。あたしはなんとかして男の監房に行き、力になってほしいと頼んだの。はじめ男は、あたしのことをバカな女だとあざ笑いながら、追い払うように手を振って、とっとと飯炊き仕事に戻りやがれっていったわ」

アラナの声が険しくなった。

「それが大きなまちがいだった。五分後、男は自分が吐いたものの水溜りでのたうちながら、ようやくあたしが本気だってわかって、数ヶ月前にペトラを見たことを認めたわ。あの子はお金がなくて、仕事を探して友だちに頼ったの。その友だちはゴランという人身売買業者の手下で、ゴランはイギリスで働く若くてきれいな女をずっと探してたの。ベオグラードで女たちを売っても小銭程度しか稼げないけど、イギリスの仲間に売れば大金を稼げるから。それでペトラもイギリスへ送られたの。きっといろいろいい含められてね。向こうへ着いたらいい仕事と幸せな生活が待ってるぞ、家族に電話して、元気でやってると知らせることだってできる、とか」

アラナは笑ったが、ユーモアのない空しい笑いだった。

「ベオグラードの問題は、ほとんどの人が貧乏で、金はみんな犯罪者たちが握ってるってことなの。だからどこもかしこも腐敗だらけ。あたしにはゴランがだれだかわかってるし、妹になにをしたかも、妹をどんな運命に送ったかもわかってる。でもゴランは街では守られてるのよ。ゴランを尋問しようとしたとき、上司から、余計なことするなって警告されたわ。妹のことをいくら説明しても取りあってもらえなかった。結局、ゴランを通じてペトラを取り戻そうとしても無理なんだってわかったわ。ごり押しすれば職を失うばかりか、命さえ失うはめになりかねないことも。

そこで決めたの。イギリスへ行って、いちかばちか賭けてみようって。ゴランがボスニア系セルビア人のエディ・コジックの下で働いてるのは知ってたわ。だからなけなしのお金を持ってイギリスに渡り、コジックを見つけ出して、なんとかペトラを買い戻す、そういう計画だった。マーティンは、あたしを説得して思いとどまらせようとしたわ。成り行きに任せるほうがいいと思ってるみたいだった。でもあたしはそんな人間じゃない。それに、絶対に妹を諦めたくなかった。だって、妹がまだ生きていて、あたしの助けを必要としてるのはわかってるんだもの」アラナはおれをじっと見すえながら、手を固い握り拳にして自分の胸を叩いた。「あたしにはわかるの。ここで、この胸のなかで。あの子は生きてるわ」

ということは、アラナは妹を探す決意にあふれているのだ。おれがリア殺しの黒幕を突き止める決意にあふれているのと同じで。どうやらおれたちには共通点があるらしい。

「で、エディ・コジックにはもう会ったのかい？」

アラナは首を振った。

「まだよ。ボディガードたちにがっちり守られてるの。ほかの手立てを考えざるをえなかった。そこで彼の組織を調べるだけ調べて、だれが手下か突き止めたの。でも手下たちを突き止めたからって、それですぐなにかやれるとはかぎらないわ。だから手下の一人に――どういえばいいのかしら――なんとか取り入ったの」

「マルコに？」

アラナは嫌そうな顔で答えた。

「そうよ。あいつは凶暴なブタ野郎だけど、ほかの連中より少しは女に対して敬意を持ってるわ。つきあいはじめたのは何週間か前。組織のなかで高い地位にいてコジックに近いから、あいつから妹の居場所を聞き出そうとしたの。でも簡単じゃなかった。ほかのやつらと同じようにあんまりおしゃべりじゃなくて、あいつがやりたいのはファックだけ。あたしはあいつに二度ほど、オーズマン通りにある売春クラブへ――あなたが今日来たところよ――連れて行かせたことがあって、そこで働いてる売春婦たち何人かと、なんとか話をすることができたの。でもこっそりやらなくちゃいけなかった。あれこれ質問してるところを見られたら危険だもの、彼女たちにとっても、あたしにとっても。売春婦たちは上の連中を恐れてるわ。

でも、ここ数日は様子が変わってしまったの。マルコには電話がじゃんじゃんかかってきて、打ち合わせでいないことがしょっちゅうだった。聞いてもなにが起こってるのか教えてくれないし、丸一日ろくに姿を見かけないの。そこで、みんなの注意がよそに行ってるのをいいことに、今日の午後、あたし一人で売春クラブに行くことにしたの。ドアマンたちとは顔見知りだし、みんなマルコの手下だから、なかに入れてくれたわ。あたしはマルコの手下たちに好かれてないし、こんなところを、しかもマルコがいないときにうろうろ嗅ぎまわってたらやばいのはわかってた。でも、あたしは必死だった。手持ちの金は尽きかけてたから。ロンドンは生活費が半端なく高い街よ。こんなしょぼい部屋でも家賃がとんでもなく高いの。

売春クラブに一時間ほどいて、バーテンや売春婦何人かと話をしてたら、ペロからいわれたの。マルコが奥にいて、いますぐあたしと話したがってるって。そこであいつのオフィスにあがっていったら、マルコはドアを閉めるなり、あたしを叩きはじめて、こんなとこに一人で来ていったいどういうつもりだっていうの。それからあたしを殴り倒して、いったいだれの差し金だって問いつめてきたの」

おれは同情するようにゆっくりうなずいたが、マルコがそれほど強く殴らなかったのは明らかだ。あの廊下でおれたちが鉢合わせしたとき、アラナには痣らしい痣がなかったからだ。おれはアラナに、あの売春クラブにいるあいだに赤茶色のブリーフケースを見たかどうか訊いた。

「いいえ、ブリーフケースなんかなかったわ」

「ほかの連中は？　マルコと一緒にいたのはだれだ？」

「ラドバンとアレクサンダーだけ。あなたを殺すように命じられた二人よ」

「おれの友人のスノーウィを殺したのがだれか、突き止めたいんだ」おれは説明した。「スノーウィは喉を切られてた。殺《や》ったやつはいくらか返り血を浴びてるはずなんだが」

「あたしが見たかぎりでは、だれにも血はついてなかった」

「おれが入る前に、きみはどれくらいの時間あの三人といたんだ？」

アラナは肩をすくめた。

「ほんの数分よ。せいぜい三、四分ね」

ざっと計算してみる。どうやらスノーウィを殺したのはラドバンらしい。リアを殺した男だ。アラナが見かけたときはすでに身体を洗ったあとだったにちがいない。しかし、なぜアラナはあのブリーフケースを見てないのだろう？

「そしたら廊下のほうから、揉みあう物音が聞こえてきた」アラナは続けた。「それから銃声も。するとマルコが走って戻ってきて、あたしたちみんなに、ペロが殺された、廊下に銃を持った男がいる、といったの。みんないっせいに銃を手に取ったけど、マルコはあたしを行かせたわ、電気ショック棒を持たせて。あなたがどういう人間かはわかってる、絶対に女を撃ったりしないやつだからといってたわ」

「マルコのいうとおりだ」

「その点はよかったわ。だってマルコは平気で女を撃つから。あたしがあなたのほうへ出ていくときも、あいつはあたしに銃を向けてたのよ」

「そうか、だったらあのときのことは許してもいいかな。それにしてもわからないのは、どうしてマルコはついさっきあのアパートで、きみを殺そうとしたのかってことだ」

「あたしがしくじったからよ」アラナはことともなげにいった。「二人で売春クラブを出たあとも、まだ怒ってたの」

「待ってくれ」おれはさえぎった。まだ少し混乱している。「きみたちが売春クラブを出たとき、マルコはたしかにブリーフケースを持ってなかったのか？」

アラナは首を振った。

「いいえ、さっきもいったけど、あたしはブリーフケースなんて見てないわ」

新たな疑問が湧いてきた。いったいあのブリーフケースはどうなったんだ？　マルコがあのブリーフケースを置き忘れるはずがない。あれだけの価値があるのだから。ということは、ほかのだれかが持っていったということになる。しかし、いったいだれが？

「とにかく、マルコはまだあたしのことを怒ってたけど、なんだか急いでる感じだった。どこかへ急いで行かなくちゃいけなくて――それがどこかはいおうとしなかったけど――あたしには、アパートへ戻って待ってろっていったの。マルコと別れるとき、あたしは口実を作って売春クラブに戻った。あなたがあそこで拷問を受けて殺されると思うと、いてもたってもいられなかったから。ラドバンとアレクサンダーはけだものよ。逃げ出そうとした売春婦たちにあの二人がなにをしたか、あたしは聞いて知ってるわ。あの二人の拷問をやめさせることができて、なおかつこっちの正体がばれないようなことをしたかったけど、あまり考えてる時間もなくて」

「それで火をつけたのか」

アラナはうなずいた。

「安直な手だったわね」

「最善とはいえないが、少なくとも効果はあったよ」

「あの建物に警報が設置されてるのは知ってたから、ボディガードたちが使ってた奥の部屋に油を撒いて、火をつけたの。困ったのは、思ってたより速く火が広がったこと。みんな無事に脱出したと思うわ、すぐに警報が鳴り出したから。警察と消防には電話したけど、ラドバンとアレクサンダーはあなたを炎のなかに置き去りにするかもしれないから、上にあがってあなたの拘束具を解いてやろうと思ったの」

「おれのために？」

「あの拷問部屋から屋根に出られるのはわかってたけど、まさかラドバンとアレクサンダーがまだいるとは思わなくて」

「それでまた危険を顧みずに助けてくれたのか。感激したよ。ありがとう」

おれは礼をいいながらアラナを見て、なんて美人なんだろうとあらためて思った。と同時に、気をつけろと自分を戒めた。アラナの話はもっともらしく聞こえるが、おれが今日一日で学んだことがひとつあるとすれば、それは、人は印象どおりとはかぎらない、ということだ。

「それでも、マルコがあのアパートできみを殺そうとした理由の説明にはなってない」

「売春クラブのだれかが、あたしがあそこに戻るのを見てたんだと思うわ。もしかすると、火をつけるところをだれかに見られてたのかも。はっきりはわからないわ。でもあたしは売春クラブを出たあと、ここに戻ってきて、着がえてシャワーを浴びたの。マルコのことはどうすればいいかわからなかった。あいつには殴られてしまったわけだし、一緒にいるのは危険だってわかってたけど、ペトラを探し出す唯一の糸口があいつなの。だからまだあいつの部屋にいて待ってたのよ。あいつにいわれたとおりに。

マルコはアパートに戻ってきて――あなたが来る少し前よ――最初は気さくな感じだったけど、あたしが物を取りに寝室に入ったとたん、後頭部を殴りつけてあたしに飛び乗り、憑かれたようにまた裏切り者めってなじりはじめて、いったいだれの差し金だって問い詰めるの。今度こそただじゃすまないってわかったから、必死に抵抗したわ。そこへあなたが来てくれたってわけ」

アラナはきれいな白い歯を見せてにっこり笑った。おれは微笑み返した。

「そのエディ・コジックってやつと、話がしたい」

「彼を見つける方法は知ってるわ」アラナはいった。「かわりといっちゃなんだけど、あなたにもあたしのためにしてほしいことがあるの。妹を探すの、手伝ってくれる?」

「どうしておれにそんなことができると思うんだ?」

「マルコを通じてペトラを探す可能性がなくなったいま、あたしにはあなたが一番の希望なの。あたしにはわかるわ、あなたが自分の身を守るすべを心得てるってこと。あなたにコジックのところへ行ってほしいの。でも、殺したりしないで」

「殺すつもりはない」おれはアラナに会った二度とも自分の身を守りそこねたことを思いなが

ら、そう答えた。「いくつか答えがほしいだけだ」

「コジックはたくさんの女たちを奴隷同然にこき使ってるけど、ペトラに似た女がいるとは思えない。あなたにはペトラの写真をコジックに見せて、ペトラがどこにいるか聞き出してほしいの。そしたらあたしに電話してちょうだい。あなたがコジックと待ってるあいだに、あたしがペトラを助けに行くから」

どういうわけか、そんなふうに簡単にいくとは思えなかった。

「で、コジックのボディガードたちはどうしたらいいと思う?」

「彼のボディガードはもう少ないわ。護衛役にはほんの数人しか信用してなかったの。一人はラドバンで、もう一人はペロ、そして二人とも死んだ。もちろんほかにも数人いるけど、だいぶ手薄になってるはずよ。危険は危険だけど、あなたみたいな人ならなんとかやれるわ」

アラナはいいながら、長い脚をゆっくりほどいて、身を乗り出してきた。見つめる視線に、おれは思わず引きこまれた。わざとらしいそぶりなのはわかっていた。甘い言葉と性的魅力でこっちを望みどおりに操ろうという腹だ。おれは後ろに身体を引いて、アラナのいうことについて考えた。この女はただ妹を思うあまり、藁《わら》をもつかもうとしているのだろうか? それとも、ほかに企んでいることがあるのだろうか?

「ワインのおかわりは?」アラナはそういって、立ちあがった。

おれのグラスは空だった。アラナのグラスはまだ半分入っている。

アラナはおれに微笑みかけてきた。その表情には自信があった。自信とは別のなにかもあった。ワインのおかわり以外にもいいことがあるのをほのめかすなにかだ。いくら疲れているとはいえ、おれの想像力が勝手にそう思っているわけじゃないことくらいわかる。頭のなかの警告のベルが一気に大きく鳴りはじめた。かつて親父が儲かっていた印刷会社を売り払って秘書と駆け落ちしたとき、お袋がおれにこういった。〝女には力があるんだよ。男をいいなりにできる力が。秘訣はね、いつも男に主導権を持ってると思わせてやることさ。ほんとは持ってなんかいないんだ。いまだって、これからだって〟。お袋が考えついたものじゃないだろうが、それでも深みのある言葉だし、心に留めておいたほうがいいと思っている。

しかし、せっかくそういう言葉を覚えていても、結局おれはアラナに微笑み返して、こういっていたのだ。ああ、ほしいね。

頭はずきずきするし、いまもアドレナリンが身体じゅうを駆けめぐっている。とんでもない一日だった。暴力的な一コマ一コマが走馬灯のように甦ってきて、ひとつに溶けあうようだ。愛した女（いまも愛している）の横で朝を迎え、その死体に施された鬼畜の所業を目の当たりにしたときのショック、イアン・フェリーの住まいでの血の惨劇と、それに続く逃走劇、おれが数ヶ月前に売ってやった車のなかで喉を掻き切られたスノーウィ、あちこちに血が飛び散った車内、売春クラブで覆面をしたラドバンの顔を電気コンロに押しつけたときに身体を駆けめぐった、ぞっとするほどの快感。そしていま、そんなことがあったにもかかわらず、おれはさびれたアパートのなかでワインを飲んでいる。一緒にいる美女は正体を偽っているかもしれないし、いないかもしれない。ただわかっているのは、自分がじきにこの女を抱いているんじゃないかということだ。

外はまだ、暗くもなっていないのに。

# 28

アラナがおかわりのワインを持って部屋に戻ってきたとき、おれは立ちあがって彼女が差し出したグラスを取りながら、その指にやさしく指先を重ねた。二人とも動かなかった。無言のまま見つめあった。アラナの淡いピンク色の唇がかすかに開いて、きらきら光る白い歯の先が見えた。アラナの息遣いが聞こえる。静かだが、さっきよりわずかに速い。首についた痣の色が斑《まだら》に濃くなっている。その部分の肌にそっと触れると、アラナは小さく溜め息をついた。

「痛むかい？」おれは訊いた。

「ううん」喉の奥のほうから吐息が洩れてくる。

ワインのおかげで頭は軽くなり、おれの抱える問題もどこかへ霧散したかのようだ。おれにとっての全世界はいま、この部屋と、ブロンドの長い髪と金色の肌を持つ女、おれの前に立っている女だけになった。こういう解放的な瞬間は、ほかのことなどどうでもいい。

おれはワインをぐいっと一口飲んでテーブルにグラスを置くと、アラナの唇に吸いついた。アラナの手もおれの首の後ろにまわって、おれをきつく引き寄せた。二人は身体を絡めあいながら、激しく情熱的にキスを交わした。アラナはシナモンの味がした。おれは小ぶりの乳房の片方を手のひらで包み、軽く揉んで、呼吸を荒げながら、アラナに身体を押しつけた。アラナは呻いて、もう一方の手でおれのシャツをジーンズから引っぱり出すと、おれの腹と胸を指先で撫でまわした。

「ベッドに、行こ」アラナは小声でいった。

おれは逆らわず、案内されるまま二階にあがり、飾り気のない壁と艶のない床の小さな寝室に入った。アラナはキスしたまま、おれのシャツのボタンをはずして脱がせると、身体を引いて、一瞬、おれをじっと見つめた。唇がなかば開いて淫らな笑みが浮かんでいるし、ブロンドの髪の筋も顔にかかっている。快楽を求める嘘偽りのない表情で、おれの肉体も隅々までそれに反応していた。この女がたまらなくほしい。

おれは両手でアラナの腰をつかみ、その股間に自分の股間を擦りつけた。その刺激があまりに強くて、まるで股間自身が命を持っているかのようになり、危うく止まらなくなりそうだった。

ところが、なにかがおれを止めた。

リア。

今朝のフラッシュバックが、不意に意識に侵入してきた。ベッドの上で冷たい屍《しかばね》と化し、無残な首なし死体になっていたリア。恐怖と無力感に苛《さいな》まれながら血塗れの最期を迎えるリアの、DVD映像に残された悲鳴が耳に甦ってくる。そしてふと、二人で幸せだったころのリアの姿が瞼に浮かんでくる――いつも元気に笑って、生き生きしていたリア。おれが恋に落ちることになった女。そしてわかった。こんなことはできない。それも今日だけじゃなく、しばらく無理かもしれない。リア殺しを命じたやつがまだ捕まってないうちは、だめだ。

おれはアラナから離れた。

「タイラー、抱いて」アラナは擦《かす》れ声でいいながら、おれの右手首をつかんで、彼女の胸の下に持っていった。

「おれもきみを抱きたい」そういったが、おれはもうアラナを見てはいなかった。心の目のなかで、リアが死んでいくのを見ていた。そして激しく動揺しながら訝《いぶか》った。このフラッシュバックはこれからずっと、女と仲睦《なかむつ》まじくなるたびにあらわれるのだろうか？　おれはアラナの目をじっとのぞきこんだ。「でも、できないんだ」

アラナは驚いた顔をした。どうやら拒絶されることには慣れてないらしい。アラナは手を離し、その手がおれの横に戻った。

「すまない」かすかに恥ずかしい思いを感じながら、おれは謝った。

「どこか悪いの？　だいじょうぶ？」

おれはアラナから視線を逸らした。

「なんでもない。ただ、ほかにいるんだよ、それだけさ」

「あら、そうだったの。ごめんなさい、知らなかったものだから」

「いいんだ。気にしないでくれ。面倒な制約があるのはおれのほうなんだから」

アラナはダブルベッドの反対側へまわって、床に置いてあるカートンのなかから新しいタバコの箱をひとつ取った。一本つけて、おれに差し出した。

「あなたって、謎めいたとこあるのね、ミスター・タイラー。あたしの経験では、浮気しないで女にやさしい男はめずらしいわ。とくに法律の裏で暗躍してる連中のなかでは」

「だれかが貞節の旗振り役にならないとね」そういっておれは、小さく微笑んだ。

アラナはかすかに微笑み返してベッドに腰かけ、タバコをひと口吸うと、ニコチンの染みがあるひび割れた天井に向かって、細い煙の筋を吹きかけた。

窓の外ではまた、通勤列車が音を立てて通過している。

おれはかがんで床からシャツを拾いあげ、アラナは、その傷どこでついたのと訊いてきた。

「話すと長いんだ」

「急いでどこかへ行く用事でもあるの？」

おれは近いうちにエディ・コジックに会いに行かなければならなかったが、疲れていたし、長い一日だった。いまは休みたい。

「とくにないけど」そう答えて、シャツを着た。

「だったら話してくれてもいいんじゃない？　飲みかけのワインを下から持ってきて、一緒にここに座って」アラナははにかんだ顔をして見せた。「噛みついたりしないから。約束する」

愚かな行動なのはわかっていたが、ダブルベッドは、スプリングがきいてない居間の椅子よりもずっと快適そうだったため、アラナがいうとおり二人のグラスを取って戻り、ひとつをアラナに渡した。

「乾杯」アラナはそういって、おれのグラスにカチンと合わせた。

「乾杯」おれもそういい、アラナとの距離が近いのを意識しながら、ベッドに腰かけてくつろいだ。

「こんな状況で出会わなくちゃいけなかったなんて、残念ね」

おれは出会わなくちゃいけなかっただけでも残念だと思っていたが、口には出さなかった。アラナはもう一度おれに傷のことを訊いてきて、おれはアーマー州南部でおれの装甲兵員輸送車（APC）が待ち伏せ爆弾にやられた日のことを話した。話すと長いといったわりには、長くかからなかった。いまだにあの事件を話すのが好きじゃないからだ。あれからもう十年たったかもしれないが、記憶は生々しく残っている。今日の記憶も、同じようにこれからずっと残るのだろうか。

アラナは黙って耳を傾け、おれが話し終えると、大きく溜め息をついた。

「それはすごい話ね。それがきっかけで軍を辞めたの？」

「いいや、軍はそう簡単におれを厄介払いできなかったよ。おれは三週間入院して、そのあと八週間の疾病休暇を取ったが、それから軍に戻って、さらに六年間従軍した」

「どうして？」

「ほかになにをしたらいいかわからなかったんだと思う。だがあの事件のあと、状況は変わったよ。友人二人を失ったんだからね。その後もずいぶん友人を失った」

「ほんとに？　また爆弾攻撃を受けたの？」

「いいや。ある意味、爆弾よりもっと悪いことだ」

アラナは片肘をついて身を乗り出した。すっかり話にのめりこんでいるらしい。

「その話、聞かせて」

自分のことはあまりしゃべりすぎないほうがいいとわかっていたので、一瞬不安がよぎった。しかしアラナはもうおれの名前を知っているし、北アイルランドで従軍していた当時の話もひとつ知っている。だから、それにまたひとつ話をつけ加えたところで害はないだろうと考え、説明してやった。

「そうだな、おれたちが待ち伏せ爆弾にやられたことで、部隊じゅうがかんかんに怒ったんだ。だが困ったことに、北アイルランドは軍にとってはほんとに厄介なところでね。敵がだれかはわかってるし、敵の名前だってわかってる——射撃手も爆弾兵もみんなだ——が、こっちは一切手が出せないんだ」

アラナは顔に困惑の色を浮かべた。

「どういうこと？」

「つまり、通常の戦争とはちがうってことだ。そこが厄介なんだ。おれたちパラシュート連隊は襲撃部隊として訓練されてたから、通常の戦争ではこっちから戦闘をしかけていくわけだよ。だが北アイルランドはそうじゃない。あそこじゃおれたちは、ただの警察代理なんだ。だれかがＩＲＡだとわかっていようと関係ない。やつらがこっちを殺そうとするまで待ってからしか、戦うことができないんだ。しかも向こうは道路脇の待ち伏せ爆弾や狙撃手を使うから、実際には反撃する機会もない。だから部隊の何人かが、ＲＵＣ（王立アルスター警察隊）はおれたちを襲撃したやつらの身元を把握しているものの起訴するに足る証拠を揃えられなかったと聞いたとき、コップの縁から水がこぼれるように、抑えてたものが一気にあふれ出したんだ。

爆弾事件の場所から八百メートルほどのところに、一軒のパブがあった。ＩＲＡのシンパがよく出入りすることで知られた店で、常連の一人が爆弾犯だった。そこで、事件後まもないある夜、部隊の生き残り隊員たちが、ライアン少佐を隊長にしてそのパブに強制捜査に入った。

ところが、ＩＲＡの活動に関する証拠を集めるための家宅捜索のはずが、結果的にはただの殴りあいの喧嘩になってしまったんだ。なにがきっかけでそんなことになったのか、おれにはよくわからないが、どうやら常連客の一人が怒り出して、いったいなんの容疑でこの店を捜索するんだと怒鳴った――とかってことらしい。そしたらその男はライフルの台尻で顔を殴られたそうで、そのあたりから自制がきかなくなったんだ。思うに部隊の連中の大半は、そういう鬱憤晴らしのための口実をずっと探してたんだろう。だが困ったことに、連中は鬱憤を晴らしすぎた。全員をいたぶりはじめたんだ、爆弾犯と見ていた男も含めて。おれが聞いたところでは、部隊の連中は爆弾犯の男をパブの床にうつ伏せにさせ、脚に一人の隊員が座り、背中にもう一人の隊員が座った状態で、男の両手をそれぞれ別の隊員がつかんだ。それから男の指を一本ずつ、ライフルの台尻で潰していった。それからみんなで順番に両手のひらを踏みつけ、手の骨が全部折れたことを確信してから男を起きあがらせ、バーカウンターの上に放り投げて、酒瓶を全部だめにしてしまった。

隊員たちは出て行く前に、このことは黙ってろよ、しゃべったらまた来るからな、と脅した。だがそういうことはかならず噂になるもんなんだ。ＩＲＡにとっては、格好のプロパガンダ闘争以外のなにものでもなかった。民間人が夜の外出を楽しんでるときに、パラシュート連隊に襲撃されたんだからな。どうやら四、五人が病院治療を必要とするらしくて、なかでも爆弾犯の怪我の具合が一番深刻だった。まもなく政治的に大問題となって、兵舎には軍の警察や捜査官が押し寄せてきた。おれたちの部隊は職務停止処分となって、暴力を振るった隊員たちを絞りこむための大規模な尋問がはじまった。

そのあいだじゅう、おれは本国の病院のベッドにいた。その事件に関しておれが最初に聞いたのは、ニュース番組でだった。さいわいトップ扱いじゃなかったが、大きなニュースにはちがいなくて、一週間ずっと流れ続けた。結局、部隊の五人が軍事法廷に引きずり出されて、五人とも長いム所暮らしを送るはめになった。みんなおれがよく知ってるやつらさ。友だちだった。相手側は、仲間たちに手を出したことに対して一人も起訴されなかった。正義がなされたかどうかの判断はきみに任せるが、さっきもいったように、軍の状況が前とは変わってしまったんだ」

「その五人はいまどうなってるの？」

パリのホテルの部屋でバンパイアに殺されたと思われるボディガード、マックスウェルとスパンのことが、ふたたび脳裏に甦ってきた。

「そのうち二人はもう死んだ。ほかの三人はなんとかやってるが、いまはもう連絡を取りあってない」

「ということは、今日は元兵士仲間のためにいろいろ動いてるってわけじゃないのね？」

「どうしておれが元兵士仲間のために動くんだ？」とたんにおれは不思議になった。なぜアラナはそんな取調べみたいな質問をするんだろう？

「べつにどうしてってことはないわ」アラナは肩をすくめて答えた。「あなたは、ブリーフケースをマルコに届けるためにだれかに雇われた、といったでしょう。あなたが元兵士なんだから、元兵士の仲間と一緒にやってるのかもしれないって思っただけ。ところで、どうやって今日マルコの部屋を見つけたの？　マルコの名前で借りてないのに」

「探偵仕事の成果だよ」うまく話を逸らされたなと思いながら、おれは答えた。

「あなたって、いろんな才能があるのね」アラナはベッドから立ちあがり、向かいの壁側にあるチェストのほうへ行った。

引き出しのひとつを開けてなかを探すと、写真を一枚持って戻ってきた。ベッドによじ登って、その写真を見せてくれた。白黒の六×四判で、魅力的な黒髪の十代後半の若い女性が写っている。自信にあふれた笑顔で、きれいな白い歯を見せてカメラに微笑みかけている。着ているのは学校の制服のようだ。かわいらしいが、目を瞠《みは》るほどの美人ではなく、アラナに少しも似てない。

「妹かい？」おれは訊いた。

アラナはうなずいた。

「タイラー、どうしても妹を探してほしいの。探すって約束してくれる？」

アラナは身体を寄せてきた。アラナの熱い吐息が顔にかかる。よく見ると、鼻筋に沿って色の薄いそばかすが、かわいらしくぱらぱらとあった。金色の肌に紛れてほとんど目につかない。だがおれは、またリアのことを思い出して、少し離れた。

「やれるだけやってみよう。それは約束する。コジックの写真は持ってるかい？」

アラナは首を振った。

「あの男は写真を撮られるのが好きじゃないの。でも年は五十代なかば、頭が薄くなりかけて、小柄でぽっちゃりした男よ」

「まあすてき」おれは皮肉った。

「顎に二、三センチの傷もあるわ。だれかに一度刺されかけたの」

「住まいはどこだい？」

「ノッティングヒルってとこよ。ここからそう遠くないわ。今夜行くんなら、押し入る手伝いができるかもしれない。逮捕した犯罪者たちから侵入の手口を教わってるから」

「きみもいろんな知識があるんだね」おれはいった。「いまおれには武器がない。だから、どうやってコジックから答えを引き出すかだな」

「ナイフを使うこともできるわ。喉に刃を押しつけられれば、いやでも記憶が呼び覚まされるはずよ」

おれはゆっくりうなずいた。

「だろうな。それはともかく、やつの住まいに侵入できそうなら、どうして自分でやろうとしなかったんだ？」

「いったでしょ。コジックにはボディガードが大勢いるの。というか、いただけど。それにいままではあたし一人だったし」

おれが黙っていると、アラナはかすかに責めるような目でおれを見た。

「行くつもりある？」

「ああ、行くつもりはあるよ。きみの妹がどうなったかも、できれば訊き出そう。だが今夜は行かない」

「あなたが行かなくても、あたしは行くわよ」

「バカなことはよせ、アラナ」

「バカなことなんかじゃないわ、タイラー。あたしは妹を見つけたいの。もう時間がないのよ」

おれたちはベッドに腰かけたまま、数秒間見つめあった。さっきまでの欲望が、いつしかたがいへの不信に取って代わっている。おれは内心、今夜のうちにエディ・コジックを訪ねるつもりでいたが、そのことをアラナには知られたくなかった。アラナの印象は悪くなりはじめていた。おれを操ろうとする意図がはっきり感じられて、それが気に入らなかったのだ。

「ちょっと考えさせてくれ」おれはようやく答えた。

アラナは溜め息をついて、ベッドから立ちあがった。

「シャワーを浴びてくるわ、いい？」

「いいとも」おれは了解して、寝室を出ていくアラナを見送った。

つぎの数分、おれはベッドに横になって、そのままじっとしていた。疲れていたし、眠ることもできたかもしれないが、なんとなく落ち着かなかった。アラナの姿が目の前から消えたとも、急に気に入らなくなった。たしかアラナは、今日の午後売春クラブを出たあとにシャワーを浴びた、といっていたはずだ。もしかしてきれい好きなだけなのかも、と自分にいい聞かせてはみたが、納得しない自分がいた。

なにかがおかしい。

そのとき、はっと気づいた。

アラナのアルファロメオでここまで来て、たがいに自己紹介したとき、おれは自分の名前がタイラーだといい、アラナはすぐにおれのことをミスター・タイラーといいはじめた。はじめてイギリスに来たばかりだとしたら、名前に使われることが圧倒的に多いタイラーが、このイギリスでは姓にも使われることを知っているだろうか。ふつうなら、タイラーの前にいきなりミスターをつけたりしないはずだ。ということは、じつはイギリスの文化に詳しいということになる。それはまた、この国での滞在が数週間どころかもっと長い可能性があるということだ。

ひょっとすると、些細で取るに足らないことかもしれない。しかし、今度はアラナの話し方が気になってきた。英語の知識は、充分どころかすばらしい。くだけた表現だってうまく使う。おれが軍事法廷の話をしたとき、RUCがどういう組織なのかも訊かなかった……それらが示すものは、アラナは自分でいっている以上にはるかに多くのことを知っている、ということだ。もしかするとセルビア出身でもないのかもしれないが、訛り自体は本物らしく聞こえる。とはいえ、アラナが自分でいっているような人間じゃないことは確かだ。つまり、ここにいるのは危険だということになる。移動しなければ。もしアラナが嘘をついているとすれば、そこには理由があるからで、それがどんな理由だろうと、おれにとってありがたいもののはずがない。

おれはベッドから滑るように降りると、極力音を立てずに移動し、忍び足で寝室を出た。浴室の扉は閉まっていた。近づいて耳を押し当てる。シャワーが出ている音以外、なにも聞こえない。

おれは忍び足で階段を降りていった。夕暮れ時で、居間に入って自分の服を探した。すでに街灯が点灯しているのが見える。

ほかにも見えるものはあった。通りの向かいにいた、三、四人の人影。ざっくりした黒っぽい服に身を包み、すばやくきびきびした足取りで移動している。彼らが白人の男たちで、仕事でここにいるらしいことはわかったが、そのあと一時的に視野から消えた。一時的にといったのは、見立てちがいでなければ、その男たちはこっちに向かっているからだ。

靴もはかず、武器も持たないままで、あの男たちを出迎えることはできない。

## 29

玄関の外に動きがあって、ひそひそ声が聞こえたかと思うと、リビングの窓に顔があらわれた。おれはさっとかがんで、さっき座った古い椅子の後ろに身を隠し、汚れたティンバーランドの片方を引き寄せて、はいた。残りの片方もつかんで、椅子越しにちらっと窓のほうを盗み見た。顔は消えていたので、もう一方のティンバーランドをはき、なかば這うように、なかば走るようにして、廊下へ出た。

玄関ドアの飾りガラスの向こう側に数人がいるのが見えたが、向こうにはこっちが見えないことを願った。もっとも、見える見えないは関係ないことがすぐにわかった。なぜならコンマ数秒後に、容赦なくドアをぶち破る音、板が割れる音が聞こえてきたからだ。どうやら今日エンフォーサーを手に入れたのはおれ一人じゃないらしい。安っぽい素材で作られた安っぽい家なので、案の定、錠は一撃で壊れ、ドアも一発で開いて、壁にバーンとぶつかったときの音はまるで銃声だった。

侵入者たちとの距離は三メートル、裏口ドアとの距離はおよそ三メートル半。おれは逃げようとしたが、ふとアラナのことを考えた。自分だけ裏口から逃げ出して、アラナは置いていってもいいのか？　アラナがおれに嘘をついているのはわかっているが、それがどうした？　今日彼女に命を救ってもらったのは紛《まぎ》れもない事実だろう。それに、もしこの男たちがアラナを追っているのであって、おれを追っているんじゃないとしたら？

そう考えて、おれは腹を決めた。一人で逃げ出すよりも、騎士道精神を発揮しよう。そして階段に向かい、一段飛ばしか二段飛ばしで駆けあがった。背後の廊下に足音が聞こえたが、だれもしゃべる者がいないのが気がかりだった。なぜならそれは、男たちができるだけ音を立てたくないと思っているからであり、その理由はひとつしかない。やつらは殺すために来たのだ。

おれは二階にあがったあとも走り続け、バスルームのドアを飛び蹴りした。玄関ドアと同じくらい簡単に開いて、同じくらいけたたましい音が響いた。

なかは暗かった。しかも、だれもいない。シャワーは出ているが、その下にだれもいないのだ。

「おい、止まれ！」階段の下から怒鳴り声がした。おれは振り向いて寝室に駆けこんだ。怒鳴り声の訛りは、うなぎのゼリー寄せや切り裂きジャックと同じ筋金入りのコックニーで、東欧訛りからはほど遠い。「警察だ！」

くそ、なんでこいつらがここに？

おれは寝室を駆け抜けると、窓を開けて、外へ身を乗り出した。

警察は階段を駆けあがってきたが、庭にはだれもおらず、おれは外壁に身体を降ろして両手でぶら下がると、足から飛び降りて着地し、転がった。今日はこれで二度めだ。立ちあがるとき、だれかが裏口ドアを開けようとして引っぱるものの開けられずにいる声がした。裏口へ逃げ出していたらきっと挟み撃ちにあっていたことだろう。騎士道精神を発揮すると、やっぱりいいことがあるのだ。

おれは振り返らずに、アラナの家の庭の端に向かって走り続けた。そこにはキイチゴの藪が、とても突き抜けられそうにないほど密生していたが、そのなかに飛びこんだ。刺《とげ》で切り傷ができ、ルーカスのコットンのポロシャツが破れる音がするのもかまわなかった。錆びた鉄の手すりがどこからともなくあらわれて、おれはキイチゴの刺に顔を擦られながらも、その手すりを飛び越えた。

細い通路に飛び降りたと思ったら、そこには並行して高い金網フェンスが走っていた。フェンスの上には有刺鉄線があって、その向こう側には線路が見える。フェンスには蔓草が絡まっていて、太字で「立ち入り禁止」と書かれた看板があり、「立ち入り禁止」という言葉の両側には恐ろしげな黒い髑髏《どくろ》マークが描かれていた。線路内に入る方法はなさそうなので、残るは通路を右か左へ逃げるしかない。

残念ながら、そう絞りこんだとたん、犬としか思えない吠え声が聞こえてきて――しかもかなりでかい犬だ――まもなくコンクリートの上を駆けてくる軽快な足取りが聞こえてきた。どんどん近づいてくる。

大好きな犬さえも敵側に加担していることをつかの間嘆いて、反対方向に走り出したが、犬を振り切るなんてできないのはわかっていた。おれは道路にかかった高架橋を渡り、さらに通路を走り続けた。通路は着実にのぼり坂になっていて、あまりいい前兆とはいえなかったし、犬の吠え声もどんどん近づいてくる。が、その吠え声を少しずつ呑みこむかのように列車の音が聞こえてきた。金網フェンス越しに振り返ると、ゆっくりと走ってくる貨物列車が見えた。建築用の砂利をいっぱいに積んだ車両を何両も引っぱっている。いまでは通路はかなりの急坂となって、おれの肺はまるで火が着いたように熱かった。短距離には急坂だろうと脚に自信があったが、いまのペースで長い距離を走り続けることはできそうにない。

十歳になるかならないかの少年二人が、線路脇の細長い廃棄物集積場にいて、古い冷蔵庫のようなものをいじっている。明らかによからぬことをしている様子だったが、そんなことはどうでもよかった。おれが知りたいのは、二人がどうやってその線路内に入ったかだ。

するとその答えが、十メートルほど先に見えてきた。金網フェンスの下のほうに、子どもが入れるほどの小さな穴がある。すぐ後ろに力強い犬の足音が迫っていたが、おれは減速し、追いつかれる寸前で横に飛んでその穴に頭から突っこむと、這いながら反対側に抜けて立ちあがり、線路に向かって一目散に走っていった。貨物列車はほぼ通過し終わるところだったが、その車輪のガタゴトというリズミカルな音にも掻き消されずに、一頭の犬の興奮した荒い息が聞こえてきた。すぐ後ろにいてどんどん距離を詰めてくる。その犬から逃げるすべはもはやない。

線路が乗っている小高い砂利の道床《どうしょう》にのぼったとき、その犬は飛びかかってきた。牙がおれの脚をがっちりととらえたが、おれはまだ走っている勢いに任せて目の前を通過する最後尾の車両に飛びつき、なんとか片手で車両の縁につかまって、片足を緩衝器にかけることができた。列車の後ろにしがみつくため身体を振ると、大型のジャーマンシェパードも、嚙みついたままついてきた。だが大事なのは、その犬はこうなることを予期しておらず、おれは予期していたということだ。犬は身体を振られながら、同時に嚙んでいる歯をはずした。その瞬間、犬の身体は宙を舞っていた。犬は落ちて派手に転がると、ぱっと立ちあがって、舌を出したままその場に立ち尽くし、おれがゆっくり遠ざかっていくのをじっと見ていた。

金網フェンスのほうに目をやると、その向こう側を数人の男たちが走ってくるのが見えた。男たちは立ちどまり、おれはその前を時速三十キロかそこらで悠然と通り過ぎていった。そのとき男たちが警察の制服を着ているのに気づいて、おれは衝動を抑えきれず、挨拶代わりに手を振って見せた。彼らの姿が見えなくなったとき、列車は高架橋を渡って、カーブを曲がりはじめた。

ようやく息がつけるようになると、暑い夏の夕方に列車の後部につかまって髪に風を受けているのが、意外にリラックスできるのがわかった。夜の帳《とばり》が降りはじめていて、溶かしバターの色をした半月が、暗くなりかけた空に高くあがっている。星は見えない。何キロも広がるネオンの明かりが、毛布のように星明かりを覆ってしまうからだ。だが街が夜になって息を吹き返すように見えるのを美しいと思ったし、自分に危害を加えたがる人々を出し抜いたことで高揚感もあった。いまは全世界がおれに危害を加えたがっているようにさえ思えるが、この瞬間味わっていたのは、今日一日のなかで最高の気分だった。

しかし、おれにはまた新たな謎が出てきた。なぜなら、アラナが人を呼んでおれを殺させようとしなかったことは明らかだからだ。アラナは警察を呼んで、おれを逮捕させようとした。ということは、二つの重要な疑問が浮かんでくる。

疑問その一――なぜだ？
疑問その二――アラナはだれのもとで動いているんだ？

30

おれはキルバーンで、静かな通りを歩いていた。列車に飛び乗った地点から約二キロ、列車を飛び降りた地点から数百メートルのところだ。ルーカスの破れたシャツを風にはためかせながら、選択肢を再検討した。

時間はおれの味方じゃなかった。すでに八時四十分で、ルーカスが地下鉄ホロウェイ通り駅でおれを降ろしてくれてから二時間以上がたつ。いまごろルーカスは警察に事情を話したことだろう。その推察される内容からして、警察は緊急におれを探しているはずだ。だからエディ・コジックとは、すぐにでも知りあいになる必要がある。すぐにでもということは、いいかえれば今夜だ。イアン・フェリーのアパートで見つけた住所録はまだジーンズのポケットにあって、ありがたいことにイアンはコジックとも知りあいだったらしい。なぜなら住所録でコジックの名前を調べたとき、住所がW８にあって、ノッティングヒルにコジックの住まいがあるとアラナがいったことと符合するからだ。

しかし、歩きながらおれは、警察に出頭して本当のことを話してもいいかもしれないと、はじめて考えた。その根拠は、いずれ警察に捕まるんだったらこっちから出向いたほうがまだい い、ということだ。だがすぐさまその考えを捨てた。おれは今日の一連の事件にどっぷり関わりすぎている。イアン・フェリーの住まいでの銃撃戦、売春クラブでの火事騒動。しかも、おれをリア殺しと結びつけるあのＤＶＤの複製がまだどこかにあるかもしれないのだ。

いまはコジックを訪ねることが、おれの唯一の選択肢だ。きわめて危険度が高いものの、それに対して打つ手はない。だがおれには大きな問題がある。銃を持ってないことだ。ということは、ルーカスに頼まなくちゃいけなくなる。またルーカスを引きこむのは本当に気が進まないが、かといって、それを避ける方法はありそうもない。

おれはルーカスからもらった携帯電話を使って、電話をかけた。一回の呼び出し音で、ルーカスは電話に出た。まるでおれから電話が来るのを座って待っていたかのようだ。

「警察はたったいま帰った」ルーカスは教えてくれた。「おまえに電話しようと思ってたとこなんだ。タイラー、すまない、今日はおまえのために仕事をしてたと、どうしても警察に話さなくちゃいけなかった」ルーカスは心底気落ちしている様子だった。

「心配するな」おれはいってやった。「おまえがそうするしかなかったのはわかってる。警察にはどこまで情報を伝えたんだ？」

「なるべく最小限しか話さないようにしたよ。今日の午後、いきなりおまえから、ある依頼で連絡が入った。おまえはあるブリーフケースを追跡したがっていた。中身がなにかは教えてくれなかったが、こっちはおまえを信頼してたからあえて訊かなかった。おれはブリーフケース追跡の依頼をスノーウィに担当させ、十五分おきに進捗状況を電話で連絡するよう伝えてあった。連絡は二度あったが、それっきりになった。おれとおまえは別れて、おれは別のイズリントンの仕事をやりながら、いずれスノーウィから連絡があるものと思っていた。心配はしてたが、まさか深刻な事態になるなんて思ってもみなかったから、わざわざ通報したりしなかった。そしたらドカン、つぎの瞬間、スノーウィが死んだことを電話で警察から告げられた」

「スノーウィが、死ぬ直前におまえの携帯に電話してたことは、警察にはばれないか？」

「ばれやしないさ。警察がそのときのおれの居場所を特定すれば、おれが供述どおりイズリントンにいて、スノーウィの死体が発見された地点からたっぷり三キロは離れてることがわかるだろう」

「つまり、おまえが疑われることはないんだな？」

「考えられる唯一の気がかりは、おれがあの売春クラブの火事のあとでおまえを車で拾うところをだれかに見られていて、おれが現場にいたことを特定されるかどうかだが、その点はだいじょうぶだろう。あの通りには公共の監視カメラは一台もない。確認済みだ」

「あの火事のことは警察に訊かれなかったか？」

「いいや、警察はおれの供述を信じたと思う。信じない理由はないからな。しかし、警察は明らかにおまえと話をしたがってる。おまえから連絡があったらすぐ警察に電話するようにいわれたよ」

「ありがとう、ルーカス」

「いいってことさ。だがもうそろそろ終わりにしなくちゃいけない」

「ああ、そのことだが……」

「おいおい、今度はなんだ？」

「別の男の名前がわかったんだ。大ボスだ。住所もわかってる。ルーカス、ほんとはこんなこと頼みたくないんだが、おまえがいってた銃が一丁必要なんだ」

「そのボスのところへ行くつもりじゃないよな？」

「いまのところ、ほかに方法はないんだ」

ルーカスは溜め息をついた。

「てことは、おれも一緒に行かなくちゃいけないわけだな？」

「その必要はない。前にもいったように、おまえには充分やってもらった」

「おまえを一人でそんなとこへ行かせることはできない。おまえの身になにかあってみろ、おれは一生自分が許せなくなる」

おれは反論しようとしたが、ルーカスはなにもいうなといった。

「おれも行く、それで決まりだ。いまどこにいる？」

「キルバーンだ。ヒーバー通りを歩いてる」

「すぐに行く。三十分で着くだろう」

「その前に、この男の経歴を調べてくれないか？　名前はエディ・コジック。立ち向かう相手のことを知りたいんだ」

「いいとも。じゃあ四十五分後ということにしよう」

「わかった。それともうひとつ。おまえのシャツをまた一枚持ってきてくれないか？　前のやつは、ちょっといろいろあってね」

「あとで請求書を送るからな」かすかな苛立ちを滲ませてそういうと、ルーカスは電話を切った。

通りの向かいの角に、古めかしいパブがあった。ドアが開いていて、なかから客の話し声が洩れてくる。店の前の看板には、うまい料理を提供すると書いてあった。どこの店も同じようなことをいうに決まっているが、ここ数時間けっこう身体を動かしてきたせいで、食欲に火がついた。

少しくらい休憩してもバチは当たらないと思いながら、おれはパブのなかに足を踏み入れた。

31

ほぼ四十五分後、絶品のチリコンカーンとガーリックブレッド、ミックスサラダを食べ、オレンジジュースとレモネードで胃に流しこんだあと、そのパブから出てきたとき、ルーカスがBMWに乗って到着した。

おれは飛び乗った。

「あのパブにいたのか?」信じられないといった口ぶりで、ルーカスはいった。黒いセーターに黒っぽいジーンズという格好で、革の手袋をしている。彫刻のような端正な顔立ちは、チョコレートのCMに出てくるハンサムな男を思わせた。

「心配するな。飲んじゃいないよ」おれはいった。

「しかし、そんなシャツで？　ぼろぼろじゃないか。ほら、持ってきてやったぞ」

ルーカスは手を下に伸ばして、自分が着ているのと似た黒っぽいセーターと、フォスターズの紺色の野球帽を取り出した。ルーカスが車を発進させるあいだに、おれはセーターを着て帽子をかぶり、来てくれたことにもう一度礼をいった。ルーカスは、それが友だちってもんだろといったが、おれには友だち以上のことをしてもらっているように思えた。

エディ・コジックの住所を伝えると、ルーカスは車のＧＰＳにその情報を入力した。

「コジックのこと、なにかわかったか？」おれは訊いた。

「少しだけな。そういうやつにありがちだが、なるべく目立たないようにしてるんだ。だが警察内の知りあいに訊いてみると、どうやらきわめて違法なビジネスに手を染めているらしい。人身売買と売春ばかりか、ヘロインや武器の密輸までな。コジックを怒らせたりすると、その代償を払うことになるぞ。去年、やつの手下の一人が組織から金を着服したそうだ。噂によると、そいつは工業用の肉挽き機に足から突っこまれたらしい。ソーセージ肉になったんだ」

おれは、いま食べたばかりのチリコンカーンのことを考えた。楽しい想像じゃなかった。

「しかし、あのブリーフケースの中身の手がかりとなる情報はないんだろ？」

ルーカスはうなずいた。

「コジックについてわかったことは、どれもみな推測の域を出ない。コジックは直接手を汚さないし、前科もないんだ。写真一枚手に入れられなかった」

「いいんだ。どんな顔かはわかってる」とはいいながらも、本当にわかっているかどうか自信はなかった。アラナが教えてくれた外見しか知らないからだ。「銃は？」間を置いたあと、おれは訊いた。

「それが、じつはちょっと問題があるんだ」ルーカスはいった。「持ってきてはいるが、弾が入ってないんだ。どこかにあると思ってたんだが、どこにもなかった。もともと入ってた弾は錆びついて役に立たないしな。それらしく見せて、はったりと見抜こうとするやつがいないことを期待しよう」

「どのみちはったりでしか使わないんだ」おれは答えた。「ほかのだれかを撃つのはごめんだからな」

もっとも、いったん銃弾が飛び交いはじめたら、ちゃんと使える武器を持ってるぞとわかっているほうが気分はずっとましにちがいない。だがおれの直感では、銃弾が飛び交うような事態にはならないだろう。おれたちはコジックの自宅に向かっているわけだし、だれも自分の慎ましやかな家が射撃場になるのを望んでいないはずだ。しかしいずれにしろ、今日一日の経験から学んだのは、事態が悪化しないほうには絶対に賭けるべきじゃない、ということだ。

「で、計画は？」ルーカスが訊いてきた。

「銃を抜いて、そっと静かに入り、コジックとボディガードたちを縛りあげ、質問をする」

「それだけ？　おいおいタイラー、おまえよっぽど単純な手が好きなんだな」

「ほかにいい案でもあるっていうのか？」

「いわれてぱっと思いつくわけないだろ」ルーカスはいった。「なにか考えといてくれって頼まれてもないんだから。で、もしエディ・コジックがリアとスノーウィ殺しの黒幕で、おまえをはめたやつだとしたら、いったいどうするつもりだ？」

「理由を訊く」

ルーカスは反論しようとしなかった。

「そうか。それから？」

「おれを陥れる偽の証拠を、全部こっちのものにする」

「わかった。じゃあコジックがおまえに理由を話して、おまえをリア殺しと結びつける偽の証拠をすべておまえに渡したとしよう。つぎはどうする？」

「あのブリーフケースがどこにあるか聞き出す。あのブリーフケースのなかに、コジックにとってはきわめて重要な物が入ってるのは確かだ。だからやつはきっと手放そうとしないにちがいない。おれはやつからそれを奪って——」

「向こうはあっさり諦めないぞ」

「諦めるさ、頭に銃を突きつけられれば。それからブリーフケースをどこかへ隠す。中身は明らかにやつを有罪にさせるものだから、警察に匿名の通報をする。それで終わりだ。すべてけりがつく」

ルーカスはうなずいたが、完全には納得してない様子で、おれたちは黙りこんだ。車はキルバーンの街を抜けてパディントンに行き、それからケンジントンとノッティングヒルのおしゃれな地域に入った。通りは道幅が広くて煌々《こうこう》と明るいし、若者や金持ち連中でひしめきあっている。彼らは歩道のカフェやワインバーのあいだを遊び歩いて、夏の盛りの最後の穏やかな夜を楽しんでいるのだ。

通りの雰囲気は呑気でにぎやかかもしれないが、おれたち二人は車のなかで緊張しながら、来たるべき作戦に備えて心の準備をしていた。まだ見ぬ敵のアジトに突入するのだ。確実にいえるのはただひとつ、危険だということだ。攻撃部隊は常に相手側を頭数で上まわるべきなのだが、こっちは二人しかいない以上、そうなる可能性は低い。むしろ敵のほうが数で勝るだろうから、事態が悪いほうへ転がる見込みは計り知れないほど大きい。

ルーカスは、おれを拾ってくれたときには冗談をいったりしてかなり余裕を見せていたが、目的地が近づくにつれて、それがただの演技だったことがわかった。ひっきりなしにタバコを口に運んでスパスパ吸っているし、額には玉の汗が光っている。ルーカスが一緒にいるのはうれしいが、逆にだからこそ、こっちの戦いにルーカスを巻きこむおれ自身の身勝手さがおれを苛んだ。ルーカスが本当は逃げたがっているのはわかっているし、それを責めることはできない。ルーカスが軍にいたのは遠い昔の話だし、あれからルーカスは立派になって、けっこうな収入と楽な仕事でいい暮らしを楽しんでいる。こんなことはルーカスのそんな生活を根底から揺るがすものだろうし、それに対して覚悟を決める時間はろくになかったのだ。

万事うまく行くさといってやりたかったが、ルーカスの心持ちの強さを疑うような言い方はしたくなかった。そこでかわりに、エディ・コジックのこと、コジックがおれに対して抱いている悪意について考えた。もしかするとおれは、知らないうちにコジックを怒らせたのかもしれない。ひょっとするとコジックの情婦がリアで、おれがリアと寝たことを嗅ぎつけて復讐したがっているのかも。

ほんの一瞬、そのあたりに手がかりがあるような気がした。が、それでは答えの出ない疑問が多すぎると思い直した。一番の疑問は、いったいどうやってコジックは嗅ぎつけたのか？ それに、なぜそこまで手間をかけておれを罠にはめ、わざわざ生かしておくのか？ だれかを車の販売店まで送っておれの頭を吹き飛ばすほうがはるかに簡単だったはずだ。目的は達成され、名誉は保たれる。復讐の一環として、十五万ポンド払ってもいいほど価値のあるなにかが入ったブリーフケースをおれに取りに行かせるなんて、ありえない。

コジックがおれに使い走りをさせたのには、ほかになにか理由がある。それがなにか、おれには見えてないだけだ。

緊張しているのは、このおれも同じだった。コジックがおれのほしい答えをくれないかもしれないだけじゃない。今度は生きて帰れないかもしれないのだ。今朝目覚めたときからずっと、おれは運頼みの危ない橋を渡ってきた。あのブリーフケースを受け取った家の裏口から真っ先に飛び出して、セルマンの銃弾を受けたかもしれなかったが、そうはならなかった。その後逮捕されたかもしれなかったが、どうにか逃げることができた。もし売春クラブでドラキュラ男のナイフを奪っていなかったら……そのいずれの場合も、賽《さい》の目はおれに有利に出てくれた。いずれ――そのいずれは目前に迫っている――この運は尽きてしまうだろう。

しかもおれは、本当は死にたくなんかないのだ。今日は奇妙な一日だった。ひどい一日だったといってもいい。だが軍での一番いいとき以来感じたことのなかったものを、おれは味わっていた。生《せい》の実感だ。つぎからつぎへと紛争地へ送られ、気がつけば地雷原のど真ん中にただ一人、そのなかを歩いてきた。いいかえれば、生き延びてきたのだ。そしていまおれは、向こう側に着きたいと思っている。振り返って、「勝ったぞ」といえるように。

だがおれは不安でならなかった。そううまくはいかないんじゃないかと。

## 32

そろそろ到着するころだった。車がホランドパーク通りをはずれ、西側を並行して走る閑静な糸杉の並木通りに入ったとき、この通りにエディ・コジックの住まいがあることがGPSでわかった。

おれは賞賛と羨望《せんぼう》に駆られながら、まわりを見渡した。明らかにコジックは羽振りがよかった。通りの家々は豪勢なエドワード朝風の邸《やしき》ばかりで、白くそびえる外壁が夜空に浮かびあがっている。こんな通りに住めるのは本物の金持ちだけだ。邸には貧乏人を寄せつけないための高い塀と、高度な警備システムが備わっている。角地にある三階建てのコジック邸も、その例外ではなかった。通りからは少し奥まっていて、錬鉄製の門と高い塀で、敷地全体をぐるりと囲っている。砂利の車寄せには二台の車が見えた。幌を降ろした真っ赤なアウディ・コンバーチブルと、ジャガーXJSで、二台とも玄関ドアの両脇についたランプに照らし出されている。二階の窓にひとつだけ明かりが、閉ざされたカーテンの後ろでぼんやりついていた。

「どうやらおいでのようだな」いかにも軽口を叩くような口ぶりでルーカスはそういったが、おれにはその裏にある緊張が見て取れた。

ルーカスは手ぶりで右のコジック邸を示すと、角を右折し、そのまま数百メートル進んで、コジック邸からかなり離れたところに車を停めた。吸っていたタバコを窓から放り投げ、エンジンを切った。

「だいじょうぶか?」おれは訊いた。

ルーカスは弱々しい笑みを浮かべた。

「ああ、ベルファストでフォールズ通りを歩いてパトロールしてたときよりはるかにましだ」

「いえてる。おれたちあんなことやってたんだな。たいがいの人間なら恐怖ですくみあがるようなことを。しかもおれたちは、いつも生き延びてきた」

ルーカスは少し自信を取り戻したように見えた。

「これが終わったら、おれに一杯おごれよ」

「まかせとけ」おれは請けあった。「銃は持ってきたか?」

ルーカスはシートの後ろに手を伸ばした。キッチンの流し台以外のものはなんでもそこにしまってあるかのようだ。取り出したのは、テスコのレジ袋だった。

「さっきやった手袋、まだ持ってるか?」

おれはうなずいて、尻ポケットからその手袋を取り出し、両手にはめた。ルーカスはレジ袋のなかを探して、白い布にくるまれたものを取り出した。おれはそれを受け取って、布を開いた。なかから、掃除されたばかりで状態のいい長銃身のブローニングが出てきた。おれがそれをジーンズのウェストバンドに差しこんでいるあいだに、ルーカスは銀色のワルサーＰＰＫを取り出し、自分のウェストバンドに押しこんだ。

「これも必要なんじゃないのか」ルーカスはそういうと、グラブボックスに手を突っこみ、黒い目出し帽を二つ取り出した。

「自分の顔を隠す意味はあまりないだろう」おれはいった。「エディ・コジックは、おれがだれだかちゃんとわかってるはずだ」

「コジックを生かしておいたら、やつはおまえを探しに来るぞ」

そのことは考えてあった。

「もしコジックがリアとスノーウィ殺しの真犯人なら、おれはかならずやつを裁きの場に引きずり出すつもりだ。野放しにして復讐を企てさせたりするもんか」

「くれぐれも慎重にな」

「そうする」おれはそういって、ドアを開けた。「よし、行くぞ」

ルーカスはジーンズのポケットに目出し帽を押しこむと、おれの後ろをついてきた。

通りは静かで、すっかり暗い影に包まれていた。見える人影は、三十メートルほど前方で夜の散歩をしている中年の二人連れだけだ。たがいの手を取り、頰を寄せあうようにして、周囲の世界のことなど眼中にないかのようにおしゃべりしている。その仲睦まじさにおれは嫉妬を覚えて、昨日までの自分の人生を追懐し、明日からの自分の人生を悲観した。

まだ温かくて軽い風が、並木の糸杉の枝を駆け抜けていき、ホランドパーク通りのどこかから、かすかにジャズが聞こえてきた。胸のなかで、心臓が激しく鼓動を刻む。おれはルーカスを見やった。口もとを引き締め、青い目を細めて気持ちを集中させている。恐怖を押して、ようやく腹をくくったのだ。

エディ・コジックの裏庭のレンガ塀は、ゆうに三メートルの高さがあって、上は緩やかな曲線を描いていた。柵がないため、無計画な侵入者を防ぐ程度しか役に立たない。これは防犯対策としてはまずすぎる。周囲のほかの邸とくらべると意外としか思えないが、自分にはそういうことは起こらないと考える人もなかにはいるのだ。ほとんどの場合彼らはまちがっているし、今夜のコジックは、たしかにまちがっている。

おれは背後にすばやく目を走らせ、だれにも見られてないことを確認してから、持ちあげてくれとルーカスに頼んだ。ルーカスは両手でおれの片足をつかむと、角材を放り投げるようにぐいっと上へ持ちあげた。思ったよりその力が強くて勢いがつき、おれは跳びあがって両手を伸ばすと、塀の上をつかんで一気によじのぼった。向こう側に見えてきたのはよく手入れされた庭で、その周囲にはパンパスグラスや小ぶりの椰子《やし》の木といった珍しい植物が植えられ、一方の端にはおおいのかかったプールがある。庭には人の姿がなかったので、おれは太腿でレンガ塀を挟むようにして身体を横たえ、ルーカスを引きあげるために片手を伸ばした。

「太ったな」おれは小声でいいながら、なんとかルーカスを引きあげた。

「ばかいえ」ルーカスは小声でいい返した。「おまえが年取って衰えかけてるだけだ」

おれたちはバラの藪を隠れ蓑にして塀を滑り降り、芝生の端を走るレンガ径《みち》に着地した。おれは銃を引き抜いた。ルーカスも自分の銃を抜いて、目出し帽をかぶった。その顔は暗闇のなかでは処刑人のように禍々しく、もうルーカスの顔が見えないと思うと内心不安になった。

おれが先に立ってレンガ径《みち》を進み、舗装されたパティオの端に出た。パティオの三方は甘い香りのするラベンダー畑に面していて、真ん中には錬鉄製のテーブルがひとつと、揃いの椅子が六脚並んでいる。そのうちの二脚が使われているらしく、テーブルの上には半分ほどワインが入ったグラスがふたつあって、ワインクーラーのなかには栓を開けた白ワインの瓶が入っているし、薄切りレモンが浮かぶ水のピッチャーもある。明らかにコジックは、来客があるとは思ってない。当然だ。ブリーフケースはもう取り戻したのだから。取り戻す過程で売春クラブ一軒を全焼させてしまったかもしれないが、その程度で気に病むとは思えない。金にあくせくしている様子はないからだ。それと、部下数人を失ったことに関していえば……後釜を見つけるのはそうむずかしくないにちがいない。

両開きのガラス扉が、屋内との出入り口だ。ガラス扉はわずかに開いていて、その向こうの部屋は暗い。おれたちは忍び足でパティオの板石の上を歩き、ガラス扉を大きく開けて、なかに入った。そこは艶やかなチークのフローリングの広々とした客間で、暗がりでも高そうだとわかる絵画が、壁にかかっている。客間のドアは開いていて、そこから音楽が聞こえていた。音量は大きくないが、一九八〇年代の国歌ともいえるヒューイ・ルイス&ザ・ニューズの名曲『パワー・オブ・ラブ』だとわかった。当時からおれはこの曲が好きで、子どもだったころの、ライブ・エイドとやんちゃな髪形が流行っていた一九八五年の夏を思い出した。『パワー・オブ・ラブ』が終わると、つぎに流れてきたのは、その翌年に出たヒューイ・ルイスの別のナンバー、『ハート・アンド・ソウル』。この曲は過小評価されていると、ずっと思ってきた。明らかにエディ・コジックは、ヒューイ・ルイス&ザ・ニューズのファンらしい。彼らのヒット曲集を聴いているのだ。

振り返ると、ルーカスがうなずいて、問題ないことを知らせてくれた。おれは銃を前に構えて、ふたたび前進した。

おれたちは窓のない玄関ホールに滑りこんだ。アーチ型の高い天井いっぱいに、クリスタルのシャンデリアがぶらさがっている。廊下はがらんとして真っ暗だ。左手にはカーペットを敷き詰めた幅の広い階段があり、両側に手すりがあって、二階へと続いている。ヒューイの深みのあるマッチョな歌声は二階から聞こえてきていて、そこに邸の唯一の明かりもついている。まっすぐ前方にある玄関ドアは閉まっていて、玄関ホールのすべてのドアも閉まっていた。どのドアも、その奥からはなんの音も聞こえないし、人の気配も一切ない。

「だれがここにいたにしろ、急いで出て行ったようだな」ルーカスが小声でいった。目出し帽のなかで、目がサファイアのように輝いている。

「なんで出て行くんだ?」

「知るかよ、そんなこと」ルーカスは抑えた小声でそういったが、ひっそりした廊下のなかでは不自然なほど大きく聞こえた。

おれはゆっくりと階段をあがっていった。両脚が重く感じられた。ブローニングを前に突き出すようにして構えているが、もしこれが罠で、いきなりだれかがあらわれて銃撃されたら、ほとんど役には立たないだろう。緊張の高まりを感じながら、おれはルーカスを振り返った。三歩後ろからついてきていたルーカスは、おれと同じように後ろを振り返って、一階にだれもいないことを確かめた。ちゃんとやっているというアピールだ。ベルファストやクロスマグレンでパトロールに出たときも、ルーカスはよくこうやっていた。

二階が見えてきて、長いバルコニーが廊下の長さいっぱいに続いている。ドアが三つ見えてきたが、一階のドアとちがって、どれも開いていた。明かりがついていて音楽が聞こえてくるのは真ん中のドアで、廊下にかすかな光を投げかけている。おれは銃を強く握りしめ、引き金にかけた指に少し力を入れた。長年兵士をやってきたせいで、つい反射的にそうしてしまうのだ。低い弧を描くように銃身を振って、なにか動きがないか探した。

足もとの踏み板が軋んだ。長い、低い軋みだ。

さらに階段をあがっていくと、ふと目の前のあるものに引きつけられた。階段をのぼり切ったところ、カーペットの上にあって、下から見ていると、すぐにはそれとわからなかった。それは古臭い茶色とクリーム色の革靴《ブローグ》で、爪先部分がバルコニーの手すりの隙間に突き出ていて、その先に脚がある。

おれは思わず歯を噛みしめた。こんなに趣味の悪いエディ・コジックの知りあいは二人といない。ということは、この靴の持ち主は、夕方おれの顔を蹴りそうになったマルコだ。

胸のなかで心臓が大きく鼓動を打ちはじめた。今朝セルマンとその仲間が、死んだふりをしておれとイアン・フェリーを油断させたのを思い出したのだ。

もしこれが待ち伏せなら、おれはもう死んでいる。まちがいない。

階段が九十度曲がったところで、マルコの姿がもっとよく見えてきた。あの黒っぽいスーツをまだ着ていて、目の前のカーペットに大の字になって横たわっている。うつ伏せで、片手は階段の一番上からだらりと垂れさがり、頭と肩はバルコニーの端の擁壁に隠れて見えない。おれの背後で、死体を見たルーカスが悪態をつくのが聞こえた。

おれは階段をあがり切り、マルコの数センチ手前で立ちどまった。頭のなかで三つ数え、どこかに隠れているだれかが、おれに銃弾を撃ちこもうと待ち構えていることを示す物音が聞こえないかと探した。

これが安全確認のむずかしさだ。待ち伏せ場所は、常に至るところにある。

立ちどまりながら、目を反対方向へ転じた。とそのとき、今日の午後キングズクロスのカフェでマルコと一緒にいた男の姿が見えた――MAC10を持っていた狡猾そうなやつだ。仰向けに横たわっていて、頭と肩が、明かりのついてない部屋の戸枠に寄りかかっていた。左手にはあのMAC10をいまも持っていて、こっちをじっと見つめている。

少なくとも、見つめているように見えた。だが実際には、その目にはなにも見えていない。その喉には、まるでにやっと笑った唇のように耳から耳まで深い切り傷があり、そこから滝のように血が流れ出て、スーツが血塗れになっている。白い手にも血飛沫が飛んでいて、その手は使う機会のなかった銃をあいかわらず握りしめていた。

ステレオが『ハート・アンド・ソウル』を終えたとき、おれは二度とこの曲を聞けないだろうと思った。なぜならその曲はこれからずっと、背骨を這う氷のように冷たい恐怖を連想させることになるからだ。

CDが終わって、静寂がすべてを包みこんだ。

マルコの死体をまたぎ、マルコの頭と肩が見えてくると、マルコもなんとか銃を抜いたらしく、伸びた片腕の数センチ先に銃が転がっているのが見えた。探偵でなくても、マルコが相棒と同じ方法で死んだことくらいわかる。マルコの顔はカーペットにうつ伏せていたが、首のあたりに大きな血だまりができていて、切られたぎざぎざの傷の両端が見えた。

銃を横に振って、人気のない廊下に目を走らせる。今朝イアン・フェリーから聞いた、二人の元兵隊仲間マックスウェルとスパンの死に関するおぞましい話を、またしても思い出していた。厳しい訓練を受けた二人の兵士が、こんなふうに喉を切られ、銃を撃つ間もなく殺されたのだ。

「スノーウィを殺したのと同じやつのしわざだな」階段の一番上にあがってきたルーカスがいった。

ルーカスのいうとおりだ。つまり、イアン・フェリーがバンパイアといっていた殺し屋は、死んでないということになる。

おれはなにもいわなかった。明かりがついている部屋が灯台のように誘いかけてきて、おれはなかば開いているドアのほうへ、ゆっくりと、足音を立てずに向かった。

「気をつけろ、タイラー」ルーカスが小声でいった。おれは振り返ってルーカスを見た。黒っぽい服と目出し帽姿のルーカスは、じっと動かず、暗がりのなかではほとんど姿が見えない。

「こいつらは殺されてまもない。まだなかにだれかいるかもしれないぞ」

それはおれも否応なしに気づいていた事実だ。不審な物音でも聞こえやしないかと耳を澄ませてから、片手で押してドアを大きく開け、反対の手で弾の入ってない銃を構える。

ゆっくり、ゆっくりと、なかを見た。

ドアに向かいあうようにして置かれた椅子に、マスキングテープでがんじがらめに縛られた男がいた。頭が前に倒れているため、顔つきは見えない。その椅子はもともと化粧テーブルのところにあったもので、化粧テーブルの上に並ぶ香水瓶や女物の装身具には、触れられた形跡がまったくないし、揉みあった形跡もない。男は白っぽいリネンのズボンをはいて、桃色の半袖シャツを着ているが、シャツのほうはひどく血塗れだ。足にはタッセルつきの高価なローファーをはいている。中年男たちがこのローファーを大層気に入っていて、いつもソックスなしではくようだが、この男もその例に洩れない。ずんぐりした体軀、毛深い腕、太った腹、薄くなった頭髪。エディ・コジックだとすぐにわかった。そして、死んでいるのはほぼまちがいない。

またしても遅すぎたか。どこへ向かっても、すぐにレンガ壁に突き当たるみたいだ。コジックはおれにとって最後の手がかりだった。もうほかに心当たりはない。

コジックの死体の前に立ち、髪をつかんで顔を持ちあげる。とたんにおれは打ちのめされた。何者かがエディ・コジックを徹底的にいたぶっていたのだ。右耳の上半分は切り取られて欠け——周囲の髪が固まりかけた血にへばりついている。だがそれはまだ序の口で、右目の眼球を見たときには、まだ太い筋肉繊維でつながってはいるものの、眼窩《がんか》からぽろりと落ちて頬にぶら下がっている。ほんの数時間前に売春クラブで拘束されたときの自分を思い出して、この姿はおれだったかもしれないと身につまされた。

しかし、おれをその場に凍りつかせたのはそんなことじゃない。その傷つけられた顔を見おろしながら思ったのは、おれはこの男を知っている、ということだ。

会うのは久しぶりで、しばらく見ないうちに髪が薄くなり、体重もかなり増えていたが、顔に激しい損傷を受けたあとでも、見まちがえようがない。おれたちがボスニア東部にいたころ近くに駐留していた地元セルビア在郷軍の司令官で、スタニック大佐と呼ばれていた男だ。直接会ったのは二度しかない。それも上官がスタニック大佐とその部下たちに会うのに同行したときだけで、口をきいたこともなかった。パトロールに出かけたとき、幌を降ろしたジープにスタニック大佐が乗って一団が通りすぎるのを、ときどき見かけたことがある。彼の部隊はおれたちの軍がボスニアにいることを快く思わないはずだったが、いつもジープの上で立ちあがっておれたちに敬礼するのが習慣だった。まるで、自分がちゃんとした兵士であることを証明しなければならないかのように。

おれは確信した——スタニック大佐がここにいるのは、偶然でもなんでもない。だがこれがおれとなんの関係があるのかはまだ謎だ。おれは何年も前に大佐の国の小さな領土で戦っていた兵士数百人の一人にすぎない。大佐がアダムという名前を聞いても、おれを思い出すことはないだろう。

手口は順序立って見える。ということは、拷問した男は情報をほしがっていて、答えを求めながら、少しずつ着実にスタニック大佐を切り刻んでいくつもりだったのだ。左目のすぐ下に二センチほどの深い切り傷があって、拷問した男は、左目の眼球もほじくり出そうとしたらしい。指のように太い血の涙がその傷から流れ、頰を赤く染めていた。これにはあのブリーフケースが絡んでいるのだろうか？　何者かがその在り処《あ　か》をしゃべらせようとしたのだろうか？　信じられないことに、結果からすると、スタニック大佐は眼球をえぐり出されたあとでも明かさなかったらしい。

大佐の頭から手を離して一歩下がり、桃色のシャツに目を向けた。シャツの横、長い血の筋の上のほうに、どす黒い部分がある。死因は心臓へのひと突きだ。血はまだそこから流れ出ていて、致命傷が加えられてまもないことがわかる。ついさっきだ。

後ろに人の気配がした。ルーカスが部屋に入ってくるのだ。

その一秒の何分の一かの瞬間、すべてが符合して、おれはまたはめられたことに気づいた。この三人を殺した何者かは、おれがここに来るのを予期していた。おれがここに来るのを知っていたのは世界にたった二人しかいない。一人はアラナ。もう一人はルーカスだ。

しかしアラナは、おれがエディ・コジックの住所を知っていることを知らない。ということは、残るはおれの親友ただ一人。おれが命を救った男。ボスニアでおれと一緒に従軍した男。名前をエディ・コジックと変えた男とも知りあいだった男。おれの背中の傷のことをすべて知っている男。離婚関係の調査が中心で、ときおり行方不明者探しもしたりするケチな探偵にしては、たんまり稼いでいるらしい男。今日の午後、おれが訪ねてくるとは思ってなかった男。いきなりあらわれたおれを助けるふりをするしかなかったが、実際には使える情報をほとんど提供してくれなかった男。どのみちおれはイアン・フェリーのことを知っていたし、やつのフルネームを知るのは時間の問題でしかなかった。それとあの指……あの指は、おれをまくための計略だった可能性が高い。

とたんにおれはぞっとした。ルーカスがおれに弾の入ってない銃を持たせ、自分の銃には弾を込めてあるにちがいないことに気づいたのだ。

背後の動きに、おれはさっと振り向いた。新たなアドレナリンが身体を駆けめぐる。

ルーカスが戸口に立っていて、その手にはワルサーPPKが握られ、銃口はまっすぐおれを向いていた。

33

ルーカスはおれをじっと見つめていたが、その瞬間は永遠にも思えた。すると、銃を持っている腕がぶるぶる震え出し、ワルサーPPKがぽろりと床に落ちた。分厚いカーペットのせいで、ほとんど音がしなかった。ルーカスは口を開いたが、あふれてきたのは血だけで、その血が顎を伝った。ルーカスがよろめいたとき、片手が脇をつかんでいるのがわかった。その部分のシャツが血で濡れている。

「なんてことだ」

ルーカスは壁にぶつかり、跳ね返されるようにして、膝からくずおれた。おれは恐怖に呑まれたまま、二十年近い親友が床に転がって痙攣しはじめるのを、じっと見つめた。ルーカスの右足が鞭のようにしなって、ドアを蹴った。

その拍子に呪いが解けて、おれはバンパイアがいまここに、数メートル先にいることにようやく気づいた。向こうが持っているのはナイフ、こっちは弾の入ってない銃だ。向こうはナイフの扱いに秀《ひい》でていて、こっちの銃は鈍器としてしか役に立たない。

しかしおれは、ここに突っ立ったまま死を待つつもりもない。

ブローニングを棍棒がわりに使えるよう手のなかで握り直すと、前に駆け出してルーカスをまたぎ、バルコニーのほうへ頭から飛びこんで身体を反転させ、いつでも銃を叩きつけられるようにしながら、背中をカーペットに滑らせた。その勢いを、手すりが止めた。

そこにはだれもいなかった。前にも、後ろにも。バルコニーはがらんとしていた。

おれはイアン・フェリーの言葉を思い出した。〝姿が見えないんだ。悪夢から出てきたかのように〟

ルーカスは痙攣を起こしていて、その足が隣のドアを蹴り開けた。おれはさっと立ちあがり、見ないようにしながら、ルーカスを見ないようにしながら、二つ数えて、隣の部屋に頭から飛びこんだ。今度も身体を反転させてカーペットの上を背中で滑り、二つ数えて、トマホークミサイルでも持っているかのように右手に銃を握りしめながら、ふたたびさっと立ちあがる。自分が大きな危険を冒しているのはわかっていたが、怒りと苛立ちがおれを突き動かしていた。一日じゅうおれの前に姿をあらわさなかったやつと正面から対峙するには、いまをおいてほかにない。

だが部屋のなかは暗く、人の姿はなかった。開いた出窓に向かって直してないベッドがあり、その出窓から、外の日常世界がかすかに聞こえてくる。車が走る低い音、公園のジャズコンサートで演奏中のピアノの音。おれがいまいる悪夢のような死体だらけの家と、あまりに対照的だ。

後戻りしてバルコニーに出る。ルーカスはほとんど動いていない。おれはエディ・コジックがまだ座っている部屋の反対側にあるドアのほうへ走っていった。殺した犯人は、コジックのいる部屋の両脇の部屋の、いずれかに隠れていたはずだ。ルーカスを待ち伏せできた場所はほかにないからだ。少なくともここ数秒のあいだは。ルーカスも腕がよかった。少し訓練から遠のいてはいたが、それでもあっさり不意打ちを食らうような男じゃない。

おれはそのドアを蹴り開けた。そこも暗い部屋で、突き当りの窓が開いている。

そのとき、おれは立ちどまった。ポケットのなかでなにかが鳴っている。ルーカスからもらった携帯電話じゃない。それはいまマナーモードになっている。おれはふと思い出した。脅迫者から受け取った携帯電話をまだ持っている。そっちはまだ電源を切ってない。おれは前の右ポケットに手を突っこみ、その携帯電話を取り出した。『葬送行進曲』の小さな音が静けさのなかに鳴り響いた。画面には「匿名電話」と表示されている。おれは出たくなかったが、結局、好奇心が勝った。

「もしもし？」おれはいいながら、がらんとした部屋に目を走らせた。

「探す場所をまちがったな」ロボットのような声がいった。穏やかで、からかうような口ぶりだ。

おれはバルコニーのほうへ後ずさった。

「おまえはどこにいるんだ？」

「おまえには決して見つからない場所だ。諦めろ、タイラー。ブリーフケースはもうもらった。これで終わりだ」

この男の所業を思うと、怒りが込みあげてきた。

「きさまにはかならずこの報いを受けさせてやる」

「いいや」その声が自信たっぷりにいった。「無理だな。あばよ、タイラー」

「だれなんだ？」苛立ちが沸騰した勢いで、おれは怒鳴った。「いったい何者なんだ？」

しかし、通話はすでに途切れていた。おれは無駄に怒りを吐き出しただけだった。

まだショックに包まれたまま、携帯電話をゆっくりポケットにしまいながら、人生ではじめて、自分の能力の及ばないものがあることを思い知った。そのとき、ルーカスを思い出した。持っていた銃は役に立たないので――それまで役に立っていたわけでもないが――カーペットに放り投げ、倒れているルーカスのもとへ駆け戻った。ルーカスは仰向けになっていた。喉の奥深くから締めつけられるような音がするし、どこもかしこも血だらけだ。

「だいじょうぶだからな、相棒」おれは小声でそういい、ルーカスの身体を起こして横向きにさせた。

ルーカスはかすかに咳きこんだ。おれは気道を確保するためにその口に手を突っこみ、どろどろした赤い痰の塊を引っぱり出した。するとルーカスは身震いし、眼球を裏返した。

「しっかりしろ、ルーカス」おれは小声で励まし、脈を取った。「おれのために死ぬんじゃない」

脈が見つかるまで数秒かかり、見つかったときは、すでに弱くて遅かった。血圧が急降下して、心臓が止まりかけているのだ。ナイフで刺されたところへ手をやる。ナイフは肋骨の上二本のあいだに刺さって、心臓を貫いているのはほぼまちがいない。ルーカスは死にかけていた。友だちのルーカスは、死にかけていた。

血の流れを堰《せ》き止めるために傷口に指を押しこんで、ルーカスの耳に話しかけた。だがもう無理だというのはわかっていたし、こんなことにルーカスを巻きこんだのはおれ自身なので、申し訳ない気分でいっぱいだった。しかももっと申し訳ないことは、この最後の瞬間に、ルーカスがおれに仕掛けられた陰謀の片棒を担いでいると思いこみ、ルーカスの行動の真意を疑っていたことだ。

なにか手を打たなければならないことはわかっていた。戦場では、兵士は負傷した仲間を避難させるためにやれることはなんでもやるのが当たり前とされている。たとえその負傷が決して助からないものに見えてもだ。応急処置の手立てもないので、ルーカスを救う可能性がもしあるとすれば、救急車を呼ぶしかない。そしておれにはそうする義理がある。しかし、おれはここにいるわけにはいかない。この邸は死体だらけだし、そうでなくても、今日あれだけのことが起こったからだ。この件の裏に隠れているやつをかならず見つけ出してやると、前にも増して強く思った。

ルーカスがまた咳きこんだ。口の端からさらに血があふれ出し、カーペットに伝い落ちる。あと数分の命だろう。もしかしたら数分もないかもしれない。おれは傷口から指を離して、ダブルベッドから枕を持ってきた。枕カバーをはずし、中身を傷口に押しこんで、出血を塞ごうとした。最低限の処置だが、これで間にあわせるしかない。ポケットから携帯電話を取り出そうとしたが、警察に追跡の手がかりを与えるのはまずいと思い直した。そこで玄関ホールのテーブルの上に電話用のヘッドセットがあったのを思い出し、立ちあがって下に降りると、ヘッドセットを取って、９９９に電話をかけた。

先方が出たとき、おれは「救急車を！」と叫んだ。入ってくる通話を向こうが録音するのを知っていたので、声色を使った。すぐにつなぎなおされたので、また同じ言葉を叫び、コジックの住所を伝えて、男が一人大怪我を負っているといった。女性オペレーターが怪我の状況をあれこれ質問しはじめたので、おれはテーブルにヘッドセットを置いた。これだけやれば、緊急にだれかを寄こすだろう。

ヘッドセットから「もしもし？　もしもし？」と女性オペレーターが繰り返すなか、おれはルーカスが血を流して横たわっているバルコニーのほうをもう一度見あげた。ルーカスを置いて行きたくはない。それが本心だ。もしこれがルーカスなら、きっとおれを置き去りにしないだろう。たとえどんな犠牲を払ってでも。

だから愚かなのはわかっていても、階段を駆けあがってバルコニーを走り、ルーカスが横たわっているところへ戻った。しかしかがみこんだとき、ルーカスはサファイアブルーの目を大きく見開いたままで、もはや呼吸をしていないのがわかった。友だちは死んだが、おれにはその死を悼《いた》む時間もなかった。

「すまない、相棒」おれは小声でいった。「本当にすまない」

おれはその死んで動かない目を見ていられず、ルーカスの額に手を置いて、その手をゆっくりと慎重に降ろし、瞼を閉じさせた。

信じられない、ルーカスが死んだなんて。今朝おれは、愛する女を失った。今度は今度で親友を失い、世界でたった一人になって、死体だらけの静かな家に立ち尽くしている。だがそれでも、復讐の望みが少しでもあるなら、行動しなければならない。

ルーカスから自分を引き剝がすように離れると、脚が痛むのもかまわずふたたび階段を駆け降りて、人のいないテーブルとなかば残ったワインの瓶があるパティオに飛び出した。庭の小径を数メートル行った花壇の横に手押し車を見つけ、それを踏み台がわりにして、塀の上に飛びついた。腕の力でよじのぼって反対側の歩道に飛び降りると、糸杉の陰に隠れるようにしてできるだけさりげなく、人目につかないように足早に立ち去った。

後ろにあるのは何人もの人間が殺された現場だ。数分後、このあたりは警官だらけになって、怪しげなものや人を目撃した証人探しがはじまるだろう。その証人に、顔を覚えられたくはない。

こっそり背後を盗み見た。通りにはだれもいない。なにもかも静かだ。

静かすぎる。公園から聞こえるジャズの音さえ、消え入ったかのようだ。

そのとき、なにかが聞こえた。コンクリートを擦る靴音。通りの反対側からだ。そして聞こえてきたときと同じくらい唐突に、その靴音は止んだ。

おれも足を止めた。いつでも走り出せるように身体は緊張している。

前方に駐まった数台の車の後ろに動きがあって、静かな亡霊のように人影があらわれた。

すると突然、通り全体が爆発的に息を吹き返した。車のヘッドライトが点灯し、帽子をかぶった男たちがあちこちにあらわれて、左右からいくつもの怒号が飛び交った。帽子をかぶった男たちは、大型銃を持って車からも続々と出てくるし、糸杉の並木からも出てきて、口々に同じことを叫んでいる。

「警察だ！　両手を上にあげろ！」

いつしかおれは、六人の男たちに小さな半円状に取り囲まれていた。二人はMP5カービン銃、ほかはピストルを持って、六人とも両手で射撃体勢を取っている。この警官たちは、たったいまあらわれたわけじゃない。しばらくここに潜んでいたのだ。おれが出てくるのを待っていたのだ。

ほかの警官たちが両脇に駆けつけ、あいかわらず無駄のない怒号を飛ばしながらおれを後ろ手にして手錠をかけるあいだ、おれはまた考えていた。おれが今夜ここにいるのを知っている人間は二人しかいない。その一人のルーカスは死んだ。おれはルーカスの血の臭いを嗅いだし、死因となったナイフ傷にもこの手で触った。

ということは、アラナだ。

## 34

時刻は午後十時五分で、おれがいるのはロンドン一、もしかするとイギリス一警備の強固なパディントン・グリーン警察署の監房だ。警察がテロの容疑者を尋問するために連れてくる安全な場所で、ここならアルカイダの仲間たちも、劇的な救出を企てる気にならないだろう。警察が許可しないかぎりここからは出られないし、もしおれに気力体力があったとしても、逃げ出そうとは思わない。とはいえ、今日一日であれほどまで暴力的な死に遭遇したのはシエラレオネの大虐殺以来だし、自分がこの件すべてにおいて被害者でもあることを警察に証明するには、かなり複雑な説得努力が必要になってくる。

おれは簡易ベッドに横になって、天井を見つめていた。監房のなかは暑いし、監房自体は現代的で清潔であるものの、饐えた汗の臭いがまだこびりついている。着ていたセーターは各種検査のために剝ぎ取られ、かわりに警察からTシャツを与えられて、それがじっとりと背中に貼りついている。ベルトも取られ、ティンバーランドの靴紐さえ取られた。けちな犯罪者扱いされている気分だった。

今日残忍な手段で命を奪われた、おれにとって大事な人々——リア、スノーウィ、ルーカス——のことを思った。残酷ながらも明白な真実は、彼らがおれと関係あるがゆえに殺されたことだ。この件全体の標的はおれであり、三人は付帯的損害にすぎず、殺された理由は単に邪魔だったか、リアのように消耗品だったからだ。

しかし、そもそもなぜおれが標的にされたのか？　その疑問がずっと頭に引っかかっていた。そしてゆっくりながらも、ある確信が浮かびはじめていた。これはおれの過去、軍にいたころのなにかと関係あるにちがいない。このロンドンに、かつてスタニック大佐として知っていたエディ・コジックがいたこと、そしておれの元戦友イアン・フェリーがどうやらコジックを脅迫していたことは、偶然にしてはできすぎている。問題は、そうとわかったとしても大して役に立たないことだ。二人とはそれほど深いつきあいじゃなかったので、なぜ彼らがこんな取引におれを巻きこむことを選んだのか、皆目見当がつかないからだ。

それからアラナのことを考えた。自分はセルビアの女警官で、妹を探しているといっていた。妹の写真も見せてくれて、妹のことを心から心配している様子だった。しかし、アラナは警察におれを売ったとしか思えない。一度めは彼女の家で、二度めはコジックの邸で。おれの999通報を受けて警察が出動してきたはずがない。あまりに早すぎるからだ。ルーカスが警察に通報するはずはないし、おれも直接は警察に通報していない。ということは、残るはアラナだ。アラナはあの場にいて、コジック邸を見張っていたのだ。何者かと結託して、おれを罠にはめたのだ。

とたんに、ひとつの考えが閃いた。この件に関わっている主役級の人物がまだいる。あのブリーフケースをほしがったのはその人物で、どうやらいまは手に入れたらしい。ということは、脅迫されていたのはコジックではなく、その人物ということか。そしてなぜかその人物はコジックの死を望んだが、おれのほうは生かしたがっている。その理由はひとつしかありえない。今日起こったことのすべての罪を、おれになすりつけるためだ。

アラナはその主役級の人物の下で動いているにちがいない。だからこそおれをあの売春クラブから助け出したのだ。だからこそ、おれが警察に逮捕されるはめになるのを知りながら、コジック邸へ行くように仕向けたのだ。おれが話に乗らなかったとき、彼女の家に警察を呼んだのだ。

イアン・フェリーによれば、やつが脅迫していた人物は、あのブリーフケースを手に入れるため、バンパイアとして知られている謎の殺し屋を雇った。バンパイアは今日あの売春クラブにいたにちがいない。そしてマルコとMAC10男から、あのブリーフケースを受け取ったにちがいない。そのときにあの追跡装置を見つけたにちがいないし、何者かに追跡されていて、その何者かがすぐそばにいると推測したのだろう。真っ向から相手取る姿勢をおれたちに見せるためにスノーウィを探し出して、お決まりの手でスノーウィを殺害したのだ。

しかし、アラナと話をしたとき、彼女はおれに、売春クラブでは不審な人間を見てないといった。それは嘘だったのかもしれないが、もしそうじゃないとしたら？　マックスウェルとスパンの殺人事件についてフェリーとルーカスがなんといっていたか、おれは思い出してみた。バンパイアは監視カメラをすり抜けて、高度な訓練を受けた二人のボディガードをはじめ、三人の男の油断を突いた。今夜コジックとその手下たちが油断を突かれたのと同じように。フェリーはバンパイアのことを恐ろしげに話していた。一切の痕跡を残さず、まるで姿が見えない影のような殺人者。

だがもしかすると、だれもが見方を誤っているのかもしれない。もしバンパイアが被害者に近づけるとしたら？　被害者を油断させてしまうようななにかがバンパイアにはあって、そのせいで被害者たちはバンパイアを危険な人物と判断しなかったとしたら？　そのせいで監視カメラの映像を調べた刑事たちが、最初からバンパイアを問題視しなかったとしたら？　いいかえれば、もし彼が〝彼〟ではないとしたら？　もし〝彼〟が〝彼女〟だとしたら？　ブロンドの髪と金色の肌を持つ魅力的な若い女性で、だれもがイメージする殺し屋とは対極の風貌を持つとしたら？

とすれば、アラナが売春クラブでバンパイアを見てないといったのは嘘じゃないことになる。

アラナは嘘をついていない。なぜなら、彼女こそバンパイアだからだ。

考えれば考えるほど、アラナに関する確信は強まっていった。だがそこから先は行き詰まった。警察に無実を信じさせるには大きな山を乗り越えなければならないし、どちらかというとその山は、少し高くなっているのだ。

しかしながら、おれにとって有利な要因が二つある。ひとつはおれが実際に無実であり、それを軽んじることができなくなってくるのではないか、ということ。もうひとつは、おそらくこっちのほうが大事だが、きわめて優秀な弁護人であり、元妻でもあるアディーンを確保したことだ。

## 35

はじめてアディーンに会ったのは、法を遵守する市民のほとんどが足を踏み入れない場がきっかけだった。それは釈放記念パーティで、まさに読んで字のごとし。四年前のことだ。部隊で一緒だったハリー・フォクスリーという男が、喧嘩で二人の男に大怪我をさせ、そのうちの一人が頭蓋骨骨折をした件で、晴れて無罪となったのだ。

公正を期すと、もともとこの喧嘩はハリーのせいではなかった。ある夜更けにハリーが友人の家から歩いて帰ったとき、十代の酔っ払い五、六人が向こうから喧嘩を吹っかけてきたのだ。ハリーは小柄で、身長は百七十センチあるかないか。あたりが暗くて、しかも通りの向かいからだと、手っ取り早い獲物に見えたにちがいない。少年たちは罵声を浴びせはじめ、ハリーが無視して歩き続けると、これを臆病風の印と受け取った。虚勢と酒ですっかり舞いあがった少年たちは、なおも罵声を浴びせ続けながら、通りを渡ってハリーを追いかけはじめた。

それが悪かった。おれが出会ったなかでもっとも屈強な人間の何人かは小柄な男で、ハリーもその例外じゃない。ボクシングのフライ級チャンピオンのようにしなやかで引き締まった身体をしていて、脂肪や無駄な肉は三十グラムもないのだ。少なくとも当時はそうだった。少しは変わったかもしれないが、おれはそうは思わない。ハリーはタバコの煙を煙突みたいに引っきりなしに吐いて、魚が水を飲むみたいに酒をあおるが、たいていの男が恥入ってしまうほどのスタミナの蓄えがある。軍の腕相撲大会では、自分の倍はある男たちをつぎつぎに倒して三年連続チャンピオンになった。自分から揉め事を起こすような男じゃないが、かといって揉め事から逃げるような男でもない。だから悪ガキどもは、興奮して手を出しはじめたとき、思ってもみない反撃を食らったのだ。

ハリーはリーダー格の少年を左フック一発で叩きのめし、拳を繰り出しながら、ほかの少年たちに向かっていった。少年たちはすぐさまパニックに襲われ、これは簡単な相手じゃないぞと遅ればせながら悟った。しかも一人は、ナイフを抜くというまちがいを犯した。ハリーはその少年の手首をへし折り、顎を骨折させて、その少年を頭からレンガ壁に叩きつけた。ほかの少年たちはたちまち逃げ出した。

悪いことに、ハリーが最初に殴った少年は、歩道に倒れこんだ拍子に頭蓋骨にひびが入って、六週間意識不明だった。しかも、その少年が気を失って地面に倒れているときにハリーがその少年を蹴ったと、仲間の一人がいい出した。もちろんハリーがそんなことをするような男じゃないのは、このおれもよく知っている。

しかしながら、警察の見解はおれとはちがっていた。ハリーは、あのクロスマグレンのパブでの報復行動に参加して軍法会議にかけられ、収監された五人の仲間のうちの一人だ。刑務所を出られたのは単に仮釈放だったからで、その件が警察から過去の暴力的前科と見なされたことにより、少年二人への重傷害容疑で告発されてしまったのだ。

おれはその裁判を傍聴していないが、公判は一週間以上続いた。読んだり聞いたりしたことからすると、検察側がハリーの過去の経歴をほじくり返して自分たちの主張の裏づけとし、重大な人身攻撃の罪に問おうとしていることがわかった。しかしながら検察と警察は、この暴力的な日常のなかでギャングから謂《いわ》れのない攻撃を受ける被害者に対して、陪審員たちが同情する傾向にあることを悟るべきだった。陪審員たちは、被害者たちにも戦い返す権利があると思っているのだ。たとえ被害者側が与えたダメージが深刻だったとしても、である。だから常識をひとかけらでも持っている人間には、二人の少年に対する重傷害容疑でハリーが無罪となったのは、驚くことでもなんでもなかった。

こうして幸せな結末を迎え、お祝いのパーティがウェストエンドのパブで開かれた。当時おれは、休暇でロンドンに戻っていた。だれがそのパーティのことを電話で教えてくれたのか、いまでは思い出せないが、おれは結局行くことにした。久しぶりの仲間たちだったし、近況を聞くのも悪くないと思ったのだ。

パーティ会場に着くと、場内は混雑していた。ハリーはバーカウンターでみんなに囲まれながら運命的な夜の出来事を逐一説明しているところで、危うくまた刑務所行きになりかけたにもかかわらず元気そうだった。懐かしい面々がけっこういて、たしかそのなかにはマックスウエルとスパンもいたが、おれの注意を引いたのは、おれと同い年くらいでツーピースのビジネススーツに太い黒縁眼鏡の、黒髪の女だった。すらっとしていて、透き通るほど肌が白く、絶世の美女といってもいいほど端正な顔立ちで、さながら、髪をさっとひと振りして眼鏡をはずすだけでいきなり別人に変身できるセクシーな秘書のようだった。端のほうに立っていて、両手で白ワインのグラスを持ち、ばか騒ぎのなかでは場ちがいな感じで、決しておしゃべり好きとはいえないマックスウェルと話をしていた。おれが二人に加わって自己紹介すると、じきにマックスウェルはいなくなり、彼女とおれだけになった。

ハリーの弁護をしたのが彼女、アディーン・キングだとわかった。アディーンは当初からハリーの担当で、警察の最初の尋問のときからハリーについていた。二人でおしゃべりし、おれは気に入られようと全力を尽くして、その夜のうちにソーホーにあるイタリアンレストランでの食事にこぎつけた。

それが天のめぐり合わせと呼ばれてきたものかどうかはわからない。おれたちはなかよくやってはいたが、お似合いとはいえなかった。アディーンは法曹界でも高い教育を受けた弁護士で、父親は裕福な株式仲買人だし(母親はアディーンが幼いころに亡くなった)、姉は政府官公庁の高い地位にいた。おれはまだ兵士の給料で暮らす雇われ兵士の身分だったし——地位が高いわけでもなかった。だがどうにか二人の関係は発展していった。思うに当時二人は、たがいに落ち着く相手を探していたのだ。アディーンは三十二歳で、一年ほど前にその「相手」となるはずだった（がならなかった）シティの弁護士との長いつきあいを終わらせていた。仕事が忙しくて求婚者候補がたくさんいたわけじゃなかったし、生物学的上の時計もカチカチと時を刻んでいた。アディーンは家族をはじめたがっていて、当時おれはちょうどいいときにちょうどいいところにいたのだと思う。おれ自身も、家のなかを小さな足がパタパタと走りまわるところを想像するのはまんざらでもなかった。いいじゃないか？　自分だって大家族の出だったし、一人で年を取るのはいやだった。それにおれの仕事も、それほど結婚相手にふさわしい女たちと出会えるわけじゃなかった。

そんなこんなで、おれたちは婚約した。アディーンの父親は悔しがった。大手インターネット・セキュリティ会社の社長と結婚したアディーンの姉も同じように呆然とし、二人とも内気じゃないので、アディーンに直接そういった。だがもちろんそれは、逆にアディーンに拍車をかけることになった。多くの人と同じように、アディーンは人からああしろとか、だれとつきあえとかと指図されるのが嫌いなたちだったのだ。おれたちは親密さを深めていった。アディーンはおれに、マズウェルヒルにある彼女の洒落《しやれ》たアパートに引っ越してきてほしがったし、軍を辞めてほしがった。

問題は、当時おれは恋に落ちていたことだ。十五年間ずっと兵士だったし、叔母が亡くなったためそれなりの遺産も転がりこんできたので、そろそろ潮時かなと考えた。車には昔から興味があったので、全財産を注ぎこんでBMWのフランチャイズ権を買い取り、銀行から受けた融資と、アディーンのしぶちんの（たんまり持っているくせに）父親から出してもらった金をそれにつけ加えた。

あとはめでたしめでたしとなるはずだったが、もちろん人生はそう簡単には行かない。おれは軍を退役して、アディーンのアパートに転がりこんだ。はじめはうまくいったが、事態が下り坂となりはじめるのにそう時間はかからなかった。おれたちは二人とも長時間働いていたし――おれは一からビジネスの経営方法を勉強していた（軍がなんの手当てもしてくれない分野だ）し、アディーンは司法の分野で上を目指していた。二人で赤ん坊を作ろうともしたが、それもうまくいかなかった。

本当をいうと、結婚式を挙げたとき――バルバドスでの二週間のハネムーン中、わずか数人の近親者が出席した日――にはもう、おれたちの最良の時期はすでに過ぎていたのだ。おれはハネムーンがなんらかの改善のきっかけになって、それまでの嫌な流れを変えてくれるのではと期待していた。なにしろ太陽が燦々《さんさん》と輝いて、南国のそよ風に揺れる椰子の葉がきらきらしているのだ。そんなときに悪い雰囲気になるのはむずかしい。ところがどういうわけか、おれたちはその悪い雰囲気になってしまって、ハネムーンのほとんどを喧嘩して過ごした。なんのことで喧嘩していたのか、いまでは思い出せない。ただの取るに足らない些細な諍いで、おたがいまちがった相手と一緒にいることに気づいたときに男女がよくやるやつだ。

それから六ヶ月なんとか一緒に暮らしたが、二人の溝――仕事のプレッシャーと不妊――はますます深くなるばかりで、ある日、いつものようにどこからともなく爆発的な喧嘩がはじまってたがいに徒労感に包まれたあと、アディーンはおれに、穏やかながらもきっぱりとした口ぶりで、出てってちょうだい、といったのだ。

どういうわけか、溝が深まったその当時でさえ、彼女にそういわれたのはショックだった。

おれのなかにはまだわずかながら、どうにかうまく修復できるんじゃないか、時とともに緊張関係も薄れていくだろう、アディーンが妊娠すれば、きっとまたなにもかもうまくいくはずだ、という期待が残っていたのだ。

だからそういわれても出て行きたくなかったので、考え直してくれとアディーンに頼んだ。しかし、アディーンの気持ちは変わらなかった。「あなたのこと、もう愛してないの」アディーンは静かにいった。前はどんなにひどい喧嘩をしてもそこまでいったことがなく、完全に放棄するような口ぶりからして、アディーンが本気なのはわかった。

それが二人の終わりだった。もしかしたらほかに有り様があったのかもしれないという後悔の念に包まれ、おれにちがったやり方ができただろうかと訝《いぶか》しみながら、荷物を詰め、その日の午後にアディーンのアパートを出た。そして二度と戻らなかった。

だがおれたちは、連絡を取りあってはいた。別居後正式な離婚をしたあとでも、おれたちの関係は友好的だった。長い目で見れば、別れたのはおれたち二人にとって正しい選択だったと思う。もともとの絆が夫婦としては強いほうじゃなかったのだ。けれどもときおり残念に思うのは、その後もアディーンはあれほどほしがっていた家族をまだ持ってないし、おれも持ってないことだ。

アディーンとは六ヶ月近く会ってないが、ここに収監されてすぐ、一度きりの電話をだれにかけたらいいかわかっていた。アディーンは昔から超のつく敏腕弁護士であり、おれにいま必要なのはまさにそれだ。いや、正直なところ敏腕弁護士では間にあわない。必要なのは奇跡だが、その奇跡がない以上、アディーンに頼るしかない。

監房の扉が開いて、髪を黒く染めたつまらなそうな顔つきの、制服を着てない警官が、弁護士のお出ましだ、といった。おれは簡易ベッドから起きあがり、その警官と、同じようにつまらなそうな顔つきをしたもう一人の警官のあとについて、病院を思わせるなんの特徴もないがらんとした廊下を進んだ。こんな環境のなかで仕事をしていたら、おれもきっと楽しい気分にはなれないだろう。

このあたりの警備が厳重じゃなさそうに思えたのが驚きだったが、考えてみれば、そうする必要はないのだ。おれは署の中心部の下にある収監所に入れられていて、電気で作動するいくつもの扉を抜ける以外に出口はないわけだし、かりにその扉を抜けたところで署の中心部に出るだけで、いったい何人いるか知れたものじゃない警官たちの腕のなかに自分から飛びこんでいくのと同じだ。一度ここに放りこまれたら、出口はもうない。

ある扉の前に着くと、髪を黒く染めた警官が二度ノックしながら、同時にその扉を開けた。「依頼人だ」なかに向かってぶっきらぼうにそういうと、警官は横にどいて、おれが通れるようにしてくれた。

アディーンはテーブルの向こう側で立ちあがり、おれの後ろで扉が閉まった。アディーンは黒のカクテルドレス姿で、同じ色の軽いカシミア・カーディガンをはおっている。髪は束ねておらず、前回会ったときよりも長くなって肩まで届くほどだ。眼鏡ではなくコンタクトレンズをしているため、艶やかな黒い眉と、吸いこまれそうなくらい透き通った青い瞳がくっきりと対照的だ。要するに、息を呑むほど美しい。また恋に落ちないようにするのはむずかしそうだ。

「今度はほんとにやらかしたみたいね、タイラー」アディーンはそういって、疲れたような溜め息をついた。何秒か続くような溜め息で、おれの妄想はたちまち打ち砕かれた。

「やあ、アディーン。また会えてうれしいよ」

「せっかくアイビーで食事してたのに、途中で抜けなくちゃいけなかったわ」アディーンは部屋のなかの、もうひとつしかない椅子を手ぶりで示した。「わたしが引き受けたのは、力にならないと罪の意識を感じると思ったから、それだけよ」

おれは椅子に座りながら、アディーンが緋色のマニキュアを爪に塗っているのに気づいた。きっとお熱いデートだったのだろう。おれのためにそんなマニキュアをしてくれたことはなかった。あれだけすったもんだしたにもかかわらず、自分がかすかな嫉妬のざわめきを感じているのに驚いた。

「あなた、大変なことになってるわよ」アディーンはあっけらかんと正直にいった。

「わかってる」

「なにがあったのか話してちょうだい」

そこでおれは話した。今日で三回めだ。ただ今回は最初から、ひとつも洩らさず話しはじめたが、アラナがバンパイアであるという仮説は除いた。なぜなら、確信はあるもののあくまで仮説にすぎず、なんの裏づけもないからだ。すでに濁っている水を、さらに濁らせる必要はない。

アディーンは黙って聞いていて、目の前のメモ帳になにやら書きこんでいた。おれが話し終えると、アディーンはまた溜め息をつき、信じられない気持ちと憐れみの入り混じった目でおれを見た。

「で、それが真実なのね?」

「ああ、そうだ」おれはうなずいた。

長い間があった。おれはほかになんていえばいいかわからなかった。自分の状況を洗いざらい打ち明けたものの、自分で自分の証言を聞いていて、さあここから逃げ出せるぞというような楽観的な気分には少しもなれなかった。アディーンの顔つきからしても、彼女が同じ考えなのがわかった。

「ほんとに恐ろしい話」アディーンは時間をかけてさらにメモを書きつけると、ようやく口を開いた。

「たしかに楽しい話じゃない」おれは認めた。

「それとルーカスのこと、残念だわ。彼のことは前から好きだったから」いかにも事務的な口ぶりではあるが、それが昔からの彼女のしゃべり方なのだ。アディーンが本当に残念に思っているのはわかった。

「おれのせいだ。もしおれが今日あいつのところに行かなかったら、ルーカスとスノーウィはまだ生きてたんだ」

「でもあなたは行った。もう終わったことよ。そのことで自分を責めるのはやめて」

アディーンは情にもろいという人間など、一人もいない。しかし、アディーンのいうとおりでもある。自分のことを考えなければ。悲しむのは時間ができたときでいい。

「それと、いまわたしに話したことを警察に話すのもやめて」

「どうしてだい? それが真実なのに」

「真実かもしれないけど、警察にそういう話をすると、絶対に釈放してもらえないわ」

「いつもいってたじゃないか、依頼人の弁護をするときはその男あるいは女から聞いた話をもとにしなくちゃいけない、依頼人のために嘘をつくことはできないって」

「いい、タイラー、あなたには合計四人を殺した容疑がかかってるの。それも、あなたが死体だらけの家から出てくる以前の段階で」

「三人は正当防衛だ」おれは抗議した。「そして一人は事故だった。もしあの男が暴れさえしなかったら……」

「そのときあなたはその男の頭に銃を突きつけてた、それを忘れないで」アディーンは溜め息をついた。「問題は、あなたが四人を殺したことを完全に正当化できるなんて、だれも信じやしないことよ。あなたに嘘をついてくれと頼むつもりはないけど、こっちが警察に話す内容をできるだけ少なくすることが重要なの。さあ、今朝の時点に頭を戻して。あなたがブリーフケースを受け取った家から警察に追われてたとき、警察のだれかがあなたのことをよく見た？」

おれは首を振った。

「そうは思わない。おれは目立たないようにしてたし、あっという間の出来事だったからだ。あの家に入ってるあいだは手袋もしてたから、指紋も残ってないと思う」

「いいわ。その家で起こったことと、今日のほかの出来事との接点になりそうなものはある？」

「おれの知るかぎりでは、ない」

「いいわ。じゃあそこは触れないことにしましょう」

「本気か？」

「よく聞いて、タイラー、もしわたしに弁護してほしいなら、わたしがいうとおりにして。わかった？」

「わかった」

「昨夜のことはなにか思い出せる？」

おれは首を振った。あいかわらずそこは空白のままだ。

「ドラッグの検査をしなくちゃいけないわね。どんな薬を飲まされてたか知りたいから」

「どんな薬か知らないが、強い薬だった」

「保釈が認められたら——いまのところその可能性はほとんどないといわざるをえないけど——あなたに催眠術を受けてもらうよう手配するわ。この件の背後にいる人物の正体に関して少しでも手がかりになりそうなものを見つけるのは大事だから」

「わかってる」

「それがだれなのか、全然わからないんでしょ？」

「一日じゅう考えてたんだが、まだわからない」

「あなたの過去と関係ありそう？」

「それをずっと考えてたんだ。おれの軍隊時代と関係あるんじゃないかと」

「だれかを怒らせたかもしれないことがあったとか？」

「そこが問題でね。具体的に思い当たることがないんだ。あちこちの戦争地帯に入ったが、おれは数多くいる兵士たちの一人にすぎなかった。だれかがこのおれを復讐の対象にする理由はないんだよ。それに復讐するにしたって、なんでこんなに長いこと待つんだ？　おれは軍を辞めてもう四年近くになるし、いまじゃただの平凡な車のセールスマンにすぎない。人をそこまで怒らせることには興味ないよ」

アディーンは溜め息をついた。

「あなたを罠にはめる理由を持つ人物を探し出さないかぎり、警察の目があなたから離れることはないわね」

「しかし、おれにはこの四人を殺す動機がない」

「かもしれないけど、幻想は抱かないで、タイラー。警察は、今回の殺しの犯人をぜがひでも挙げなければという強烈なプレッシャーにさらされることになるの。ロンドン警視庁は、そうでなくても殺人の検挙率がこの国最低っていわれてるのよ。彼らはその検挙率をもっと低くするつもりはないわ。そしてあなたに関しては、少なくとも警察はちゃんとした容疑者を捕まえたと思ってる。あなたは四人の男が殺された家から出てくるところを逮捕されたわけだし、あの邸内から999通報をしたという事実は、殺人が行われたころにあなたが現場にいた動かぬ証拠よ」

「しかしおれがその通報をした事実は、おれに有利になってしかるべきだ」おれは期待しながらいった。

「現実的になって、タイラー。それはなんの擁護にもならないわ」アディーンは書いているメモに下線を引いていた。集中しているせいで眉根が寄っている。やがてペンを置き、おれに厳しい顔を向けた。「わたしたちがしなくちゃいけないのは、この件全体に関してあなたを無実に見せること。でもそれは一筋縄ではいかないわ。大事なのは、あなたが今朝ブリーフケースを受け取った家の殺人や、今朝目覚めたときに隣にいた女の死体のことに一切触れないことよ。女殺しであなたを罠に陥れた人物は、約束を守ってその証拠を全部あなたに渡してくれてると思うわ。警察には一切渡さずに」

「だが困ったことに、そいつはどうやらおれにすべての罪を着せようとしてるみたいなんだ。だとしたら、なぜそいつがDVDのコピーを警察に送ってないといえる？」

「なぜなら」アディーンはいった。「もしだれかがDVDを匿名で送ってきて、映っている殺人者はあなただと電話でいったとしたら、意図したこととは逆の効果があるかもしれないからよ。要するに、あなたははめられてるんじゃないかと警察に疑わせてしまうかもしれないってこと。わたしがそいつだったら、放っておくほうがはるかに簡単だと思うでしょうね。つまり、あなたの状況は前向きなものとはほど遠いってこと」

たしかに一理ある。

「わかった。じゃあおれは、警察になにを話せばいい？」

「できるだけ少なく。同僚が殺されたことをルーカスがすでに警察に話したってことは、あなたもそれを知ってることを認めなくちゃいけないってことよ。でも、ルーカスと同じ内容を繰り返す必要はないわ」

「どういうことだ？」おれは話が呑みこめなくて戸惑った。

「あなたはわたしに、ルーカスが刑事たちに同僚の——」

「スノーウィだ。名前はスノーウィ」

「わかった。スノーウィね」アディーンはその名前がいいにくそうだった。「あなたはルーカスが刑事たちにこう話したっていったわね。今日の午後、あなたのほうからルーカスに接近して、ブリーフケースに追跡装置をつけるよう頼んだ、実際にブリーフケースを追跡してたのはスノーウィだったけど、あなたたち二人はスノーウィと連絡が取れなくなったと」アディーンはそこでちらっとメモを見やった――しかし、アディーンはメモなど見なくてもいいはずだ。瞬時に脳裏に焼きつけるカメラのような記憶力を持っているからだ。「あなたとルーカスは二手に分かれた、するとルーカスのもとに、スノーウィが死んだという連絡が警察から来た」

「そんなところだ」

「じゃあそれを、引っくり返すのよ。あなたからブリーフケースの件でルーカスに近づいたんじゃない、ルーカスのほうからあなたに近づいてきたの。ルーカスはこういった。ブリーフケースに追跡装置をつける、ブリーフケースを受け取ることになってる連中と取引するのに、おまえの助けがほしいんだが、と。ルーカスはあなたの軍隊時代の親友の一人だったから、あなたはしぶしぶ引き受けた」

「それって、おれに嘘をつけってことじゃないか」

「いいえ、タイラー」アディーンは机の上で両手を組んだ。「わたしがやろうとしているのは、あなたを長期の監獄生活から救ってやること。わたしのやり方でやるか、あなた一人でやるか、どっちかよ」

アディーンは間をおいて、おれが反論するのを待った。だがおれは反論しなかったので、アディーンは自分の計画が暗黙のうちに承諾されたと受け取った。

「スノーウィの死体の近くにいるのをだれかに見られた可能性があるから、そこは本当のことをいわなくちゃいけないでしょうね。しぶしぶ認めたあと、あなたとルーカスもそのブリーフケースを追跡していて、スノーウィの死体と同時に追跡装置も見つけた。そのときはじめてあなたは、予想よりはるかに危険なことに巻きこまれているのを知った」アディーンはそこで区切った。「売春クラブに入ったところ、だれかに見られた？」

「いいや。裏手から侵入したし、逮捕されたときとはちがう服を着てたしね」

「出て行くときは？」

「通りに出て火事を見てた人はかなりいたが、おれは煤だらけで真っ黒だったし、血だらけでもあった。面通しでおれとわかる人間はいないと思う」

「それは好都合ね」アディーンはそういって、ゆっくりうなずいた。「あなたとルーカスがスノーウィを見つけたとき、ルーカスは激しく動揺した。あなたもそう。ルーカスはあなたを巻きこんだことを謝りながら、二人は別れた」

おれは嫌な気分になりはじめていた。あれだけのことが起こったあとでこんな形にしてしまうのは、決定的な裏切りのように思えたのだ。

だがアディーンは波に乗っていた。

「夕方になって、ようやくルーカスから連絡があった。ルーカスはあなたに、スノーウィを殺したにちがいない男の家へ行くつもりだ、事態が悪化したときに備えておまえの助けがぜひとも必要だ、といった。ルーカスはその男がエディ・コジックと呼ばれるギャングであることを突き止めた。あなたはルーカスとコジックの関わりについては知らされなかったし、その家には行くなと引きとめようとした。しかもルーカスは銃を持っていくといったから、なおさら説得した。でも、今度もあなたは断れない自分を感じていた。ルーカスと一緒にコジック邸に行ったことをいまはひどく後悔している。でも持っていった銃はただのこけおどしで、絶対に弾は入れるなとルーカスに念を押した。そういうのよ、自分を守るために。ここまでわかった？」

アディーンがおれを逃がすためにそこまでやってくれることにおれ自身はなかなかついていけなかったが、おれは、ああ、わかった、と答えた。

アディーンはおれに、一言一句覚えなきゃだめよといった。

「この供述にひとつでもミスがあったら、たちまち警察に見抜かれるわ。彼らは話の綻《ほころ》びを見つけるように訓練されてるから」

「わかってる。おれだって対尋問訓練を受けたからな」

「それはよかったわね」アディーンは涼しげな笑みを浮かべた。「で、あなたたちが敷地の後ろの開いたドアから侵入したとき、三人の死体を見つけ、ルーカスが、コジックとボディガード二人だといった。でもあなたがコジックの部屋にいるあいだに、正体不明の殺人者がルーカスを刺して、あなたは目撃することも捕まえることもできないまま、その犯人に逃げられてしまった。そしてすぐに999に通報して救急車を呼び、ルーカスを助けようと全力を尽くしたけど、最終的には無駄な努力に終わってしまった。ルーカスが死んだとわかると、あなたは死体のそばにいるのを見られるのがいやで、入ってきたときと同じ方法で現場をあとにし、そこで警察に捕まった。そこはほんとなんでしょ？」

「ああ」おれは溜め息をついた。「そこは本当だ」

「よかった。これでそれらしい話になったわね」

アディーンはいまの話をおれに二度繰り返させ、二度めにおれがうまく話し終えたとき、満足げで、少しうれしそうな顔だった。

「うまく切り抜けられるかもしれない」アディーンはいった。「まだ先は長いけど、少なくとも方向はまちがってないわ」

おれはアディーンに、そいつはよかったといいながら、思い出していた。何年か前にアディーンはおれに、弁護士になりたいのは正義の追求に強い興味があるからよ、と教えてくれたことがあったのだ。正義の追求に強い興味、まさにアディーンはそういった。いまごろになって気づいたが、あれはアディーンの冗談だったにちがいない。

「さてと」アディーンはノートを持って立ちあがった。「いっちょうやってやりますか」

36

尋問するのは二人の刑事だが、壁に設置されたカメラからして、ほかの連中も見聞きしているにちがいない。刑事たちはおれとアディーンの前、フォーマイカ製のテーブルの向かい側に座っている。年上のほうは、国家犯罪対策局(NCS)のマイク・ボルト警部補ですと自己紹介した。背が高くて肩幅が広く、短く刈りあげた髪はブロンドから白髪に変わりつつある。端正な顔立ちをした三十代後半で、顔は角ばってほっそりとし、きらきら光る青い瞳は一切を見逃さないかのようだ。顎には深いS字形の傷があり、左の頬にはさらに二つの傷があって、見た目がどことなくドラマのギャングを思わせる。ボルトの相棒はモー・カーン巡査部長で、小柄なアジア系ながら、樽のような体軀と大きな頭をしていて、ボルトとほぼ同い年か、ひとつふたつ年上かもしれない。分厚い瞼の下の黒い目が、最初からずっとおれを疑わしげに見ている。

二人はまず、コジック邸で起こったことをおれ自身の言葉で話してほしいといってきた。おれはありのままを話し、二人はそれを受け入れたようだった。それからおれの一日を朝から話してくれないかと頼んできて、おれは一瞬息を吞んだ。店には行かなかったので、ショールームにいたとはいえない。嘘だとばれてしまうようなことはいえないのだ。

するとアディーンが割って入って、おれに息継ぎの間を稼いでくれた。洗練された物言いに不信感をこめて、そのことがどんな関係があるんですか、と訊いたのだ。

「われわれはただ、状況を理解しようとしているだけです」ボルトはそう答え、猫をかぶっているかのようにアディーンに愛想笑いをした。

このころにはおれは、話を思いついていた。出来のいい話じゃないが、それで間に合わせるしかない。こっちも愛想よくしながら、おれは説明した。今朝は気分がすぐれなかったので、ベッドで寝ていた。昼ごろにはすっかりよくなったが、そこへ軍隊時代の古い仲間である友人のルーカスから電話が来て、力を貸してほしいといわれた。そこから先はアディーンと話しあって決めた筋書きに沿って、コジック邸の話で終わった。われながら説得力のある話に思えたし、二人の刑事たちはこれも受け入れてくれたらしかった。もっともカーン巡査部長の目には、かすかな疑心の光がまだ残っていたが。

「ミスター・ルーカーソンはあなたに、ブリーフケースのなかになにが入っているか話しましたか？」ボルトが訊いてきた。

「いいや」

「あなたのほうから訊きませんでしたか？」

「訊いたさ。そしたらルーカスは、知らないほうがいいといったんだ」

「あなたはそれで納得したんですか？」

「すっきりはしなかったが、ああ、納得したよ。なにしろルーカスはおれの親友だったからな。おれが困るようなことにあいつが巻きこんだりするはずがないって信じてたんだ」

その嘘はすらすらと出てきて、罪の意識をちくりと感じた。自分がそこまで人を裏切ることができるとは。できるものならしたくなかった。

ボルトは同情するようにうなずいた。理解しているように見えるが、その手に騙されるようなおれじゃない。

「それでミスター・ルーカーソンは、エディ・コジックとどんな関係だったんですか？」ボルトが訊いてきた。

「それが、はっきりいわないんだ。なにかの取引をしてたんだろうとは思ったが」

「しかし、ミスター・ルーカーソンは私立探偵でした」モー・カーンが座ったまま身を乗り出した。「ボスニアのギャングなんかと、いったいどんな取引をしてたっていうんです？」

「さあね」

ボルトは困惑した表情を浮かべた。

「ベン・メイソン、すなわちあなたがスノーウィと呼んでいる男の死体を発見したとき、あなたはミスター・ルーカーソンにそういう質問を投げかけませんでしたか？　はっきりわかったはずでしょう、あなたが困るようなことにミスター・ルーカーソンが巻きこんでいると」

「ああ、けどルーカスは気が動転していて、ここから逃げなくちゃだめだというんだ。おれは説得しようとしたが、ルーカスはさっさとその場を離れたんだ」

「どうやって？」

「自分の車で」

「あなたも一緒に行かなかったんですか？」

おれには二人の刑事がやっていることがわかった。このくだりはすでに話したからだ。おれに安心感を抱かせておいて、嘘を見破りたいのだ。だがこっちは備えができている。おれはもう一度その質問に答え、歩いて立ち去ったと説明した。

「どっちへ行ったんですか？」モーが訊いてきた。

おれはテーブルの下で、アディーンの黒革のハイヒールを、わかるかわからないかくらいにそっと突いた——考える時間が数秒だけほしいときに使うと話しあっておいた手だ。

「なぜこれが関係あるんですか、カーン巡査部長？」アディーンが訊いた。

「全容を知ろうとしているんです、ミズ・キング」カーンは、ボルトがさっきいったのと同じお決まりの答えをいった。そのときミズを「ミズー」と伸ばして発音し、おれに視線を戻した。

ここは慎重に答えなければならない。この二人が簡単に確認できないような経路である必要がある。

「キングズランド通りを歩いて、坂の上でタクシーを拾って、自宅まで送らせた」

「なにを着ていましたか？」

「えっ？」

「今日、ベン・メイソンの殺害現場をあとにしたとき、あなたが着ていたのは？」

「ジーンズとシャツだよ」おれはさりげない感じで答えた。

カーンがおれにそのシャツのことを訊いてきたので、色は白だと答えた。たしかに売春クラブに入ったときは白だったかもしれないが、出てきたときには別の色になっていた。

「そして、つぎにルーカスに会ったのは？」

「エディ・コジックの邸に行くんで、車で迎えに来てもらったときだ」

「その時点で、そのブリーフケースの中身とか、彼とミスター・コジックとの関係について、まだ彼に訊かなかったんですか？」

カーンは口ぶりこそ理性的だが、圧力をかけはじめていた。おれはなんとか落ち着きを保とうとしたが、むずかしかった。疲れていた。おれが教わった対尋問訓練も役に立たなかった。なぜなら情報を隠し通そうとするのではなく、その逆で、協力的に見せたいからだ。

「訊いたさ」おれは疲れた声で答えた。「だがルーカスは、まだおれに話そうとしてくれなかった。おまえは知らないほうがいいの一点張りで、相当緊張してる様子だった」

「それでもあなたは彼と一緒に行ったんですか？」

おれはうなずいた。

「ああ、一緒に行った」

そんな感じで事情聴取は続いた。一連の質問に答えると、つぎの一連の質問が待っていて、それが終わるとまたほかのことに戻るという、拷問のような時間がゆっくりと過ぎていった。映画やテレビでは、尋問は劇的にさっと終わりがちだが、現実はまるでちがう。どちらかというと、きわめて長く、きわめて退屈なチェスの対局に近い。おれにとって有利な点は、向こうが本当の経過を知らないことだ。スノーウィや、コジックとその部下たちが殺された事件、売春クラブの火災さえも、彼らにとってはこれといった背景が見えないため、仮説を立てにくい。表面的な事実しか見えないのだ。おれが両方の殺害現場にいたのは事実だが、おれがその殺害の犯人であることを示すものはなにもない。逮捕されたときに着ていたセーターにはルーカスの血が付着しているが、おれがコジックを拷問し、二人のボディガードの喉を切り裂いたことを示すものはどこにもないのだ。おれがスノーウィの喉を切り裂く動機はなおさらない。結局この二人はなにを得た？

ろくに得たものはない。

だが厄介なのは、この二人がなにかおかしいと訝っていることだ。

二人がコジック邸での出来事を、四回めくらいに訊きはじめたとき、アディーンがとうとう痺《しび》れを切らした。

「警部補、依頼人はその質問にもう何度も答えました。それに、きわめて協力的に証言しています。ですから話を先へ進めてくれませんか？　それか、もっといいのは、依頼人を保釈したらどうです？　帰宅させて、ちゃんと寝かせてやってください」

ボルトは辛抱強く微笑みながらも、射るような目でアディーンを見すえた。

「おわかりでしょうが、ミス・キング、われわれはまちがいのないようにしたいだけなんです。これは連続殺人事件の事情聴取であって、ミスター・タイラーは、経過をわかっている人々のなかで唯一の生存者です。考えられるあらゆる角度から把握することが必要なんですよ」

「わたしが見るかぎり、そのあらゆる角度という点はもう充分叶えられたと思いますが」

ボルトは笑みを少し強ばらせて、おれのほうに顔を戻した。

「ではミスター・タイラー、ベン・メイソン殺害現場のほうに話を戻しますが……」

おれは溜め息をついた。

「いいけど」

「ミスター・ルーカーソンが車で立ち去るのをあなたは見ましたね？」

「見たよ、さっきもいったとおり」

「車はどっちの方向へ行きましたか？」

「キングズランド通りのほうさ。左折の方向指示器を出してたから、北に向かったんだろ」

「そのとき何時だったか覚えてますか？」

おれは肩をすくめた。

「三時ちょうどかな？」

「確実な時間は覚えてませんか？」

「ああ」

「あなたはさっき、ミスター・メイソンの死体を発見する十五分ほど前に、ミスター・ルーカーソンがミスター・メイソンに電話で話してたといってましたね。それでまちがいありませんか？」

気をつけろ、とおれは自分を戒めた。この二人はなにか企んでる、感じでわかる。

「まちがいない」

「お二人は、どれくらい死体といましたか？」

「長い時間じゃなかった。せいぜい数分ってところだ」

「それからミスター・ルーカーソンは立ち去った？」

「ああ」

「わかりました。ということは、ミスター・ルーカーソンがミスター・メイソンと電話をしてから立ち去るまでのあいだは、約二十分ということになります。じつは、ミスター・ルーカーソンがその通話をするのに使ったと思われる携帯電話を回収してあるんです。その通話が行われた時刻は十四時三十三分、ですから彼が立ち去ったのは十四時五十三分ごろ、そういってかまいませんね？」

おれの横でアディーンが緊張するのがわかった――それとも、おれが勝手に緊張しているように思っただけだろうか？

「そういっていいと思う」おれはゆっくり答えた。

「私が質問した理由は、キングズランド通りにかかる橋の上に車を停めていた二人の別々の証人によって、ミスター・ルーカーソンの車が目撃されているからなんです。ミスター・メイソンの死体が発見された場所から百メートルも離れてないところで、十五時四十分に」

おれは動揺しなかった。

「もしかして、おれが時間をまちがえたのかも」

「証人は二人とも、ミスター・ルーカーソンが車の外に立っていて、もう一人の男を車に乗せてから去って行くところを見ています」

心臓が大きく鼓動を打ちはじめた。まったく無実のふりをするのはきわめてむずかしくなってきた。

「それがおれとなんの関係があるんだ、刑事さん」

「そのもう一人の男というのが、あなたが着ていたと証言したのと同じ格好だったんです」

「きっとなにかのまちがいだ」

「では、あなたは火事が起こる前に立ち去った、というんですね」カーン巡査部長がすばやくいった。

「ああ」

ドカーン。答えがまちがっている。

そしてボルトとカーンもそれをわかっている。

「すまない」おれはだれかが口を開く前に、目を擦りながらいった。「どうも疲れてるみたいだ。なんの火事だっけ？」

それで充分だろ？　室内はまた静かになった。

ボルトは耳に手をやって、おれから目を逸らした。そのとき、ボルトがイヤピースをしていて、そこからだれかがしゃべっていることに気づいた。事情聴取をずっと見ていただれかだ。ボルトの顔が緊張して集中し、眉根に深いVの字の皺が寄っている。

アディーンはこの機会を捉え、おれがきわめて協力的な証人であることを強調して、再度保釈を要求した。

ボルトはアディーンを無視した。

「十一時二十七分、事情聴取終了」ボルトは淡々と宣言すると、カーン巡査部長と一緒に立ちあがり、おれにこういった。「じきにまた話をしましょう」

## 37

アディーンは溜め息をついた。おれたちは、今日久しぶりに再会した部屋にいた。もうじき夜中の十二時で、アディーンは疲れた顔をしている。目の下に黒々と隈《くま》ができていて、象牙色の肌とは対照的だ。おれからの電話に出なければよかったのにと思っているにちがいない。そんなアディーンを、責めることはできなかった。おれだって、金曜の夜をこんなふうに過ごしたくはない。

「向こうはまだしばらくあなたを勾留するつもりよ」アディーンはいった。

「なんの根拠で？　訊かれた質問にはちゃんと答えたぞ」

「ええ、でも残念ながら、向こうはあなたの供述を信じてない」アディーンは疲れたように首筋をさすった。その手の爪がきれいに磨かれている。「あなたが不利になるような物証はないけど、あなたの説明には整合しない部分があるの」

「あれはおれの説明というより、きみの説明だった」

「わたしを責めるのはやめて、タイラー」アディーンは冷たくいい放った。「四つの死体がある家にいたこと、それから六時間もしないうちに、そこから八キロ離れた車のなかでまたひとつ死体を見つけたこと、それを認めたのはあなたよ。わたしはきわめて不利な状況に耐えながらも最善を尽くさなくちゃいけないの。しかもなんの準備もなしに。あなたから電話が来る前に九時間仕事してきたっていうのに」アディーンはおれをにらみつけた。

「すまない、アディーン。気が張ってるだけなんだ。それに、ひどく疲れてる」

「わかった」アディーンは表情を和らげ、おれはかつてどれほどアディーンのことを大切に思っていたか、つかのま思い出した。「どっちの説明だろうと、説得力がないのよ。あなたがルーカスとコジックの関係もわからず、ブリーフケースの中身の見当もつかないまま、ルーカスについてコジックの家に行ったってことが、刑事たちには信じられないの。だからって、刑事たちがあなたのことをあの連続殺人の犯人だと思ってるわけじゃないわ。あなたがきっとなにか隠してるはずだって、彼らは思ってるのよ」

「しかし警察がおれを勾留できるのは、長くてもせいぜい四十八時間とかだろ？」

「ええ、容疑がなければ。でも警察は、勾留の延長を判事に申請できるわ。あなたにほかの容疑をかけることもできるし」

「たとえば?」

「住居侵入。未登録銃の所持」

「あの銃は弾が入ってなかった」

「それは関係ないわ。問題なのは、あなたが銃を持って他人の家に押し入ったこと、その家の住人たちを暴力で脅すつもりだったってこと。それだけであなたを勾留するには充分よ。場合によっては何週間も」おれの顔に惨めな敗北の色が浮かんだのだろう、アディーンはすぐにつけ加えた。「もちろんわたしはあなたの保釈を勝ち取るために全力を尽くすけど、時間がかかるかもしれないし、刑事たちが今後の事情聴取でどう出てくるかによるわ」

「おれがリア殺しや今朝のイアン・フェリーの家での殺しに関わってることを、刑事たちに見つかるかどうかによってもちがってくるな」

アディーンはゆっくりとうなずいた。

「ええ、そうなるとなにもかも台なしになる可能性があるわね」

おれにはその言い方がまだ控えめなものに思えた。あの二つの殺人事件のどちらにもおれが関わっていることが警察に知られたら、おれの状況は急激に悪化してしまうだろう。今日何度めかの迷いがおれのなかに生じた。警察に真実をすべて打ち明けなかったのはまちがいだったのだろうか? 向かいに座っているアディーンから受けた助言は、まちがっていたのだろうか?

すると、ドアにノックの音がした。アディーンは当惑した顔で立ちあがり、ドアのほうへ行った。ドアの向こう側にいる人物と短く言葉を交わしているが、その人物やアディーンがいっている言葉は聞こえない。しばらくして、アディーンは振り向いた。

「二、三分で戻るわ」

アディーンがいなくなると、おれは檻のなかの動物のように部屋のなかを行ったり来たりした。アラナのことや、この件のなかの彼女の役割を考えた。しかし警察にアラナの名前をしゃべることは、おれを捕まえてくださいというようなものだ。もし彼女が謎の殺し屋バンパイアなら、アラナは本名じゃないだろうし、キルバーンの住まいもなんの手がかりにもならないにちがいない。自分がこの世に存在した痕跡を一切残さないからだ。リアと同じように。どこへともなく消えてしまっているだろう。ルーカスにアラナを見つける手伝いを頼めなくなったいま、おれはただ虚《むな》しく影をつかもうとしているにすぎない。

ルーカス。おれの親友。ルーカスの死は、おれにとって大きな衝撃だった。リアの死より大きいかもしれない。あとに残ったのは、胸のなかにぽっかり開いた穴だ。気分は落ちこんでいるし、疲れもある。さらに悪いことに、おれは独りだ。

ドアが開いて、アディーンが部屋に戻ってきた。おれはその顔色を読み取ろうとした。簡単じゃなかったが、悪い知らせらしい感じはあった。

アディーンはおれの前で立ちどまり、聞こえるほどの溜め息をついて、こういった。

「信じられない」

「えっ？」

「あなたを知るようになってからずっとだけど、タイラー、あなたはいつも首尾よく窮地を逃れてきたわ」

おれはいまの自分が窮地に陥っていることを思って、こういった。

「今度ばかりは逃げられそうにないな」

「わたしなら逃げるわ」アディーンはそういうと、赤い唇に不確かな笑みを浮かべた。「警察は、あなたを保釈するって」

# 土曜日

## 38

警察署の玄関を出ると外はまだ暑く、勾留されていたせいで街の騒音がくっきりと鮮明に聞こえた。

「なんとかうまくいったわね、なんでかわからないけど」アディーンはいった。その声は、誇らしく思うのと同時に、信じられないといいたげだった。

「きみの弁護士としての才能だよ」おれはいった。

「そうかも」アディーンはおれを見ながらいった。「でもわたしなら油断しないわ、タイラー。この件の背後にいる人間を突き止める必要はあるけど、自分の手で制裁してやろうなんてばかなことは絶対にしないで。いま大事なのは、揉め事に近づかないことよ」

おれは微笑んだ。勾留を解かれてほっとしたのか、とたんに気分が軽くなってきた。

「おれのことは心配しないでくれ、アディーン。おとなしくしてるよ」

「それに忘れないで、月曜の朝九時にかならずここに出頭することを。向こうはもう一度あなたの事情聴取をしたがるはずよ。そうなったらわたしに電話して。わたしが到着するまで一言もしゃべっちゃだめよ。そのあいだに請求書を送っておくわね」

「ただじゃないのか？」おれはにやりと笑った。「昔のよしみなのに？」

「昔のよしみだから弁護してやってるのよ」アディーンはにこりともせずに答えた。「でもその〝昔〟って、あなたが無料でわたしのサービスを受けられるほどいいものじゃなかった。いまわたしの人生にはもっといいことがあるの、トラブルに巻きこまれた元亭主たちを保釈で出してやること以上に」アディーンはそこで腕時計に目をやった。「もう十二時十五分か。彼氏を叩き起こしてもしょうがなさそうだし、車で送ってほしい？」

「送ってくれるかい？」おれが一番必要なのは睡眠だ。

アディーンが乗っているのは、アウディＡ４コンバーチブルだった。離婚調停でやったＢＭＷはどうしたんだいと、おれは訊いた。

「なんとなく変えたくて」アディーンはそういってメリルボーン通りへ出ると、東へ向かった。

「おれのことを吹っ切るため、だろ？」

アディーンは横目でおれを見た。

「自分を買いかぶらないで、タイラー。わたしはとっくに吹っ切れてたんだから」

「ありがとう」おれはアディーンの辛辣《しんらつ》な物言いに思わず黙りこみ、窓の外を見つめた。

「そうやって自分を哀れむのはやめてちょうだい」アディーンはぴしゃりといった。「あなただって、わたしたちがまだ結婚してるときには吹っ切ってたじゃない。まるで幽霊と一緒に暮らしてるみたいだった」

「いったいどういう意味だ？」

「どういう意味かちゃんとわかってるでしょ。自分の周りで起こってることにもっと注意を払ってたら、状況はそんなに悪くなってなかったかもね。あなたの問題は、恐ろしく自己中心的だってことよ。自分から近づいてきて、つぎには自分から離れていくの。そうやって人生ですれちがった女たちと、片っ端から恋に落ちていくのよ」

「それはちがう」

「いいえ、ちがわない。あなたはぱっと恋に落ちるけど、その恋はすぐに冷めるの。基本的にあなたは恋を持てあますから。あなたをそうさせたのが軍なのか、ずっと駐屯地を渡り歩いてたせいなのかわからないけど、そういうことがあなたをつきあいにくい人間にしてしまったのよ」

おれは既視感《デジャヴュ》を覚えた。どこからともなく噴き出すように出てくる言い争い。結婚していたころもそうだった。街明かりにアディーンの顔が浮かびあがるたび、冷然と勝ち誇った表情が見えて、おれのなかに苦々しさが込みあげてきた。

「そういう自分はどうなんだ」おれはいった。閉ざされた車内で自分の声が大きく聞こえた。「きみが関心を持ってたのは仕事だけ。ほかのことには一切興味なしだった」

いったそばから、自分の言葉を後悔した。おれはアディーンにいいがかりに近いことをいっている。しかも今夜はおれのためにわざわざ来てくれたというのに。だがもう手遅れだった。

車が信号で停止したとたん、アディーンは嚙みつかんばかりの勢いでおれに顔を向けた。

「あなたって人は。自分は神様より高潔なつもり？　一度くらい鏡を見てみたら？　さあ、見てみなさい。そこに映ってる姿を見て悦に入ってるのは、この世であなただけよ」アディーンは首を振った。そこには強い怒りと憐れみがあった。「あなたわかってる？　あなたの話って、軍隊時代の兵士仲間のことばっかりだったのよ。生涯の友を作ったとか、仲間のためならなんだってするとか。じゃあ訊くけど、タイラー、あなたがいう軍隊時代の兄弟たちが刑務所に入ってたとき、あなた何回面会に行った？　あなたが遭った爆弾事件のちょっとした仕返しをしただけで勾留された人たちのことよ。何回面会した？　三、四年のあいだで？　一回もない。それのどこが生涯の友よ、聞いて呆れるわ」

アディーンはしゃべり出したときと同じくらい唐突にしゃべり終えて、車のなかには重苦しい静寂が降りてきた。あの件に対してアディーンにそこまで強い想いがあったとは気がつかなかった。本当に驚きだ。

だがもっと驚かされたのは、おれがあのパブ襲撃事件で刑務所入りした五人の面会に一度も行かなかったことを、アディーンが知っていたことだ。

おれの口からアディーンに話したことはない。むしろその逆で、以前アディーンからそのことを訊かれたときは、こう嘘をついたのだ。五人それぞれに少なくとも一度は面会に行った、なかには二度以上行ったこともある、と。嘘をついたのは、本当は行っていなかったがゆえの罪の意識を軽くするためだった。

アディーンと結婚していたあいだはずっと、あの五人のいずれとも連絡を取らなかった。ハリー・フォクスリーに一番最近会ったのも、無罪放免パーティの夜だった。というより、五人のうちのだれかに会ったのはそれっきりだ。

じゃあアディーンは、どうしてそのことを知ってるんだ？

信号が青になって、アディーンは車を発進させた。

「あいつらの面会に行かなかったことは、きみには話さなかった」おれはアディーンのほうを見ずに、ようやくいった。

また長い間があった。

「知ってるわ、あなたが話さなかったのは」アディーンは静かにいった。さっきまでの怒りが消えている。

「どうして知ってるんだ、アディーン？　おれがあいつらの面会に行ってないのをだれから聞いた？」

「ハリー・フォクスリーよ」

「でもきみは、ハリーとは会ったことも――」といいかけたが、いい終わらないうちに自分の愚かさに気づいた。

「ごめんなさい、タイラー。こんな形であなたに知られたくなかった」

別れて二年以上になるが、いまだに痛烈なボディブローを食らったかのようだった。そう聞いて、自分の今日の災難さえも、一瞬、頭から消え去った。おれは当時、アディーンを心から愛していた。だが悲しいことに、おれのそんな気持ちをアディーンは疑っていたのだ。いまだって、アディーンがほかのだれかとつきあっているところを考えるのもつらいほどだ。しかもそれが、よりによっておれのかつての知りあいだとは。

「おれと一緒にいたころから、あいつとつきあってたのか？」

アディーンは首を振った。

「いいえ、そんなこと、夢にも思わなかったわ」

「じゃあ、おれのあとに?」

「ええ。ハリーから突然電話があったの。わたしとあなたが別れたことを聞いたっていって、食事に誘ってくれたわ。何度かデートして、あとはわかるでしょ、成り行きよ」

「ああ、わかるよ。で、あいつは人の妻と寝るだけじゃ飽き足らず、おれが花束とチョコレートを持ってあいつの面会に行かなかったからって、わざわざおれを罵ったわけか」

「そのときはもうわたしはあなたの元妻だったし、いいえ、そんなんじゃなかったわ。彼はあなたのことを罵ったりしなかった」

「ほんとに?」

「ええ」

おれは声を低めて、肝心な質問をした。

「いまもやつと会ってるのか?」

アディーンの口から出てきたのは、意外な答えだった。鼻で軽く笑ったあと、こういったのだ。

「わたしがいってるのはあなたのそういうところよ、タイラー。一生ふらふら暮らしてるだけ。見たくないものは見ないの、ちがう?」

「どういう意味だ?」

「ハリー・フォクスリーは自殺したのよ、二ヶ月前に。バルビツールの過剰摂取で」アディーンは訝るような顔でおれを見た。「生涯の軍隊仲間とかなんとかいってたくせに、そんなことも知らなかったでしょ」

おれは呆然として黙りこんだ。今日はまるで、嫌な驚きが立て続けに襲ってくるかのようだ。なにもかもが思っていたこととちがうし、だれもかれもが思っていたとおりの人間じゃない。他人に関して知りたくもなかったことが、どんどん明らかになってくる。

というわけで、ハリーはもう死んだ。マックスウェルとスパンも殺されたことを考えあわせると、一九九六年のパブ襲撃事件で軍事法廷にかけられ、投獄された五人のうち、まだ生きているのは二人しかいない。

その二人のことを、おれは考えはじめていた。

## 39

そこから先は、家まであまりしゃべらなかった。結局、ほかに話すこともなかったのだ。ありがたいことに渋滞もなくスムーズで、割合早く着いた。アディーンがおれの自宅前で車を停めたのは、一時十五分前だった。

アディーンは何度めかのあくびをこらえて、おれを見た。その目には哀しみがあった。おれは彼女の腕に手を置いて、ぎこちない別れのひとときを少しでも和らげようとした。

「今夜はありがとう。本当に感謝してる」

アディーンは小さくうなずいた。

「あんなこといってごめんなさい。疲れてただけなのよ。長い一日だったから」

「ああ、わかってる。ハリーが死んだこと、どうして話してくれなかったんだい？」

「わたしがあのことを知ってるって、あなたに知られたくなかったから。ハリーとも別れてしばらくたってたし、あなたになにか話したらあれこれ疑われるかもしれないと思ったの。それに、ほかのだれかがあなたに話したかもしれないでしょ」

「いや」おれは疲れた声でいった。「だれも教えてくれなかった。葬式には行ったかい？」

アディーンはうなずいた。

「ささやかな式だったわ」

なぜハリーは自殺なんかしたんだろうと思ったが、これ以上は質問したくなかった。かわりにキスしようと顔を近づけたが、アディーンがさっと顔を背けたため、できずじまいだった。それがさよならをいう潮時らしかった。

いかれたことだらけの一日のあとで、がらんとした真っ暗な自宅に戻ってくるのは、奇妙な感じだった。身体は疲れていても、頭はまだ興奮したように冴えている。今夜はきっとよく眠れないだろう。キッチンには二日前の赤ワインが、瓶に半分残っていた。金属製の栓を抜いてグラスに注ぎながら、その瓶をはじめて開けたときはいまとどれだけちがった人生だっただろうかと思った。もっとも、そのときでさえ嵐は起こっていたのだ。このおれを一気に押し流すほどの激しい嵐が。

もしかするとこうだったのかもしれないと思われることを、ゆっくりとつなぎあわせていく。答えのない大きな疑問はいくつかまだ残っているが、はじめておれは、それらの疑問にだれが答えられるのかが見えてきた。しかし、その人々を見つけて話を聞くことはたやすいことではない。いまここにルーカスがいて力になってくれたら、と思わずにいられなかった。つぎにおれは、アディーンの言葉を思い出していた。〝自分から近づいてきて、つぎには自分から離れていくの〟。あの言葉に反論しておけばよかった。なぜならルーカスとはそんなつきあいじゃなかったからだ。あいつは一番の親友だった。それはだれだろうと否定できないし、時間ができたときにはルーカスのことはちゃんと悼むつもりだ。けれども、いまはまだそのときじゃない。

おれはワインをごくごく飲んだ。スペイン産の軽いリオハで、喉をさっと駆け降りていく。グラスに水を注いで半分ほど飲んでから、居間に戻った。座って、気力体力を充電する必要がある。

そのときふと気づいた。今日はまだ一度もニュースを見てないため、自分のまわりで起こった殺人事件がどんなふうに報道されているか、さっぱりわからない。そこで、ソファに崩れるように腰を降ろすと、テレビをつけた。〈スカイニュース〉はスポーツコーナーをやっていたので、〈スカイプラス〉を使って最新のヘッドラインニュースを録画したものを呼び出した。売春クラブ火災に関する報道の真ん中あたりで再生する。建物が燃えている映像が出てきて、もくもくとあがる濃い煙が画面のほとんどを占めていた。解説者によると、四人が煙を吸って病院に運ばれた、消防士と捜査官は焼け跡に死体がないかどうか現在捜査中、とのことだ。レポーターがつけ加えたところによれば、警察はこの火災と、五十メートルほど離れたところで男の刺殺死体が発見された事件とのあいだにどんな関係があるのか、まだ裏づけが取れていないそうだ。

　つぎのニュースは、コカインを鼻から吸引している姿を撮られたどこかのスーパーモデルの話だった。とてもニュースには思えないが、おれがなにを知っているというのか？　そのスーパーモデルのつぎは、エグレモントという名の算数ができるらしいスパニエル犬のニュースだった。二つの数字の合計の数だけ吠えることで、答えをいい当てるのだ。エグレモントが2足す3を立派にやって見せると、ヘッドラインニュースの終わりを告げる音楽が流れてきて、録画されたニュースが最初に戻った。

　エグレモントの飼い主がどうやって犬に算数ができるとわかったのか考えようとしていたとき、画面にある映像があらわれて、おれは危うく喉のワインで溺れそうになった。

　それは監視カメラで捉えられたクローズアップ映像で、そこに映っていたのはこのおれだった。

　ありがたいことに、鮮明な映像じゃない。走っているおかげで映像が少しぼやけているし、うつむき加減でカメラから目を逸らしているため、顔の一部が見えていない。しかしおれを知っている人間には、それだけ見えれば充分だ。解説者がいうには、今朝の東ロンドンでの銃撃で四人死んでいる事件との関連で、警察はこの映像の男を追跡しているとのことだ。この男は銃を持っていて、きわめて危険人物であり、一般大衆は近づかないほうがいいらしい。おれの写真が画面から消えて、かわりにおれがイアン・フェリーに会った家の昼間の映像になった。立ち入り禁止の黄色いテープが犯行現場を囲っていて、白いつなぎ服を着た鑑識捜査官たちが玄関を出入りし、制服姿の警官たちが外で見張っている。

おれはつぎのニュースを待ったりしなかった。たぶんエディ・コジック邸の殺人事件のニュースだろうが、いまはもうそれは大事なことじゃない。大事なのはここから逃げ出すことだ。ここに残っていればいるほど、捕まる可能性が高くなる。どうやら今日おれを尋問した刑事たちは、この監視カメラ映像をまだ見てないらしい。もし見ていたら、おれを保釈で自由の身にするはずがないからだ。とはいえ、この状態はそう長くは続かないだろう。

ここから逃げる明確な手立てはないし、長期的に逃げまわることもできないだろう。だがおれには二つの大きな利点がある。ひとつ、おれは絶対に諦めない。ふたつ、少なくともいまこの瞬間、おれは自由の身だ。このまま移動し続ければ、おれを捕まえるのはむずかしくなる。

グラスのワインを飲み干して、おれは立ちあがった。ここ十二時間で何度めかになるが、走り出すときだ。

40

逮捕されたときに持っていた携帯電話は、警察でさらに分析するとのことで没収されたため、固定電話を使って地元のタクシー会社に電話した。いつも信頼できる会社で、オペレーターは、五分後に一台まわしますといってくれた。

おれは階段を駆けあがり、着がえと洗面用具を取って一泊用のバッグに放りこんだ。黒の古い革ジャケットを着てカモフラージュ用の帽子をかぶり、武器として大型ナイフとペッパースプレー缶を取る。どちらも招かれざる夜の訪問客が侵入してきたときのために（ロンドンのこの閑静な界隈でも危険がないわけじゃないのだ）ベッド横の引き出しにしまっておいたものだが、両方ともジャケットの内ポケットにしまった。どちらもあまり役に立たないのはわかっているが、なにもないよりはましだからだ。そのころには、家の前に一台の車が停まる音が聞こえた。窓から顔を出し、タクシーだとわかって、心底ほっとした。時間ぴったりだ。

すぐに玄関から飛び出し、タクシーの後部に飛び乗った。運転手におれの車販売店の住所を伝えると、運転手はなにもいわずに車を発進させた。おれは思った。また自宅に帰ってこられる日はいつだろう。というより、そんな日が来るのだろうか。アディーンがくれた助言がよかったかどうかはともかく、警察がおれをさらなる殺人事件と結びつける可能性があるからには、警察におれの無実を確信させるのは一段とむずかしくなるだろう。すべての殺人現場におれがひょこひょこあらわれるという事実だけでも、とうてい単なる偶然とはいえないからだ。

夜のこの時間だと、十分かからずに販売店に到着した。ここも安全じゃないが、長く立ち寄るつもりもない。車が一台必要なだけで、乗ったらまた出て行くのだ。

タクシーを降りて運転手に金を払い、チップとして二ポンド渡して、重い鉄のゲートの錠を開け、なかに入った。ショールームを急いで走り抜け、扱っている安めのモデルのあいだを通りすぎて、オフィスのドアを開ける。

異変はすぐにわかった。警報装置のアラームを解除するよう警告するブザー音が鳴らないのだ。オフィスを出るときはいつもアラームを設定するようにしていて、例外は一切ない。このフランチャイズ店を経営する四年近くのあいだ、アラームを設定し忘れたことは一度もないのだ。忘れるはずがあるだろうか？　このオフィスには店内のすべての車のキーがあって、在庫の総額は百万ポンド──決して頭から離れることはない。

明かりのスイッチを入れて、まわりを見渡す。オフィス内はきちんと整頓されていて、毎朝出社してくるときとほとんど変わらない。なくなっているものはなさそうだし、なにもかもちゃんとした場所にある。机の引き出しはすべて鍵がかかっていて、こじ開けようとした形跡もない。机の下の貴重品金庫にはショールームの全車のキーが入っているが、手をつけた様子もない。しかし、何者かがここに侵入したのだ。それはまちがいない。

強引に押し入った形跡はないので、その何者かは鍵を使ったことになる。ショールームの鍵を持つ人間はこの世に二人しかいない。一人はおれ。もう一人はケントに住む弟のジョン。だがここに来たのはジョンじゃない。ジョンならおれに来るといったはずだ。今日は世界のほとんどがおれの敵にまわったような気分だが、その敵の数のなかにジョンを入れるつもりはない。なにしろジョンは、建築材料を積算する積算士であって、結婚して三人の幼い子どもがいるのだ。

ということは、残るはおれということになる。おれが持っている鍵は二つ。ひとつは自宅の隠し壁のなかに隠してあり、もうひとつは携帯していて、たったいまそれを使ってオフィスを開けたばかりだ。自分が木曜日にここに来なかったという確信はないが、もし来たとしたら、アラームを再設定しただろう。ということは、残る可能性はひとつしかない。おれが薬で意識を失っているあいだに、何者かがおれの鍵を盗んだのだ。その何者かは腕もいい。なぜならまんまと侵入しただけでなく、複雑な（そしてもちろん高価な）アラームシステムを解除したからだ。だが暗証番号がわからないためにアラームを再設定することができず、ただ施錠だけして戻り、おれに鍵を返したのだ。

それにしても、なにを探していたのか？

机上電話のボタンが点滅している。留守電のメッセージが入っていたのだ。おれはそれを再生した。金曜日は十二のメッセージがあったが、すべて店の顧客か、あるいは顧客になりそうな人からで、とくに変わったことはない。木曜日にもメッセージがひとつ入っていて、時間は午後五時三分、中古モデルを手放したい個人の売り手からだった。ということは、おれは早めに退社したにちがいない。たぶんリアに会いに行くためだ。あるいはほかのだれかに。

そのとき、ルーカスのアパートにいたときに書き留めた電話番号を思い出した。ドリエル・グラハム。ＩＴセキュリティコンサルタントであり、だれでも探し出せるハッカーだとルーカスがいっていた男。たしかあのメモは財布のなかにしまった。いまもそこにあるといいが。あった。折りたたんだ紙の端が、財布のポケットから突き出している。おれはそれを引き抜いた。ドリエルには二人の人間を探し出してもらいたかったのだが、ほかにもやってもらいたいことがあった。

机上電話を取って、ダイヤルする。呼び出し音が三回鳴ったあと、ドリエルが出た。ゆっくりと間延びした声だが、息が切れているようで、しゃべるだけでもつらそうだ。

「もしもし」

「マーティン・ルーカーソンから教えてもらったんだが」

「そんな名前の知りあいはいない。番号まちがいだろう」

「あんた、ドリエル・グラハムだろ?」

「すまないが」とはいいながらも、すまなそうな感じはまるでない。「ドリエル・グラハムって知りあいもいないんだ。じゃあな」

「待て、聞いてくれ。すぐに片づく仕事なんだ。時間的には十分程度で、報酬は五百ポンドやる」

間があった。

「ルーカーソンめ、おれの電話番号を渡す相手をもっと慎重に選んでくれなくちゃ」

「二人の人間の住所を知りたいんだ、大至急。すぐにでも」

「寝てるところを起こされるのは好きじゃないんだ」

「だれだってそうさ。けどこれは五百ポンドの価値があるんだぞ」

「五百ポンドはたいした額じゃない」退屈そうな声でドリエルはいった。

「たった十分の仕事で手に入るんだぞ」おれは強い口調で念を押した。

「クレジットカードを持ってるか?」

「ビザなら」

「カード番号、有効期限、カードにあるあんたの名前、裏面にある三桁のセキュリティコードを教えろ、いますぐ」

知らない男に自分のクレジットカードの詳細を教えるのはあまりいい考えじゃないが、いまはそんな心配をしている場合じゃない。おれはいわれたとおり伝え、ドリエルがそれを書き留めるあいだ、辛抱強く待っていた。

「で、あんたが住所を知りたい二人の名前というのは？」

おれは伝え、ドリエルはその情報も書き留めた。

「あんたのカードは、五百ポンドの支払いを承認した。情報が手に入ったらこっちから電話する」

「ほかにもやってもらいたいことがあるんだが」

「なんだ？」

「固定電話の番号を教えたら、ここ二日間の着信履歴を手に入れられるか？　かけてきた人の名前、かけてきた時間が入ったやつだ」

「それには何時間もかかるし、金額も五百ポンドどころじゃすまなくなるぞ」

おれはすばやく考え直した。

「木曜の午後にかかってきた電話番号だけを手に入れるとしたら？　昼の十二時から午後五時四分までとか？」

「番号と時間なら手に入れられるが、名前までは無理だ。その固定電話の番号と、所有者の名前は？」

おれはオフィスの番号を伝えた。遠まわりな推測なのはわかっているが、一昨夜おれが会った人物はこの電話に留守電メッセージを残し、その後それを消去するためにここに押し入ったのではないか。

「十分よりもうちょっと時間が要りそうだな。それと、追加でもう五百ポンドかかるぞ」

おれはそれでいいと伝えた。

ドリエルは電話を切って、おれは待った。遠くでサイレンの音が聞こえて、思わず身体が強ばった。ここにはあまり長居したくない。危険すぎる。しかし、携帯電話がない以上動けなかった。おれは貴重品金庫を開け、ショールームにある古いBMW5シリーズのキーを見つけて、ポケットに入れた。いまでも新しいほうの車を選ぶのは気が進まない。クラッシュさせたら泣くに泣けないからだ。

サイレンがどんどん近づいてきて、いまでは南のほうから別のサイレンも聞こえてきた。ここで待つのはリスクが大きすぎる。ドリエル・グラハムがおれにではなく警察に話したりすると困るので、電話の回線を引きちぎり、オフィスを飛び出して、途中で車のアラームを切りながらBMWのほうへ行った。外のサイレンの音はさらに大きくなって、到着まであと数秒しかない。

おれはBMW5シリーズに飛び乗り、ヘッドライトをつけて、エンジンをスタートさせた。発進するだけのスペースがなかったので、後ろの車にバックでぶつけた。ありがたいことにその車は古めかしい3シリーズで、売り出し価格が二千ポンドもしないものだ。それからステアリングを大きく右に切り、タイヤを軋ませながら、なかば開いていたゲートを、左右の隙間がギリギリ数センチしかない状態で、まっすぐ抜けていった。通りへ出ると、南に向かって最初の角を左に曲がった。ショールームを全開にしたまま出てきてしまったが、じきに警察が来て店の安全を確保してくれるだろう。もし来なかったら……まあいい、率直にいって、それはおれのなかで一番優先順位の低い心配事だ。

北の方角に向かって十五分ほど車を走らせると、いまではすっかり珍しくなった物の前を通りかかった。二十四時間営業のガソリンスタンドの前にある、電話ボックス。そこからドリエル・グラハムに電話をかけた。

今度は一回の呼び出し音で出てくれた。

「おれだ。必要なものは手に入れたか？」

真実が明かされる瞬間だ。

「ああ、手に入れたよ」ドリエルは退屈そうな声で答え、おれに二つの住所を教えてくれた。ひとつはスコットランド東部のファイフ、もうひとつはイングランド南東部のハートフォードシャーだ。ドリエルは二人の電話番号も教えてくれた。

おれは受話器を首に挟んで、その情報を書き留めた。

「固定電話の着信履歴のプリントアウトもあるぞ。どこに送ってほしい？」

「こっちはいま移動中なんだ。たくさんあるか？」

「正午から午後五時四分まで、全部で十三件ある」

留守電で残っていたメッセージは十二件だから、だいたいそんなところだ。おれはドリエルに発信先の番号を読みあげさせた。固定電話と携帯電話がまじっていたが、固定電話の一件はロンドンの外で、すぐに見覚えのある番号だとわかった。

たったいま書き留めた番号だったからだ。ハートフォードシャーの住所の、電話番号。

全身の感覚がなくなるほどの衝撃、などといっていられない状況だが、それくらい大きな衝撃だった。たしかにあの男なら、こんなことをやってのけても不思議じゃないくらい優秀な頭脳を持ちあわせている。ただおれは、心の底ではあの男であってほしくないと願っていた。軍ではなにもかも一緒に乗り越えてやってきたからだ。できれば犯人は、パブ襲撃事件で六年の刑を務め、いまファイフに住んでいるフィジー人のラフォであってほしい、そう思っていた。

ところがまさか自分の恩師、部隊長だとは。

レオ・ライアン少佐だとは。

## 41

土曜日の午前二時半。黒い雲が空を走り、雨が降りはじめている——熱帯地方で降るような、ずっしりした大粒の雨だ。おれが最初に感じた衝撃は、すでにさまざまな感情へと変容していた。最初に来たのは、昔からあれほど慕っていた部隊長が、なぜかおれを嫌いになってこんな仕打ちをしたことへの哀しみだ。と同時に、リアをはじめ多くの人々を死に追いやった男の正体をとうとう突き止めたんじゃないかという強い期待感もあった。おれが探しているすべての答えを、あの男が握っているのだ。

その答えを聞いたあとのことは、まだ考えないようにしている。

通りの両側には、分厚い壁のようにパインの木立が並んでいた。ここはハートフォードシャーとエセックスの州境で、おれが昨日の朝目覚めたところのすぐ近くと思われる田舎だ。横の助手席には、電話ボックスのあったガソリンスタンドで買った道路地図がある。一生とも思える十六時間前、ロンドンへ車で戻ったときに走ったM11高速道のジャンクションを降りて、まだ十五分しかたっていない。

前方にカーブが見えてきて、おれは速度を落とした。芝生の土手に標識が見える。〝私道――進入禁止〟。するとその下に、ニス塗りの板でできた二つめの標識があった。〝オーチャード・コテージ〟。角を曲がってその分岐に入ると、そこは小径で、パイン林の奥深くへと伸びている。その径を二十メートルほど進み、林が切れる手前で車を停めると、ヘッドライトを消した。車から降りて、雨が激しさを増すなか、前方の暗闇に目を凝らす。建物は見えないが、この先にオーチャード・コテージがあるのはわかっている。

木立に寄り添うようにして、その小径を歩きはじめた。ひんやりした湿っぽい空気を吸いながら、頭に落ちてくる雨粒の感触を楽しんだ。パインの木立のなかにいると、昔のように生き生きした自分を感じる。周りの状況はボスニアやコソボを思い出させるし、だれがなんといおうと、おれはそこで兵士仲間の友情を経験したのだ。もともと野外にいるのが大好きで、都会暮らしをしているいま、広大で荘厳な自然を自分がどれほど恋しいと思っているかわかった。だからこそ、狭い監房に押しこまれるのが死ぬほど怖いのだ。歩きながらおれは誓った。こんなことで刑務所入りするものか。なんとしても今夜のうちに決着をつけてやる。

兵士たる者、死の恐怖を制御するすべを身につけなければならない。なかには神を見出すことによってそうする者もいるが、大多数が恐怖を制御する方法は、自分が死ぬはずはないという思いこみだけだ。そう思いこむことは、戦場では案外むずかしいものではない。もちろん何人か死ぬことは考慮に入れるが、それは割合の問題として割り切り、結果、確率的には自分は生き残るだろうと考えるのだ。だが自分一人しかいないとき、その計算は通用しないし、今日はほとんどそんな状況だった。ルーカスが一緒にいてくれた時間もあったが、いまではそのルーカスもいなくなって、またおれ一人だ。しかも持っている武器は、スプレー缶一本と、ペンナイフに毛の生えた程度の刃物だけ。もっとも、すべての兵士がほしがる戦術だけは持っている。奇襲攻撃だ。まさかおれが来るとは思ってもみないだろう。

小径を道なりに右手へ曲がると、木立のあいだからかすかな明かりがちらちら見えてきた。すぐそこだ。手で触れられそうなほどの期待に胸をふくらませて、おれは小径からキイチゴの藪へと足を踏み入れ、林のなかに入った。南西方向に弧を描くようにして、ゆっくり進んでいく。パインの木立は、おれを囲いこんで枝を絡ませ、コテージの明かりがなければ真っ暗なはずの闇のなかへ投げ落とそうとするかのようだった。あたりは死んだように静かだ。あまりに静かすぎて、足の下で枝が折れるときの音が異様に響いた。音を立てずに移動する訓練を受けたことはあるが、その練習をしてからもうずいぶんたつ。

目の前に木立の切れめがあらわれた。そこを出たところで立ちどまり、あたりを見る。正面には草が伸びすぎた裏庭があり、その先は上り坂になって、その向こうの林に続いている。裏庭の左手はやや下がった土地になっていて、そこに格子窓の二階建ての家が建っていた。一階も二階も明かりがついている。

オーチャード・コテージ。

ここへ来たかったのだ。

おれはジャケットのポケットにあるペッパースプレー缶から蓋を取り、バックナイフの鞘のストラップをはずしてから、芝生の上をすばやく移動してコテージに向かった。裏口の前に着くと、期待というよりはむしろ希望から、ドアノブをまわしてみた。すると、意外にも鍵がかかっていないことがわかった。ゆっくりと、静かにドアを開けて、なかに入る。

そこは板石が敷かれた暗い廊下だった。かすかに犬の臭いがした。一方の壁沿いにブーツが並んでいて、その上のフックにいろいろなコートがかかっている。廊下の先のほうからは、大きな床置き時計の振子の音が聞こえてきた。不気味なくらいごくふつうの家だ。

鞘からナイフを出して、さらに家のなかへ進む。階段を通りすぎ、わずかに開いた隙間から細い光が洩れてくるドアのほうへ向かう。その部屋のなかから小さな物音が聞こえてきた。書類をめくるような音だ。

おれはドアの横で立ちどまって、つぎにどうするか考えた。物音の位置からすると、ドアから標的までの距離は少なくとも二メートル、おそらくそれ以上だろう。相手は武装しているかもしれないので、無力化するには敏捷《びんしょう》さが必要だ。しかも少佐は戦闘経験豊富で、腕も立つ。一筋縄ではいかないだろうし、これをしくじれば、おれはもう終わりだ。

ドアノブに手を伸ばす。とそのとき、椅子がカーペットの上を擦って、だれかが立ちあがる音がした。ドアのほうへ歩いてくる。おれは後ずさって暗がりに身を潜めた。男が部屋から出てきた瞬間、背後からヘッドロックをかけて引き寄せた。男が抵抗しはじめたので、その喉にナイフを強く押しつけた。

「よう、少佐」おれはいった。「しばらくぶりだな。いきなり動くなよ。動いたら、あんたを殺さなくちゃならなくなる」

分別のある少佐は、いわれたとおりじっとしていた。顔が見えないため、どんな表情をしているかはわからなかったが、てっきり愕然としていると思っていた。ところが少佐は、喉の奥からくっくっと深い笑い声を洩らした。そのときおれは、その声が今日一日電話でおれを悩ませてきた声であることがわかった。音声変換装置で変換されていた声の主は、少佐だったのだ。

「まさかおまえがここを突き止めるとはな、タイラー」教養を滲ませるしわがれ声で、ライアン少佐はいった。「だが予想しておくべきだったかもしれん。今日一日、おまえはよくやった。思ってたよりも」

おれは少佐の身体を手のひらで叩いて、防水マッキノーコートの下の腰のホルスターに、銃を見つけた。マッキノーコートが濡れているということは、さっきまで外にいたのだ。

「じゃあ具体的にどう思ってたんだ？　教えてくれよ」おれはうながしながら、その銃を取りあげた。真新しいヘックラー&コッホだ。「というより、洗いざらい話してくれないか？」

「たしかに、説明を受けるだけの修羅場をくぐり抜けてきたようだな」少佐は認めた。

「ああ、口じゃいえないほどな」おれはそういって少佐の向きを変え、書斎へ押し戻した。広々した部屋で、マホガニーの家具で昔ながらの内装が施され、壁には本棚がずらりと並んでいる。おれは少佐を小突いて、汚れひとつない大きな机の隣にある革椅子に座らせた。それから少佐に銃を突きつけ、訊くのを一日じゅう心待ちにしていた質問を投げかけた。「なんであんなことをした？」

少佐は椅子のなかでくつろいだ。少佐に会うのは何年ぶりだろう。軍事法廷以来か。軍から追い出されて輝かしい二十年の軍歴がフイになり、少なくとも五年は鉄格子の向こう側で過ごしたわりには、かなり元気そうだ。リンカーングリーンの防水マッキノーコート、ツイードのズボン、バーガンディの革靴《ブローグ》という格好で、田舎の紳士然としている。あばただらけの苦みばしった顔は、濃く日焼けしていた。おれの目を見ながら、自信たっぷりに半笑いを浮かべている。

「おまえは使い捨てがきくからな、タイラー、それが理由だ」

「しかし、おれはあんたになにもしちゃいない」

少佐の表情が一気に険しくなった。

「そうだとも。だがおまえは、おれたちのためになにかをしてくれたこともなかった」

「どういう意味だ?」おれは訊き返したが、その答えはもうわかっているように思えた。

「おまえがあの待ち伏せ爆弾にやられたとき、おれたちはおまえのために経歴を犠牲にしたんだ」

「おれがそうしてくれと頼んだわけじゃない」

「わかってるとも。だがおまえは、感謝の気持ちを見せることもできたはずだ。おれたちはなにもかも失った。だがおまえはちがう。おまえはすぐに元気になって軍に戻り、経歴を続行した。何事もなかったかのようにな。それなのに、おれたちのことを考えたことはあったか?」

「あったさ」おれは抗議した。「さんざん考えたよ、あんたたちみんなのことを」しかし、自分の言葉が空ろに響くのがわかった。

ライアン少佐は首を振った。

「そうは思えん。おまえがやることはいつだって個人プレーだった。本当の意味でのチームプレーじゃなかった。そのくせ一番ふさわしくないおまえが、一番要領よく立ちまわっていた。軍を去ったあとは商売で大儲けし、ハリー・フォクスリーの女を奪って――」

「ばかをいえ。彼女はハリーの女なんかじゃなかった」

少佐は溜め息をついて、その点は引き下がった。

「おまえのどこが気に入らないか知ってるか、タイラー？　なんに対しても代償を払わないところだ。安楽で快適な生活を謳歌しながら、その代償を一切払わなかったんだ。今日の今日まではな。だがようやくおまえは払った。これでおまえも少しはましな人間になっただろう」

「それだけなのか……おれがあんたの思いどおりにやらず、真っ当なやり方で成功したってだけで、おれをこんな目にあわせたのか？」

「思いあがるなよ、タイラー。こんなのは報復でもなんでもない。たまたま今日おまえが必要だっただけだ。おまえの身になにかあってもあとあと心配する人間はだれもいない、それだけの話さ」

おれは深々と息を吸った。自分の耳が信じられなかった。気にかけていた人々が、じつはおれのことをずっと嫌っていたとは。

「最初から話してくれ」おれはいった。「おれが取りに行ったブリーフケースはそれとなんの関係があるんだ？　あのブリーフケースの中身はなんなんだ？」

「あのブリーフケースのなかには、大勢の人間が絶対に公にされたくないものが入ってる。その大勢のなかにはかなり上の人間もいて、それが公にされると、あるおぞましい犯罪で罪に問われる可能性があるからだ」

おれはあの指のことを思い出した。

「それを手に入れた男は何人かを強請《ゆす》っていて、強請られたうちの一人がエディ・コジックだった」

「続けろ」

「それはスタニック大佐のことだろ？」

ライアンの苦みばしった顔に半笑いが浮かんだ。

「そうとも、スタニック大佐だ。おまえには大佐までたどり着いてほしくなかった。こっちとのつながりがばれてしまうとわかってたからな」

「で、あんたとスタニックの関係はなんだったんだ？」

「あいつはおれのビジネスパートナーだった」

「つきあう相手が腐ってる」

少佐はおれをにらみつけた。

「タイラー、ひとつ教えてやろう。刑務所を出たとき、おれにはなにもなかった。女房は去ったし、財産もなければ年金もない。それでも生きていかなくちゃならなかった。スタニックとは昔からいい仕事関係にあったから、またあいつに連絡を取って、やつの事業をイギリスに運ぶ手伝いをした。おれ自身もほかから手伝ってもらった。フォクスリー、マックスウェル、スパンといった顔ぶれだ。おかげでいい仕事ができて、結果的に、失ったものをいくらか取り返した」

「たしかにあんたも、かなり羽振りがよさそうだ」おれはそういって室内を見まわした。安そうなものはなにひとつない。

「これぐらいは手に入れて当然だ」少佐はきっぱりといった。「国に裏切られたんだからな」

少佐は昔から情け容赦ない男だった。それがいまは、前に見たこともない尊大さがある。それとも、時間の経過とともにおれが忘れただけなのだろうか。

「強請った男の正体を知っているといったな。そいつの名は？」

「イアン・フェリー」おれは答えた。

少佐は眉をくいっとあげた。

「聞いたことのある名前だ。部隊にいたんじゃないのか？」

「ああ、いたよ」

「そうか、だからおまえが知ってたわけだな」少佐は考え深げに、ゆっくりとうなずいた。

「フェリーはおれに、あのブリーフケースには恐ろしいもの、おれが決して目にしたくはないものが入ってるといった。あんたが関わってたというのは、いったいどういう事業なんだ？」

「なんという偶然だ」

少佐の半笑いが戻ってきた。

「おれはミスター・スタニックと同じ仕事をしていると思ったんだ――ドラッグや武器、たまに人間の密輸さ。だがじつは、おれたちの事業は別々の方向性に向かってることがわかった。ミスター・スタニックはイギリスでの売春で大儲けして、そこにはおれたちは――このおれたちというのは、軍の元同僚とおれという意味だ――噛んでいなかった。だがミスター・スタニックは、市場の隙間とでもいうものを見つけたんだ」

「どういう意味だ？」

「買春客の何人かが、わりと気色悪い趣味を持っていた。ただ女たちとセックスをするだけじゃ飽き足らなかったんだ。なかには女を殴ったり拷問したりするのが好きなやつもいた。何人かは、女たちを殺しさえした」

「冗談だろ」

「タイラー、おまえは兵士だった。人間がどこまでやれるか見たよな。それもときにはただの娯楽目的で。おれは冗談なんかいってない」

その点に関してはあまり反論できなそうなので、おれは話を続けるようにうながした。

「スタニックの事業にこんな側面があるなんて、おれはまるっきり知らなかった」少佐はいった。「知ってたら、きっと良しとしなかっただろう。だが良しとしたやつがほかにいた。強請ってきたおれたちの古い仲間、フェリーさ。どうやって事情を嗅ぎつけたかわからないが、とにかくやつは嗅ぎつけたんだ。しかも、なにが行われているか、もっと重要なのはだれが関っているか、その証拠まで手に入れた。おれがわかっただけでも、やつは数人の顧客を強請っていた。そしてその客たちが、暴露されることを恐れてスタニックに連絡した。スタニックは自分一人で問題を解決しようとした。想像がつくだろうが、自分がやっていることをほかのだれかに知られるのが嫌だったんだ。スタニックは、ブリーフケースに入れられた証拠と引き換えに金を渡すため、フェリーと落ちあうことにし、そこでフェリーを始末させようとした。だがそれが失敗してしまうと、フェリーは要求額を引きあげはじめて、ようやくスタニックはおれの専門的意見を求めてきた、というわけだ。

おれたちは考えた。つぎに取引をするときにまたスタニックの部下があらわれたら、フェリーは絶対に信用しないだろう。だから新しいだれかを引き入れる必要がある。おれたちの罠にかかる騙されやすいだれか、金を持ち逃げせずにこっちの指示に従うと信用できるだれか。すべての危険を背負うことはできるが、自分を送った者たちを公然と責めることができないだれか。機転が働いて勇敢で、どんな困難も切り抜けられるだれか。そしてもちろん、使い捨てできるだれか」少佐は話しながら、おれの目をまっすぐ見つめた。「それがおまえだった、タイラー。おまえだったんだよ」

おれは顔を蹴られたような気分だった。

「だからリアを殺害したのか？　おれを指示どおりに従わせるためだけに？」

「残念ではあったが」少佐は鋭くいい放った。「おれたちには必要に思えた。彼女は付帯的損害《コラテラル・ダメージ》だった」

おれはリアのことを思った。三週間という短い期間ではあったが、本気で愛していた。それからライアン少佐の、冷淡で容赦のない表現を思った。コラテラル・ダメージ。少佐にとってリアはなんの価値もない存在だったのだ。そこまで歪んだ人生観を持つ人間に、どうしてなってしまったのか？　自分のなかに激しい怒りが膨れあがるのがわかった。この野郎を八つ裂きにしてやりたい。壁に頭を叩きつけて、リアとルーカスが受けた苦痛を少しでも味わわせてやりたい。だがおれは、なんとか平静を保った。まだ答えてもらわなければならないことがある。その答えを手に入れたときが、復讐を果たすときだ。今回のことで、少佐には死んでもらう。

そのために血も涙もない人間にならなければならないとしても。

おれとリアの交際関係も仕組まれたものだったのかどうか、リアもおれの敵のために働いていたのかどうか質問することを考えたが、どうしても答えを聞く気になれなかった。記憶はそのままそっとしておくほうがいい。

「じゃあ教えてくれ」おれはまだ、すべての謎のピースをつなぎあわせようとしていた。「スタニック大佐があんたのビジネスパートナーだったのなら、なぜ大佐を殺した?」

「ブリーフケースの中身をどうするかで、意見が大きく分かれたからだ。大佐のほうはもちろん処分したがった。それがあると、自分も〝特別な〟お客さんたちも有罪になってしまうからな。だがおれは処分したくなかった。公にしたかったんだ」

「なぜだ?」おれは顔をしかめた。

「なぜだと思う? このお客さんたちは、この国のお偉いさんたちなんだ。あのブリーフケースに入っていたのは、判事たちの名前や、政治家たちの名前だ。自分たちが足もとにも及ばない善良な人間たちの、経歴をぶち壊しにした連中さ。おれは二十年以上も、やつらにどこの戦地へ送られようと、この国のために戦ってきた。与えられたどんな命令にも従ってきた。だがたった一度、たった一度やつらに助けを求めたときに、やつらは爆弾犯たちや凶悪犯たちを軟化させるため、逆におれやおれの部下たちを見せしめに罰した。しかも経歴をぶち壊しただけでは飽き足らず、おれたちの鼻を泥に擦りつけさせるような屈辱を与えた。メディアの前で法廷にかけ、ふつうの犯罪者のように刑務所に放りこんだんだ」そのときの苦々しさが波のように押し寄せてくるのか、少佐は暗い顔つきになった。「部下たちのなかには、それを乗り越えられない者もいた。たとえばフォクスリーがそうだ。あいつは出所後おれと一緒に仕事していたが、上の連中の裏切りを結局は乗り越えることができなかった。自殺したんだ」

「ああ、知ってる」

「知っているのか？　そいつは意外だな。おまえは葬式に来てないし、カードだって送って寄こさなかったのに」

「それはすまないと思ってる」おれは静かにいった。「できるものならそうしたかったんだが」

「とにかく、おまえは愚か者だ、タイラー」少佐は疲れたような口ぶりでいった。「仲間を見捨てたから、いまその代償を払っているんだ」

「そんなことが、おれをこんな目にあわせる理由になるものか。あんたはそれを言い訳にしてるだけだ。おれを使うほうが便利だと思えば、どのみちおれを利用してたんだろう」

少佐は勢いよく首を振った。

「いや、それはちがう。おれは昔から、おれに誠実な者には誠実なんだ」

そしてなにより悲劇的なのは、少佐が本気でそういっているのがおれにもわかることだ。少佐は自分が倫理の高みから行動しているのだと、本心から思いこんでいる。おれは怒りと哀れみの入り混じった目で少佐を見た。あれほど尊敬していた部隊長と、いま目の前に座っている無慈悲な勘ちがい野郎を、同じものとして思えなかった。

「少佐、過去にあんたがどんな仕打ちを受けたにしても、今回あんたがやったことを正当化することにはならない。あんたは人でなしだ」

「おれは人でなしなんかじゃない」少佐は歯をむき出しにして唸り、椅子から立ちあがりかけた。

「そのまま座ってるんだ、さもないと膝の皿を吹き飛ばすぞ」

少佐はもとどおり椅子に座った。苦々しげで、卑劣そうな顔をしている。

「おれを人でなし呼ばわりするな。人でなしというのはな、スタニックの変態客たちのことをいうんだ。おれはあいつらを利用して、一人残らず引きずり下ろしてやるんだ、この国の偽善者どもをな」少佐は最後の言葉を吐き捨てて、自分の顎に唾を飛ばした。「あいつらの秩序を混乱に陥れてやる」少佐の目が狂信的な光で生き生きと輝き、おれは吸いこまれるような恐怖を覚えた。「政府をひざまずかせ、臆病で無能なやつらを一人残らず歴史のゴミ箱に葬り去ってやる」

少佐は間を置いて、少し落ち着いた。

「ところがスタニックは、金を稼ぐことにしか興味がなかった。ブリーフケースの中身を公表することに賛成しようとしなかったから、死んでもらうしかなかったのさ。おれの当初の計画は、ブリーフケースを開けるための暗証番号をフェリーから聞き出して、警察に匿名の通報をすることだった。そうすればおまえがスタニックの部下にブリーフケースを届けるとき、警察は横から奪うことができるし、おれはおれでスタニックを始末することができる。万事めでたしだ。だが暗証番号が手に入らなかったため、おれにはそれができなかった」

「つまり、おれとの約束は最初から守るつもりなんかなかったわけだ。おれはスタニックの部下たちと一緒に逮捕されることになってたのか？」

「おまえを野放しにする危険を冒すことはできなかった。おまえは昔から機転がきくから、放っておいたらいろいろと嗅ぎつけるだろう。いまみたいに」少佐はおれを賞賛の目で見た。

「さすがだな」

「おれもあんたにそういえたらどんなにいいか。さあ、教えてもらおう、ブリーフケースはどこにある?」

「この近くだ」少佐は答えた。

「どうしてまだ警察に差し出さないんだ?」

「あのブリーフケースには爆弾が仕掛けられていて、警察はあの爆弾の信管をはずすよりはむしろ、爆発させて破壊するほうを選ぶんじゃないかと思ってたからだ。しかし、もう開けた。だから中身が匿名で警察に届くようにするつもりだ」

「どうやって開けた?」

「爆弾についてはまんざら知らないわけでもない。自分で信管をはずしたよ。簡単じゃなかったが――フェリーは爆弾作りがうまかった――おれはやると決めたらやる男だ」

「奇遇だな、じつはおれもそうなんだ」おれは抑揚のない声でいった。「しかも今日ははるばるこんなところまで来たんだ。そろそろおれをブリーフケースのところへ案内してくれてもいいだろう」

「それはどうかな」少佐はそういって、おれの視線を見つめ返した。

冷たくも激しい怒りが、おれのなかに込みあげてきた。

「少佐、おれはあんたを尊敬していたが、それは昔の話だ。もうそんな気持ちにはなれない。自分でどう思ってるか知らないが、あんたは血も涙もないただのクズだ。おれの大切な人を、あんたは二人も殺したんだ。さあ、いうとおりにしないとその両膝に弾をぶちこんで、ブリーフケースがあるところまで這って案内させるぞ」

「おまえがおれを撃つとは思えんな」少佐はそういったが、自信ありげな口ぶりのわりには、顔に緊張の皺を寄せている。

銃を構えたまま、おれはいった。

「五つ数えよう。それでいうとおりにしなかったら、撃つ」

少佐の両手が椅子の横を握りしめた。

「おれを倒せると思うのか？」

「ほかのやつらはみんな倒してきたよ」

すると少佐は凄みをきかせて微笑み、緊張の皺も消えた。

「たしかにそうだな。いいだろう。見せてやろう」

少佐は立ちあがり、おれは横にどいた。

「先に行け。裏をかこうなんて気は起こすなよ」

「そんな小手先の業《わざ》はおれにには必要ない」少佐はそういって、机の横にかがみこんだ。

片手がふたたび見えてきたとき、その手は赤茶色のブリーフケースを持っていた。すぐにおれは気づいた。爆弾が作動中であることを示す鍵の横の赤いライトが点滅していない。ということは、少佐は信管をはずしたのだ。

おれは神経がざわつくような期待感を覚えた。

「開けろ」

少佐はおれを見た。その表情にはからかうようななにかがあった。

「ほんとに見たいのか？」

「ああ」

少佐はカチャッと鍵を開けた。

自分の心臓が鼓動を打ち鳴らす音が聞こえた。

すると少佐は、これ見よがしにブリーフケースを開けて、横にどいた。立っていたおれの目に飛びこんできたのは、いまだに理解しがたいものだった。

ブリーフケースのなかから転がり出てきたのは、食品包装用ラップにしっかりとくるまれた、人間の断片だった。片手が見える。五本の指がまだついた片足もある。皮膚がきれいについた人間の顔もちらりと見えたような気がしたが、はっきりとはわからない。わかりたくもない。骨もあった。年齢が進むにつれて色褪せ、黄色味がかった骨。大腿骨、肋骨……そしてその下から、数枚の写真が突き出ている。そのうちの一枚の、ごく一部しかおれには見えなかった。若い女の写真で、思わず息を呑んだ。写真のなかの顔が、アラナが見せてくれた写真の顔、アラナが妹のペトラだといっていた女の顔と同じことがわかったのだ。

そして写真から少佐に目を移したとき、少佐の目になにかが光った。すぐにそれが、勝利を確信する邪悪なぎらつきだとわかった。まるでたったいまおれに、〝世界はおまえのちっぽけな想像力など及ばないくらい、はるかに邪悪で堕落したところなんだ、おれよりはるかにスケールの大きい人でなしどもがそこにはいるんだ〟と証明したかのようだ。

おれは言葉を失った。眩暈を感じて一歩後ろに下がり、重い視線を、ブリーフケースとそのおぞましい中身に戻す。

そのときだった。背後に物音がした瞬間、首筋にひんやりした剃刀の感触を感じたのは。

## 42

おれは首のまわりをつかまれ、肉に刃を押し当てられたまま、廊下の暗闇へと後ろ向きに引きずられていった。姿を見ることはできないが、女だということはわかる。香水の臭いがしたからだ。ということは、アラナがバンパイアだという推理は当たっていたらしい。だからといって、少しも満足感はないが。

少佐はブリーフケースを閉め、書斎の真ん中に立って、おれのほうを見た。意外にもその表情は、同情のそれだった。

「すまんが、こうでなくちゃならないんだ、タイラー。さあ、銃を捨てろ」

少佐はまだおれの銃の射線上にいて、おれは銃口を少佐に向けていた。おぞましいものを見た衝撃から立ち直って、生存本能が息を吹き返したのだ。少佐のいうとおりにすれば、おれは死んだも同然だ。

「捨てるもんか」

「喉を掻き切られるぞ、タイラー。切るはずがないなどと高《たか》をくくるなよ」

「切られるのはわかってるさ。だがおれは、最期の最期にこの引き金を引いて死ぬ。少佐、あんたを道連れにしてな」

するとと背後の女はおれを廊下の奥へ引っぱって、少佐の姿が見えなくなるようにしようとした。その力の強さに驚いたが、おれは抵抗した。もっとも、剃刀はますます首に食いこんだ。その刃がいつ皮膚を切り裂いてもおかしくなかった。こんな死に方はしたくない。昨日は彼女の手にかかった犠牲者をたくさん見すぎた。だがしかし、少佐の姿を見失うつもりはない。引き金にかかった指に力がこもる。

「彼女にやめろといえ」おれは引き絞った声でいった。刃の下で喉ぼとけが上下するのがわかった。「でないと、撃つぞ」

少佐はうなずきで合図し、女は首をつかむ手を少し緩めた。

「どうやらアレのようだな――なんといったか――そう、メキシカン・スタンドオフだ」少佐は落ち着き払った口ぶりでいった。「で、これからどうする？」

「おれを解放しろ。おれはここから出て行く。おれたち二人が望んでることは同じだ。お偉いクソどもが邪《よこしま》な凶悪犯罪の報いを受けずにのうのうとしてるなんて、おれには我慢ならない」

少佐は首を横に振った。

「しかしおまえは、ただここから出て行くだけじゃないんだろ？　いずれおれに復讐しに来るはずだ。お見通しだよ、タイラー」

少佐はおれの肩越しに目をやり、アラナと無言のやりとりを交わした。一か八かで喉を切れといっているのだ。おれの命はもはや風前の灯だった。だがこのままでは死んでも死にきれない。リアとルーカスの復讐を果たさないままでは。

「待て」おれは声を引き絞った。「あんたが知っておいたほうがいいことがあるんだ」

少佐は顔をしかめた。

「なんだ、それは？」

と、その瞬間、一気に流れるような動きで、おれは自由なほうの手で女の手首をさっとつかみ、喉もとから剃刀を引き離していた。頭を後ろに振って、後頭部を顔面に叩きつける。悲鳴が聞こえてアラナはよろめいたが、おれが横へ逃げるよりも早く少佐が飛びかかってきて、銃身につかみかかった。おれは反射的に引き金を引き、少佐とおれのあいだで銃が鞭のように跳ねあがった。少佐が飛びかかってきた勢いでおれは後ろに飛ばされたが、剃刀の刃が届かないように横へ逃げた。おれたちはカーペットの上に、少佐を上にして倒れた。少佐は苦痛で顔をしかめ、目を硬く閉ざして、寝返りを打つようにしておれから離れた。おれが撃った腹部をつかみながら。

銃創。人間がもっとも痛みを感じる傷のひとつで、死ぬまで何時間もかかることがある。少佐は胎児のように丸まって、身体を揺らしていた。

しばらく少佐は動けないので、アラナのほうに顔を向けた。しかし、姿がどこにもない。廊下はがらんとして、聞こえるのは少佐の苦しげな呼吸音と、大きな床置き時計の絶え間ない振子の音だけだ。

おれは薄暗いなかに横たわったまま、目の前に銃を突き出していた。アラナはいったいどこへ行ったんだ？

右側の先にあるドアが開いている。あそこにちがいない。そこより先へ行くだけの時間はなかったはずだ。なかに入るのは避けたかった。彼女は腕がいい。よすぎる。しかし、ほかに選択肢はない。

ゆっくりと立ちあがる。目が暗がりに慣れてきた。書斎から廊下へ出てくるほの暗い明かりのなかで、少佐とだれかが写った大きな写真が、壁にかかっているのが見える。こんな状況のさなかでも、少佐の隣で肩から上が写っている人物には、思わず目が行ってしまった。

「そんなばかな」おれのつぶやきが、廊下に空ろに響いた。

写真のなかから微笑み返している人物は、少佐の娘としか思えない若い女だった。

しかもそれはアラナではない。リア・トーネスだ。

43

まるで生霊《いきりょう》のように、ドアからリアが出てきた。黒い服を着て、おれの後ろ頭突きを食らった鼻から、溶けたタールのような血を流している。もうあのスーパーマーケットで出会った、あの笑顔と、あのボタンのような鼻をしたかわいらしい若い女ではなく、石のような目をした青白い顔の殺人鬼だ。

おれはまだ衝撃でくらくらしていた。ということは、おれが見たビデオはまったくの偽物だったのだ。ようやくジグソーパズルの最後のピースがはまってきた。木曜日の夜、おれはリアと会ったにちがいない。リアはおれを罠にはめるため、この家から電話で誘ったのだ。だがそのとき、父親の固定電話からかけるという危険を冒してしまった。翌朝おれが目覚めたときに隣にいたのがどこの哀れな東欧の性奴隷だったか知らないが、その女の頭部がなかった理由は単純なことだ。愛する女が死んだと思わせながらおれを墓場へ行かせるためだ。

そしてその愛する女が、いまここにいる。自分の目がまだ信じられずにその女に見入っていると、リアの右腕が、鎌首をもたげる蛇のようにすっとあがった。目で追えないくらい、流れるような速い動きだ。今度はその手にあったのは剃刀ではなく、サイレンサー付きの銃だった。撃たれるとわかったが、おれは銃を向けられても、リアの恐ろしい裏切りにあまりに強い衝撃を受けていたため、身体が反応できなかった。つい一昨日まで、おれはこの女を愛していたのだ。一緒に未来を築いていきたいと、心から思っていたのだ。なのにずっとおれを、ずっとおれを……その嘘が、なかなか受け入れられなかった。

しかし、ためらったのがまちがいだった。なぜならリア・トーネスの目には慈悲の色が皆無だったからだ。閃光がひらめき、サイレンサーからシュッと音がした。とたんに体側《たいそく》を殴られたような衝撃があって、身体が横に翻った。倒れている少佐につまずき、壁にぶつかって、床に崩れ落ちながら銃を落とした。撃たれたのは肩だった。

いままで感じたことがないような痛みだった。まるで傷口にだれかが石油を注ぎこんで火をつけたかのようだ。おれは歯噛みをして、目を閉じた。おれの負けだ。あと少しというところまで来ながら、最後には負けてしまった。

目を開けると、少佐の横にリアがかがみこんでいた。

「だいじょうぶよ」リアの囁き声が聞こえた。やさしさのこもった声に戻っていて、リアがよくおれに話しかけてくれたときの声を思い出した。「助けを呼んでくるから」

そういうと立ちあがって、サイレンサーをおれの顔に向けた。銃口まで一メートルあるかないかだ。

口が乾いていた。痛みが波のように繰り返し襲ってくる。修羅場という修羅場をくぐり抜けてきたせいで、もう運命を恐れるエネルギーすら残ってない。リアが引き金を引けば、すべてが終わる。ルーカスやフェリー、スノーウィ、昔の多くの仲間たちのところへ行くのだ。

「父はいつもいってた。あなたはいい兵士だって。だからあなたには、いまここで死んでもらうわ」

「なぜだ?」おれはかすれ声で訊いた。殺される理由を訊いているわけではない。不思議なことに、そこはどうでもいいように思えた。おれが知りたかったのは、なぜおれと愛しあうふりをしたのかだ。なぜおれに身体を許したのか? おれがなにかしたわけでもないのに、なぜこんなひどい仕打ちをしたのか? だがリアは答えなかった。たぶん答えられないからだろう。これでもう最期だ。

おれは歯を食いしばり、身体を緊張させて、その一撃が来るのを待った。目は閉じないことにした。この最期の数秒間、リアにおれの目を見つめさせると同時に、リアの目にひとかけらでも人間らしさがあることを願って必死に探すのだ。リアが心の奥底で、自分のすべきことにかすかな後悔を感じていることを示すものを……しかし、そんなものはなかった。

なにもなかった。

そのとき、玄関ドアが叩き壊されてカーペットの上にバタンと倒れる音がしたかと思うと、稲光のような目も眩む白い閃光が廊下を満たした。リアは目を瞠り、その閃光弾に眩んでよろめいたが、踏んばり直して、ドアのほうを見つめた。

怒号がそれに続いて、はじめておれは安堵で満たされた。

「警察だ！　武器を捨てろ！」

「武器を捨てろ！　いますぐ捨てるんだ！」

サイレンサーは、まだおれの顔に向けられている。リアは引き金を引くつもりだろうか？最後の凶悪な抵抗の印として？

だがちがった。リアはすばやく銃を、おれからドアのほうに向けた。降伏という考えは、父親と同じく、娘にもなかったのだ。

だが今度はとうとう、リアの命運も尽きた。自動小銃の怒れる砲火が静寂を二度切り裂いて、リアは吹き飛んだ。あっけなく、一瞬にして、この世から消え去った。

だれもが立ちどまって呼吸を整え、静寂の長い一瞬が戻ってくると、怒号と活動が一気に再開して、人々が廊下になだれこんできた。

おれにかがみこんで、顔を近づけてきた男がいた。

「もうだいじょうぶだからな」男はそういったが、あまりの激痛で、おれにはその言葉が信じられなかった。男は横に移動して、応急手当を要請した。「この男も撃たれてる」そう叫んでいる。「肩だ」

おれにはもうどうでもよかった。気を失いかけていたし、無意識は諸手をあげて大歓迎だ。もちろん手を動かせればの話だが、実際にはおれの全身は、鉛のように重かった。視野のなかを人々が動きまわっていたが、雨に濡れた水彩絵具のように全体が滲んで見える。そのなかに一人だけ、目立つ人物がいた。長いブロンドの髪の女。薄目で焦点をあわせようとする。それが彼女なのかどうか確かめたい。だが判別はむずかしかった。おれに背中を向けているからだ。それにもう遅すぎた。意識が遠のいている。遠のいて……

なくなった。

一週間後

# 44

　マイク・ボルト警部補がまたおれに会いに来た。もう友だちになったというつもりはないが、ボルトが来るのはこれで三回めで、ボルトと会うことにおれは慣れはじめている。はじめて来たとき、ボルトは相棒のモー・カーン巡査部長を引き連れて、こっちの様子を気遣いながら事情聴取した。どうやら医者たちがおれのことを、事情聴取できるくらいには回復しているといったらしい。それが四日前だ。ボルトからは弁護士を呼んでほしいかと訊かれたが、おれはアディーンに連絡しなかったら殺されるだろうなと思いながらも、弁護士が必要だとはどうしても思えなかった。いまさら真実を隠したってはじまらないからだ。自分を守ろうとしていままでのように嘘をついても裏目に出るだけだし、もう下手な芝居を続けるだけの気力もない。もうすべてを明らかにして、法と秩序に身を委ねる潮時だった。実際、おれはそうした。ボルトたちに知っていることを洗いざらい、包み隠さず話した。そしてどう受け取られるかわからなかったが、はじめてボルトたちに出会ったときに嘘をついたことを謝った。もちろん、おれが四人の人間を殺した件に関しては、真実は最小限にとどめざるを得なかった。正当防衛にしろそうでないにしろ、ああいうことを認めてしまうのは、おれにとって終わりを意味することになるからだ。

おれに分別があったのがよかったとボルトはいったし、ボルト自身も分別を持ちあわせているようだったが、おれはこうもいわれた。きみは殺人容疑で逮捕されている状態だから、この病院から出ることはできない。

これはべつに耳新しいことでもなんでもない。手術室を出てからずっと、おれは個室に入れられて、ほかの患者たちから隔離され、ドアの外には警備の警察官がいた。たとえ逃げたいと思っても、管やコードにつながれていることを考えれば高が知れている。それに正直、逃げようなんて気はこれっぽっちも起こったことがない。なにしろ一生忘れられないほどの戦いと興奮を味わったのだから。

ボルトは二度めには一人で来た。ワインガムとぶどうが入った箱を持ってきてくれて、おれはそれを好意的な意思表示と受け取った。ボルトはいくつかの点を明確にしたがった。おれはボルトが必要とする情報を与えたあと、こっちの質問をいくつかさせてもらった。おれはリア——のちに本名アリスと判明——がどうなったのか知りたかった。するとボルトは、彼女は父親の家で銃弾を受け、意識が戻らないまま死んだ、と教えてくれた。それを聞いてまだ哀しみを引きずる自分がいたが、同時に、奇妙で暗い人生の一章が終わりを告げて、ようやく過去として決別できるような気がした。

少佐のことも訊いた。するとボルトは、少佐も銃弾を受けてまだ病院にいるが、完全に回復するだろう、といった。まだ捜査中だからという理由でそれ以上は教えてもらえなかったし、おれも訊かなかった。かわりに二人でしばらく世間話をした——サッカーのこととか、いろいろだ。ボルトが戦友のような雰囲気を作ろうとしておれに話しかけてくるのはわかっていたが、正直、ボルトが来てくれるのがありがたかった。立場上、見舞いに来てくれる人の数はかなり限られていて、おれの回復ぶりを見るための行列ができたりすることはない。弟が一度やってきて、母も見舞いに来たし、いちおうアディーンも来てくれたが、せいぜいその程度だ。おれは思わずにいられなかった。もしルーカスがまだ生きていたら、毎日少なくとも一時間は来てくれて、病室を明るくしてくれただろう。そういう男だからだ。ここ数年、あまりルーカスとは会っていなかった。三ヶ月に一度くらいの割合で、食事をして一杯飲む程度だった。ルーカスがああなる前にもっと一緒の時間を過ごしておけばよかったと、これからずっと後悔するだろう。

兵士の人生において、戦友の死は悲しいことだが、避けて通ることはできない。だから、悲しむだけ悲しんだら前に進め、と教えられる。それでも先週金曜の朝、ホワイトチャペルに、おれの親友二人が働く羽振りのいい私立探偵事務所があったことを、受け入れるのはむずかしかった。あの金曜日、おれはあの二人に会いに行ったが、いまはもう探偵仕事は行われていないし、あの二人ももういないのだ。つらい試練だが、耐えていかなければならない。

もしかすると、もしかするとだが、南アーマーでおれやほかの兵士たちがあの日待ち伏せ爆弾で襲撃されたことに対して報復行動を取ったために軍から放り出された連中に、おれがもっと時間を割いてやっていたら、こんなことは起こらなかったのかもしれない。しかし、ボルトが二日前に見舞いに来たときに指摘したように、彼らが報復行動という形で勝手に制裁を加えたりしなかったら、やっぱりこういうことは起こらなかっただろう。あるいは、もっとさかのぼることだってできる。もしIRAがあの爆弾を仕掛けなかったら。もしイギリスが一九六九年に介入しなかったら。もしオリバー・クロムウェルが人のいい男だったら……要するに、起こることは起こるのであって、もしということはないのだ。

とにかく、今日もボルトは来てくれた。今度はワインガムもぶどうも持ってきてないが、けっこううれしそうで、なにかいい知らせがあるのだろう。ボルトがベッドの隣の椅子に座ったとき、その推測が当たったことがすぐにわかった。

「きみの病室から護衛の警察官をはずすことにする」ボルトはそういった。「だから公式には、きみはもう勾留状態にはない」

それはもう自由の身になったということか、とボルトに訊いた。

「形式上は、きみにはまだ殺人容疑がかかっている。だから当面は条件付保釈のままだな。状況が変わるまで、きみのパスポートはこっちで預かる。だが、ああそうだとも、おれがすることはもうない。きみは自由だ」

「ありがたい。病院にいると気分がよかったためしがなくてね」

ボルトは微笑んだ。笑うと頰の傷がよけいに目立つが、微笑みの似合う顔立ちだ。

「おれもだ。前に六週間入院していたことがある」

「ほんとか？　どうして？」

「自動車事故だよ」

「じゃあその事故のせいで……？」おれは自分の顔を指で突ついて見せた。

ボルトはうなずいた。

「かなりひどい事故だったんだろうな」

「ああ」ボルトはこほんと咳払いした。「ほかにも知らせてやれることがある。おれたちは東欧売春婦三人のレイプ殺人事件で、関係者数人を逮捕した。そのなかには下院議員一人と、刑務所長一人もいる」

「なんてことだ」おれは首を振った。「この世の中で最悪なやつら何人かに出会ったと思ったが、まだ半分も知らなかったとは」

「世間には悪いやつらが山ほどいる」ボルトはいった。「お偉いさんたちのなかにもな。だがおれたちは、かならずそいつらを追いつめる」

おれは腐りかけた人肉の包みと、アラナが見せてくれた写真のことを思い出した。

「あのイアン・フェリーが集めた証拠、ブリーフケースの中身が、そいつらの逮捕の決め手となったのか？」

ボルトはうなずいた。

「フェリーはどうやってあんなものを手に入れたんだ？」

「フェリーはすでに、もっと前の性的虐待スキャンダルで著名なビジネスマンを脅迫していたんだろう。このビジネスマンは、おれたちがいま捜査している事件にも関与していたんだ。これは推測だが、フェリーがこのビジネスマンを観察していて今回のことを嗅ぎつけたと、おれたちは思っている。フェリーは詳細な資料を作っていて、そのなかには死体を遺棄した場所の情報も入っていた。だから死体の一部を回収するくらい、なんてことはなかったんだ」

「そういう死体の一部が、脅迫者にとってなんの役に立つんだ？」おれは訊いた。

「そうだな」ボルトは溜め息をついた。「一番大事なのは、死体の一部には、殺した犯人もしくは犯人たちに結びつくDNAなどの物証があることだ。もっとも、被害者の身元を特定するためにも有効だがな。それによって犯罪全体がどんな仕組みだったのか、だれが関わっていたかの絵図を浮かびあがらせる助けとなるんだ」

おれはベッドのなかで楽な姿勢になろうとした。肩がまだひどく痛い。

「で、これからどうなるんだ?」おれは訊いた。

「逮捕された男たちはいま事情聴取を受けている。まだ起訴には至ってないが、もし関与が明らかとなって、有罪確実な証拠が揃えば、殺人罪で起訴されるだろう」

「つまり、まだ未定ってことか?」

ボルトは座ったまま身を乗り出し、静かに話した。

「オフレコだが、証拠はかなり堅い。おれがいえるのはここまでだ」

「で、少佐はどうなるんだ? 少佐はこれからどうなるのか教えてくれ」

ボルトは椅子の背もたれに寄りかかった。

「少佐はまだ病院で勾留されている。逮捕されてからずっと、だれにも一言もしゃべってないが、その黙秘が裏目に出た。いまは数々の犯罪で起訴されている。殺人も含めてな。だからすぐにはここを出られないだろう」

ボルトたちは、起訴するための証拠をどこで手に入れたのだろう。おれが知るかぎりでは、どの殺害現場にも少佐の関与を示唆するものはなかった。少佐のビジネスパートナーも死んだいま、おれ以外に少佐を指弾できる人間は一人もいない。しかもおれができるのは証言だけだ。

おれはこの件にアラナが関わっていたことを思い出し、彼女のことを訊いてみたが、空振りに終わった。ボルトはアラナのことを知らないらしい——いやむしろ、ボルトはなにもいうつもりがないのだ。つまりアラナは、いままでと同じように謎のまま、ということか。

謎はもうひとつある。

「ライアン少佐は、本当に自分の娘を雇われ殺し屋として使ってたのか？　イアン・フェリーは、彼女のニックネームはバンパイアだといってたが」

「そのあたりの詳細は永遠にわからないだろう」ボルトはいった。「困ったことに、未解決の殺人事件は謎めいた雇われ殺し屋のせいにされることが多くてな。ヨーロッパの警察業界にはバンパイアと呼ばれる殺し屋の噂がしばらくあったが、そのほとんどはパリで起こった三重殺人から来ているものだ。きみの元戦友のマックスウェルとスパンが殺害された事件だよ。そのときの殺し屋がだれにも姿を見られることなく効率よく現場に出入りしていることから、いまはあちこちの迷宮入り殺人事件が都合よくバンパイアのせいにされている。だが迷宮入りするのは、なによりも警察の怠慢が関係しているといってもいいんだ。パリの三重殺人を実行した犯人がアリス・ライアンである可能性はたしかにあるが、それを証明する物証はない。ただおれたちは、あのパリの三重殺人事件当時、マックスウェルとスパンがドラッグと銃の密輸容疑でインターポールの捜査対象だったということはわかっている。そして確認できた情報をつなぎあわせると、二人ともライアン少佐との取引をさんざん揉めたすえに断ち切って、一緒に死んだ三人めの男との取引をはじめたそうだ。だから少佐には、二人を始末する動機があるかもしれない」

おれはベッドに身体を横たえて、首を振った。多くのことを知っていると思いながら人生を生きてきたが、じつはなにも知らなかったのだ。この数週間はおれにとって、啓示のようなものだった。それもほぼ悪い意味で。

ボルトは立ちあがった。

「きみはついてるな、タイラー。凶悪きわまりない連中に立ち向かいながら、まだ生きている」

それほどついているとはおれ自身思えなかったが、まだこの世にいるのは確かだ。いくつかまた傷が増えたことは増えたが、それでも全体には無傷に等しい。もしかすると、感謝すべきなのかもしれない。

「きみにはまだ定期的に連絡を入れてもらう必要があるし、ある時点で話を聞かせてもらうこともあるだろう。だから国内の長期旅行には出ないでくれ、いいな？」

「短期旅行は？」

ボルトはポケットから名刺を取り出して、おれに手渡した。

「街を出るときにはここへ電話してくれ」

「わかった」

おれたちはさよならをいい、ボルトはおれに、トラブルには近づくなよ、といった。

おれは思った。近づくわけないだろ。

# 45

一時間後、おれはわずかな所持品をバッグに詰めて病院を出ると、通りを歩き出した。猛暑は終わって、気温は通常の九月初旬に戻っている。空は鉛色で、細かい霧雨が降っていた。タクシーをつかまえて帰宅しようかとも思ったが、病院のベッドにここ一週間寝かされていたので、のんびり散歩したほうが身体にはいいだろうと思いなおした。

すると、三十メートルも歩かないうちに車が横に停まって、すこぶる魅力的なブロンド美人が、開いた窓から顔を出した。

「送ってあげようか？」アラナだった。東欧訛りがかすかにあるが、前ほど顕著ではない。

いつものように、好奇心が勝った。

「今度はきみの本当の正体を教えてくれるかい？」

アラナは爽やかな笑みを浮かべた。

「約束する」

車はトヨタカローラだし、新車というわけでもない。なかに乗りこむと、アラナは発進させた。

「釈放されたって聞いたけど」

「だったらそうなんだろ」アラナには素直に答えたくなかった。まだアラナには裏切られた気分だったのだ。もっとも、ここ何週間かでおれをとんでもない目にあわせたほかの連中のことを思えば、アラナの裏切りはごく些細なものだったが。

「あたしの命を救ってくれたことに、ちゃんとお礼をいいたいってこともあったの」アラナはつけ加えた。

「じゃあおれは、きみの命の恩人ってわけだ」

「タイラー、そんないい方やめて」

「おれの虫の居所が悪いのは謝るよ。だがもう嘘をつかれるのにはうんざりしてるんだ」

「あなたに嘘をつきたくてついたんじゃないの、本当よ」

おれは信じられないねという顔でアラナを見すえた。

「いまからあなたにいうことは」おれのほうを見てアラナはいった。その顔が、いままで以上に美しかった。「だれにも他言しないでほしいの。わかってくれる?」

「わかった」おれは曖昧な口ぶりでそう答えた。

「あたしはたしかに警察官だし、もともと旧ユーゴスラビア出身でもあるわ。でもいまはこっちで警官をしてるの。あたしがどういう警察組織にいて、その拠点がどこにあるかはいえないけど、役割は潜入捜査よ。エディ・コジックの組織にもぐりこんで、人身売買事業の証拠を集めようとしてたの。コジックが本当はどこまで関わっていたか、そこに何人の人間が関わっていたかは突き止められなかったけど、捜査の最後の数日で、なにかとても大きなことが起こってるのがわかったわ。でも売春クラブではじめてあなたに出くわしたときはまだ、それがなんなのかわからなかった。連中があなたを殺そうとしてるのを知って、あなたのために介入したわ。深くは潜入してたけど、だれかが殺されるのを黙って傍観していられるほど深くはなかったの。

でもそうやって介入したことで、とたんに正体がばれてしまったわ。あなたがマルコのアパートに来たとき、マルコは本気であたしを殺そうとしてたの。だから、たしかにあなたは命の恩人よ。でもあのあと、あなたのことはどうしたらいいかわからなかった。あなたがあのブリーフケースのことを話してくれたとき、あたしたち警察もその中身を見る必要があると直感したわ。そして思ったの。あなたをコジック邸に行かせれば、こっちはそれを口実にコジック邸に踏みこめる、侵入者がいると匿名通報があったといって、堂々となかに入り、コジックをつかまえるのに使えそうな証拠を回収できるって」

「しかし、きみが見せてくれた写真の女、ペトラは……」

「いいえ、あたしの妹じゃないわ。でも写っていたのはペトラだし、彼女の話も本当よ。ペトラの姉から相談を受けてたの。ペトラの姉はベオグラードの現役警察官で、妹が行方不明になってることと、エディ・コジックの人身売買のことを教えてくれたの。あなたがペトラの写真をコジックに見せたら、コジックは動揺するんじゃないかと思って」

学校の制服姿で自意識過剰気味にカメラに微笑んでいた少女が、脳裏に甦ってきた。そして、ブリーフケースにあった彼女の写真を思い出した。

「で、ペトラはこの件の被害者の一人なのか？」おれは訊いたが、どういう答えが返ってくるかわかっていた。

アラナは険しい顔でうなずいた。

「ええ。そうよ」

おれたちは一瞬黙りこんだ。若いペトラが、祖国と家族から何千キロも引き離されて、ああいう卑劣な殺人鬼たちの手によって惨《むご》たらしい孤独な死を迎えたことを思うと、おれは抑えきれないほどの悲しみを覚えた。連中が捕まったのもライアン少佐がいたからであって、もしライアン少佐がいなかったら連中は罪を免れたかもしれないが、だからといって、そんな皮肉はおれにはなんの慰めにもならない。

おれはアラナを見た。

「おれがコジック邸に〝今夜は行かない〟といったとき、きみは同僚に電話して、おれを逮捕するようにいったんだろ？」

アラナはうなずいた。

「コジック邸へ警察を呼んだのも、きみだろ？」

アラナはまたうなずいた。

「ええ」

「おれがあそこにいると、どうしてわかったんだ？」

「テクノロジーよ」アラナはいった。「あなたがあたしの家にいたとき、あなたの靴に追跡装置を仕掛けたの」

おかげでいくつかのこと、とりわけ、どうやって警察がライアン少佐の家にあらわれたかが明らかになったが、だからといって、おれの気分が晴れるわけじゃなかった。

「それじゃ、いつでもおれを捕まえられたわけだ」

「ええ。でもあたしは、流れに任せて状況を見守るよう命令されてたの。あなたがコジック邸に向かってるのがわかってこっちも動いたけど、機敏さが足りないせいであなたがなかに入るのを止められなかったし、あなたの友人の死を防ぐこともできなかった」

「機敏さが足りなかった、か。物はいいようだな」おれは辛辣にいい放った。

ルーカスの死を避けることができたかもしれないと知らされて、本当にショックだった。ルーカスが死ぬのを見てからずっと、おれは毎日のようにルーカスのことを思った。人生でこれほど頻繁にルーカスのことを思ったことはない。ルーカスが死んでしまって、おれの世界は前より空虚なものになった。

「あのことはすまないと思ってるわ、タイラー」

おれはその謝罪を無視した。

「おれが逮捕されたあと、なにが起こったんだ？　どうしておれはまた自由の身になったんだ？」

「そこについてはあたしは関与してないわ。でも基本的な考えは、あなたを泳がせて、あなたがなにをほじくり返すかを見ることだった。あなたは実際にしゃべってる以上になにかを知ってるみたいだったから。遠くからこっそり尾行してたの。残念ながら、あなたがレオ・ライアン邸の林のなかに入ったときに追跡信号を見失って、あなたを見つけるのに少し時間がかかったけど」

「見つかるころには、おれも殺されてたかもしれなかった」

おれは窓の外の、ふつうの人生を送りながら歩道を歩いているふつうの人々を見やった。そのとき、アラナの謝罪の言葉がまた聞こえてきた。

「わかった、その謝罪は受け入れるよ」おれはとうとうそういった。「それと、おれをあの売春クラブで助けてくれて、ありがとう」

アラナは輝く白い歯を見せて微笑んだ。つぎにその表情は、真剣そのものとなった。

「聞いて、タイラー……」アラナは間を置いた。おれは彼女の黒い瞳の奥にある意図を読み取ろうとした。「あの家で、あなたにキスしたでしょ。あれはふりなんかじゃなかった。あたしがいまここにいるのは、それもあるの」車はおれの自宅がある通りに入っていて、家まで数メートルだった。「二人のこと、もう一歩前に進めてもいいんじゃないかと思って。たとえば、そのうちデートするとか。はじめたことをやり遂げるの」アラナは玄関の前で車を停めると、期待するような目でおれを見て、顔にかかったブロンドの髪を払いのけた。

本当に美人で、全身が黄金色に輝いて見える。

「それはどうかな」おれは引きつった笑みを浮かべた。「でも、誘ってくれてありがとう」

助手席のドアを開けて、おれは車を降りた。玄関ドアへ歩いて行きながら、ポケットの鍵を探す。おれは今回の一件がはじまる前よりも悲しい男になったが、賢い男にもなった。後ろを振り返らなかったし、これっぽっちの後悔も感じなかった。

おれは孤独かもしれないが、ときにはそれが一番いいことだってあるのだ。


（了）

# 解説

金曜日の朝。不快な眠りから目を覚ましたタイラーは、自分が血染めのベッドで眠っていたことを知る。隣に横たわるのは女性の首なし死体――恋人リアの死体だった。衝撃のさめやらぬなか、タイラーは部屋にＤＶＤプレイヤーが据えられていること、そこに「再生ボタンを押せ」と書かれた紙片があるのに気づく。ＤＶＤに録画されていたのはカメラに背を向けた男がリアを殺害する場面だった。死の直前、リアは殺人者を「タイラー」と呼んだ。

自分が殺したはずがない。しかしこれを見た者は自分が犯人だと思うだろう。おれははめられたのだ。そしてこの罠をしかけた何者かは、タイラーに、底知れぬ謀略の片棒を担がせようとしていることが判明する。黒幕の命令にしたがってロンドンを走り回りながら、タイラーは元兵士としてのスキルを駆使して、苦境を脱して敵に反撃する方法を探ってゆくが……。

本書『ハイスピード！』は、こうして幕を開けます。冒頭一行目で全力疾走を開始、逃走と反撃の二日間をスピードを落とさずに駆け抜けてゆく。いわば娯楽サスペンスの豪速球、手に汗にぎる三時間の読書体験をお約束しましょう。

本書はイギリスのサスペンス作家サイモン・カーニックの第六長編 *Severed* (2007) の全訳です。カーニックは『殺す警官』（新潮文庫）で二〇〇二年にデビュー、現在まで十三作の長編を発表しています。デビュー作以来、シニカルな文体で疾走感あふれるクライム・サスペンスを描いてきたカーニックは、第五長編『ノンストップ！』（文春文庫）で一挙にブレイク。この作品でカーニックは、文体や物語から装飾をすべて取り払って、冒頭から結末まで一気に突っ走るサスペンスを生み出しました。

『ノンストップ！』の主人公トムは平凡な家庭人。休日出勤している妻のかわりに二人の子供の世話をしていた彼の平和な週末を破壊したのは、友人からの一本の電話でした。何者かに追われているらしい友人は、ほどなくして追手に捕えられ、殺害されてしまいます。そしてトムは、電話の向こうで友人が、死の直前に自分の住所を告げているのを聞いてしまうのでした。そこから、理由もわからぬままに殺人者たちに命を狙われる主人公の逃亡劇が開始されます。次から次へと謎が繰り出され、事態が混迷の度合いを深めてゆく展開は、過去にありそうでなかった猛スピードのサスペンスを味わわせてくれました。日本でも好評を得た『ノンストップ！』は本国イギリスでは四十万部を売り上げるベストセラーに。この成功を受けて書かれたのが、この『ハイスピード！』でした。

『ノンストップ！』では、友人の電話がかかってくるまで、主人公の日常の描写が十七行ありましたが、『ハイスピード！』にはそれさえありません。なにせ本を開いて最初の一行が、

目を開けた瞬間、わかった。今日は悪い一日になる。

というものなのです。すでに日常は破壊されていることが告げられています。そして、その

わずか二行あとで、主人公が寝ていたベッドが血まみれであることが判明。そこから先は冒頭に記したとおり。約三百六十ページを一気に走り抜けてゆきます。『ノンストップ！』で開眼した「高速サスペンス術」を、カーニックは本書で自家薬籠中のものとしたと言っていいでしょう。

こうしたカーニックのスタイルは、以降の作品でも踏襲されています。例えば本書につづく第七長編 *Deadline* について、ミステリ作家のハーラン・コーベンは「アクセル踏み抜きっぱなし」と評していますし、第八作 *Target* についてイヴニング・スタンダード紙は、「首が折れそうなほどのスピード感」と形容しているのです。中編小説 *Wrong Time, Wrong Place* に付された惹句では、「タイムリミット・サスペンスの巨匠」という二つ名がカーニックに与えられています。

物語が進むにつれて謎と危機がぐんぐん増大してゆくプロットについても評価は高く、激しくツイストするさまが「釣り上げられたウナギ」（イヴニング・スタンダード紙）や、「覚醒剤を食らった大蛇」（ザ・タイムズ紙）に例えられています。

前作『ノンストップ！』では、主人公は陰謀のとばっちりを食った平凡な勤め人で、まさしく「巻き込まれ型サスペンス」の常道として、執拗に襲撃してくる敵に対して受け身で逃げつづけていました。これが『ノンストップ！』のサスペンス感を大いに醸成していましたが、ひたすら逃げつづける姿に、サスペンスと表裏となった多少のフラストレーションをおぼえるところもありました。

その点でも本書『ハイスピード！』は、前作のヴァージョン・アップ版となっています。主人公タイラーは、かつて北アイルランドでの凄惨な戦闘を経験した元兵士。肉体も頑健であり、戦闘の手段も心得ており、修羅場にも強い。ゆえに、ただ受け身となって逃げるだけでなく、よりアクティヴでダイナミックに反撃に打って出ます。一方で敵の動きも過激さを増し、銃弾が飛び交う場面も少なくありません。主人公と敵とが対等な戦闘能力を持つ「対決」のスリルが、本書の軸となっているのです。

また、タイラーをとりまく人脈が「軍」を中心にしていることから、本書には、現代のヨーロッパにくすぶる紛争や悲劇が影を落としています。冷戦下で抑え込まれていた民族の対立が、重石を失ったことで火を噴いたものもあれば、先進国が貧しい国を搾取する問題（端的な例では犯罪組織による人身売買）もあります。主人公を元兵士にすることで、サイモン・カーニックは、ヨーロッパの暴力の連鎖を、ノンストップ・サスペンスの背景として巧みに描いているということもできそうです。

そんな「ヨーロッパの負の歴史」のなかで、本書でとくにフィーチャーされているのが「北アイルランド問題」です。主人公タイラーは、かつて兵士として北アイルランドで活動していました。先進国を巻き込むテロというと近年では9・11にはじまるイスラム原理主義との非対称戦争ばかりが語られるため、日本の読者には理解しにくいトピックですが、イギリスにとって、「北アイルランド問題」はきわめて身近なテロリズムの発生源でした。

日本で「イギリス」と呼ばれる国家は、正式名称を「グレートブリテン及び北アイルランド連合王国」といいます。イギリス国王（現在は女王）を国家元首としていただく四つの「国《カントリー》」

から成っています。イングランド、スコットランド、ウェールズ（ここまでが大《グレート》ブリテン島）と、北アイルランド（アイルランド島）の四つです。アイルランド島の北東の一部だけが「北アイルランド」として「イギリス」の一部となっています。アイルランド島の残りは、「アイルランド共和国」という別の共和国です。

アイルランド島がイギリスに併合されたのは十九世紀のこと。以来アイルランドでは、イギリスとの連合を支持する勢力と、分離独立を主張する勢力とが対立していましたが、独立運動が勢力を増してゆくのを受けて、一九二〇年、アイルランドを南北に分割し、それぞれに自治権を認める法律が、英国議会で可決されます。そして北アイルランド政府は、イギリス連合王国への再編入を申し出ました。

この北アイルランドは、「プロテスタントによるプロテスタント国家」を自任していました。もともとアイルランド北部にはプロテスタント系住民が多く、南部にはカトリック系が多かったことも南北対立の背景にはあったのです。そして北アイルランドでは、プロテスタントによるカトリック系住民の差別が横行していました。そんな中で、政府への反撃としてテロを行なうようになったのが、かつてアイルランド独立戦争を戦っていた「アイルランド共和国軍」、略して「ＩＲＡ」です（じっさいにはさまざまな分派があります）。

カトリック系のＩＲＡに対抗し、一九六六年にプロテスタント系の非合法民兵組織「アルスター義勇軍」が起《た》ち上げられます。こうして北アイルランドは、両陣営のテロが横行する「宗教戦争」の舞台になってゆきます。抗争は過激さを増し、ついにイギリスは軍隊を派遣。三つ巴の対立のなか、テロによって数千の人命が奪われることになりました。

ＩＲＡはイギリスからの完全独立を指向する組織であるため、ロンドンもＩＲＡのテロの標的となり、代表的なものに、クリスマス前の買い物シーズンに百貨店「ハロッズ」が爆破され、死傷者を出した一九八三年の事件があります。こうした激烈な対立は、一九九八年にイギリスとアイルランドのあいだで結ばれた「ベルファスト合意」によって、一応の政治決着がついたとされています。本書で主人公のタイラーが北アイルランドで遭遇する凄惨な事件が起きたのは一九九六年。「ベルファスト合意」以前のできごとです。——とはいえ、合意に反対する勢力も存在するため、いまもなお北アイルランド問題は収束してはいません。

テロリズムと憎悪の連鎖。個人の尊厳と国家の統制。そういった簡単に白黒のつけられない問題が横たわっているせいでしょう、ＩＲＡに材をとった物語は少なくありません。幼少時に北アイルランドのベルファストに住んでいたイギリス作家ジャック・ヒギンズは、代表作『鷲は舞い降りた』『死にゆく者への祈り』など、多くの作品でＩＲＡのメンバーを主要登場人物にしています。近年では、北アイルランド出身のスチュアート・ネヴィルの『ベルファストの12人の亡霊』や、日本の月村了衛の『機龍警察　自爆条項』が、ＩＲＡを正面から扱ったミステリとして挙げられます。

さきほども触れたように、サイモン・カーニックは、本書ののちも精力的に作品を発表しています。『ノンストップ！』の巻末解説で述べられているように、カーニックのサスペンスは、ゆるやかに連関したシリーズをかたちづくっており、本書でも、『ノンストップ！』に登場した刑事コンビ、マイク・ボルトと相棒のモー・カーンが渋い活躍をみせています。

誘拐ものの第七作*Deadline*ではボルトが主役格で、『ノンストップ！』に登場したクールなヒロイン、ティナ・ボイドも姿をみせます。第九作*The Last 10 Seconds*では、シリアル・キラーの逮捕で解決したはずの連続殺人が巨大な犯罪の一ピースであることをティナ・ボイドが見抜き、マニラが舞台の第十作*The Payback*では第一作『殺す警官』の主人公の殺し屋刑事デニス・ミルンがボイドと共演。ボイドは、ロンドンでのテロを扱った第十一作*The Siege*（巨大ホテル籠城）と第十二作*Ultimatum*（無差別爆破テロ）にも登場しています。ボルトとカーンのコンビも、最新長編*Stay Alive*で活躍しているようです。

重厚長大化をつづける海外サスペンス／スリラーには、登場人物たちに「文学的」な深みを与えようとしてバランスを崩し、序盤に眠たい描写が連続する作品も目立ちます。しかしカーニックは前置き抜きでアクセルを踏み込み、毎回異なった趣向を準備したうえで、退屈するひまのない三時間の冒険に連れ出してくれるのです。

本書が『ノンストップ！』同様の好評を得て、カーニックのアドレナリン噴射サスペンスをみたびお届けできることを祈ります。

（編集部）

■サイモン・カーニック著作リスト

1 *The Business of Dying* (2002)『殺す警官』新潮文庫
2 *The Murder Exchange* (2003)『覗く銃口』新潮文庫
3 *The Crime Trade* (2004)
4 *A Good Day to Die* (2005)
5 *Relentless* (2006)『ノンストップ!』文春文庫
6 *Severed* (2007) 本書
7 *Deadline* (2008)
8 *Target* (2009)
9 *The Last 10 Seconds* (2010)
10 *The Payback* (2011)
11 *Siege* (2012)
12 *Ultimatum* (2013)
13 *Stay Alive* (2014)

＊ほかに短編 *The Debt* (2012、電子書籍のみ)と、中編 *Wrong Time, Wrong Place* (2013) が刊行されている。

本書は文春文庫のために訳し下ろされたものです。

DTP制作　ジェイ エスキューブ

文春文庫

ハイスピード！

定価はカバーに
表示してあります

2014年5月10日　第1刷

著　者　サイモン・カーニック
訳　者　佐《さ》藤《とう》耕《こう》士《じ》
発行者　羽鳥好之
発行所　株式会社　文藝春秋

東京都千代田区紀尾井町 3-23　〒102-8008
TEL　03・3265・1211
文藝春秋ホームページ　http://www.bunshun.co.jp

落丁、乱丁本は、お手数ですが小社製作部宛お送り下さい。送料小社負担でお取替致します。

印刷・大日本印刷　製本・加藤製本

Printed in Japan
ISBN978-4-16-790111-0

（　）内は解説者。品切の節はご容赦下さい。
ジャック・カーリイ（三角和代　訳）
**ブラッド・ブラザー**
刑事カーソンの兄は知的で魅力的な殺人鬼。彼が脱走、次々に殺人が。兄の目的は何か。衝撃の真相と緻密な伏線。ディーヴァーに比肩するスリルと驚愕の好評シリーズ第四作！（川出正樹）
カ-10-4

**ノンストップ！**
サイモン・カーニック（佐藤耕士　訳）
その朝、友人からの電話をとった瞬間、僕は殺人も辞さぬ謎の勢力に追われることに……。開巻15行目から始まる24時間の決死の逃走。これぞノンストップ・サスペンス！（川出正樹）
カ-13-1

**I T**
スティーヴン・キング（小尾芙佐　訳）
（全四冊）
少年の日に体験したあの恐怖の正体は何だったのか？　二十七年後、薄れた記憶の彼方に引き寄せられるように故郷の町に戻り、IT（それ）と対決せんとする七人を待ち受けるものは？
キ-2-8

**ランゴリアーズ**
スティーヴン・キング（小尾芙佐　訳）
Four Past Midnight I
深夜の旅客機を恐怖と驚愕が襲う。十一人を残して乗客がみな消えていたのだ！　ノンストップSFホラーの表題作。さらに盗作の不安に怯える作家の物語「秘密の窓、秘密の庭」を収録。
キ-2-19

**図書館警察**
スティーヴン・キング（白石　朗　訳）
Four Past Midnight II
借りた本を返さないと現れるという図書館警察。記憶を蝕む幼い頃のあの恐怖に立ち向かわねばならない――表題作に加え、謎のカメラが見せる異形のものを描く「サン・ドッグ」を収録。
キ-2-20

**ドランのキャデラック**
スティーヴン・キング（小尾芙佐　他訳）
妻を殺した犯罪王への復讐を誓った男。厳重な警備下にいる敵を倒せる唯一のチャンスに賭け、彼は行動を開始した……奇想天外な復讐計画を描く表題作ほか、卓抜な着想冴える傑作集。
キ-2-27

**いかしたバンドのいる街で**
スティーヴン・キング（白石　朗　他訳）
道に迷った男女が迷いこんだ田舎町。そこは非業の死を遂げたロックスターが集う〝地獄〟だった……。傑作として名高い表題作ほか、奇妙な味の怪談から勇気を謳う感動作まで全六篇収録。
キ-2-28

（　）内は解説者。品切の節はご容赦下さい。

**メイプル・ストリートの家**
スティーヴン・キング（永井　淳　他訳）
死が間近の祖父が孫息子に語る人生訓（「かわいい子馬」）、意地悪な継父を亡き者にしようとするきょうだいたちがとった奇策（表題作）他、子供を描かせても天下一品の著者の短篇全五篇。
キ-2-29

**ブルックリンの八月**
スティーヴン・キング（吉野美恵子　他訳）
ワトスン博士が名推理をみせるホームズ譚、息子オーエンの所属する少年野球チームの活躍を描くエッセイなど、〝ホラーの帝王〟だけではないキングの多彩な側面を堪能できる全六篇。
キ-2-30

**シャイニング**（上下）
スティーヴン・キング（深町眞理子　訳）
コロラド山中の美しいリゾート・ホテルに、作家とその家族がひと冬の管理人として住み込んだ——。S・キューブリックによる映画化作品も有名な「幽霊屋敷」ものの金字塔。（桜庭一樹）
キ-2-31

**ミザリー**
スティーヴン・キング（矢野浩三郎　訳）
事故に遭った流行作家のポールは、愛読者アニーに助けられるが、自分のために作品を書けと脅迫され……。著者の体験に根ざす〝ファン心理の恐ろしさ〟を追求した傑作。（綿矢りさ）
キ-2-33

**夕暮れをすぎて**
スティーヴン・キング（白石　朗　他訳）
静かな鎮魂の祈りが胸を打つ「彼らが残したもの」ほか、切ない悲しみから不思議の物語まで7編を収録。天才作家キングの多彩な手腕を大いに見せつける、6年ぶりの最新短篇集その1。
キ-2-34

**夜がはじまるとき**
スティーヴン・キング（白石　朗　他訳）
医者のもとを訪れた患者が語る鬼気迫る怪異譚「N」、猫を殺せと依頼された殺し屋を襲う恐怖の物語「魔性の猫」など全六篇収録。巨匠の贈る感涙、恐怖、昂奮をご堪能あれ。（coco）
キ-2-35

**不眠症**（上下）
スティーヴン・キング（芝山幹郎　訳）
傑作『IT』で破滅から救われた町デリーにまたも危機が。不眠症に苦しむ老人ラルフが見た不気味な医者を前兆に、邪悪な何かが迫りくる。壮大で緻密なキングの力作！（養老孟司）
キ-2-36

（　）内は解説者。品切の節はご容赦下さい。

## 1922
スティーヴン・キング（横山啓明・中川　聖　訳）

かつて妻を殺害した男を徐々に追いつめる狂気。友人の不幸を悪魔に願った男が得たものとは。〝ダークな物語〟をコンセプトに巨匠が描く、真っ黒な恐怖の中編を二編。

キ-2-38

## 緋色の記憶
トマス・H・クック（鴻巣友季子　訳）

ニューイングランドの静かな田舎の学校に、ある日美しき女教師が赴任してきた。そしてそこからあの悲劇は始まってしまった。アメリカにおけるミステリーの最高峰、エドガー賞受賞作。

ク-6-7

## 石のささやき
トマス・H・クック（村松　潔　訳）

あの事故が姉の心を蝕んでいった……取調室で「わたし」が回想する破滅への道すじ。息子を亡くした姉の心に何が？　衝撃の真実を通じ、名手が魂の悲劇を巧みに描き出す。（池上冬樹）

ク-6-16

## 沼地の記憶
トマス・H・クック（村松　潔　訳）

悪名高き殺人鬼を父に持つ教え子のために過去の事件を調査しはじめた教師がたどりついた悲劇とは…。「記憶シリーズ」の哀切、ふたたび。巻末に著者へのロングインタビューを収録。

ク-6-17

## 厭な物語
アガサ・クリスティー　他（中村妙子　他訳）

アガサ・クリスティーやパトリシア・ハイスミスの衝撃作からロシア現代文学の鬼才による狂気の短編まで、後味の悪さにこだわって選び抜いた〝厭な小説〟名作短編集。（千街晶之）

ク-17-1

## ピンクパンサー
マックス・アラン・コリンズ（三川基好　訳）

あのクルーゾー警部が帰ってきた！　サッカー監督殺害と秘宝ピンクパンサー盗難の謎を追い、世界を駆け回る迷警部の活躍を描き、全米ナンバー1ヒットとなった映画の小説版。

コ-13-3

## 聖なる罪びと
テス・ジェリッツェン（安原和見　訳）

ボストンの古い修道院で若い修道女が殺され、同じころ手足を切られ顔の皮を剥がされた女性の射殺体が見つかる。リゾーリと女性検死官アイルズは二つの事件の共通点を探し出す。

シ-17-3

（　）内は解説者。品切の節はご容赦下さい。

**メフィストの牢獄**
マイケル・スレイド（夏来健次　訳）
巨石遺跡を崇める殺人狂メフィスト。捜査官を拉致し、騎馬警察を脅迫する謎の男の邪悪な計画の全容とは？　シリーズ最大の敵が登場するノンストップ・サスペンス。（古山裕樹）
ス-8-4

**極限捜査**
オレン・スタインハウアー（村上博基　訳）
元美術館長の怪死、惨殺された画家、捜査官殺し……捜査官が探り当てたのは国家の暗い秘密だった。真実の追求が破滅をもたらす、東欧を舞台に描く警察小説の雄篇。（吉野　仁）
ス-12-2

**超音速漂流**　改訂新版
ネルソン・デミル　トマス・ブロック（村上博基　訳）
誤射されたミサイルがジャンボ機を直撃。操縦士を失った機を、無傷の生存者たちは必死で操るが、事故隠蔽を謀る軍と航空会社は機の抹殺を企てる。航空サスペンスの名作が新版で登場！
テ-6-11

**悪魔の涙**
ジェフリー・ディーヴァー（土屋　晃　訳）
世紀末の大晦日、ワシントンの地下鉄駅で無差別の乱射事件が発生。手掛かりは市長宛に出された二千万ドルの脅迫状だけ。捜査本部は筆跡鑑定の第一人者キンケイドの出動を要請する。
テ-11-1

**青い虚空**
ジェフリー・ディーヴァー（土屋　晃　訳）
護身術のホームページで有名な女性が惨殺された。やがて捜査線上に〝フェイト〟というハッカーの名が浮上。電脳犯罪担当刑事と元ハッカーのコンビがサイバースペースに容疑者を追う。
テ-11-2

**ボーン・コレクター**（上下）
ジェフリー・ディーヴァー（池田真紀子　訳）
首から下が麻痺した元NY市警科学捜査部長リンカーン・ライム。彼の目、鼻、耳、手足となる女性警察官サックス。二人が追うのは稀代の連続殺人鬼ボーン・コレクター。シリーズ第一弾。
テ-11-3

**コフィン・ダンサー**（上下）
ジェフリー・ディーヴァー（池田真紀子　訳）
武器密売裁判の重要証人が航空機事故で死亡、NY市警は殺し屋〝ダンサー〟の仕業と断定。追跡に協力を依頼されたライムは、かつて部下を殺された怨みを胸に、智力を振り絞って対決する。
テ-11-5

（　）内は解説者。品切の節はご容赦下さい。

**獣たちの庭園**
ジェフリー・ディーヴァー（土屋　晃　訳）
一九三六年、オリンピック開催に沸くベルリン。アメリカ選手団に混じってニューヨークから殺し屋が潜入する。使命はナチス高官暗殺。だがすぐさまドイツ刑事警察に追いつめられる。
テ-11-7

**クリスマス・プレゼント**
ジェフリー・ディーヴァー（池田真紀子　他訳）
ストーカーに悩むモデル、危ない大金を手にした警察、未亡人と詐欺師の騙しあいなど、ディーヴァー度が凝縮された十六篇。あの〈ライム・シリーズ〉も短篇で読める！（三橋　曉）
テ-11-8

**エンプティー・チェア**（上下）
ジェフリー・ディーヴァー（池田真紀子　訳）
連続女性誘拐犯は精神を病んだ〝昆虫少年〟なのか。自ら逮捕した少年の無実を証明するため少年と逃走するサックスをライムが追跡する。師弟の頭脳対決に息をのむ、シリーズ第三弾。
テ-11-9

**石の猿**（上下）
ジェフリー・ディーヴァー（池田真紀子　訳）
沈没した密航船からＮＹに逃げ込んだ十人の難民。彼らを狙う殺人者を追え！　正体も所在もまったく不明の殺人者を捕らえるべくライムが動き出す。好評シリーズ第四弾。（香山二三郎）
テ-11-11

**魔術師《イリュージョニスト》**（上下）
ジェフリー・ディーヴァー（池田真紀子　訳）
封鎖された殺人事件の現場から、犯人が消えた!?　ライムとサックスは、イリュージョニスト見習いの女性に協力を依頼する。シリーズ最高のどんでん返し度を誇る傑作。（法月綸太郎）
テ-11-13

**12番目のカード**（上下）
ジェフリー・ディーヴァー（池田真紀子　訳）
単純な強姦未遂事件は、米国憲法成立の根底を揺るがす百四十年前の陰謀に結びついていた——現場に残された一枚のタロットカードの意味とは？　好評シリーズ第六弾。（村上貴史）
テ-11-15

**ウォッチメイカー**（上下）
ジェフリー・ディーヴァー（池田真紀子　訳）
残忍な殺人現場に残されたアンティーク時計。被害者候補はあと八人…尋問の天才ダンスとともに、ライムは犯人阻止に奔走する。二〇〇七年のミステリ各賞に輝いた傑作！（児玉　清）
テ-11-17

（　）内は解説者。品切の節はご容赦下さい。

## スリーピング・ドール

ジェフリー・ディーヴァー（池田真紀子　訳）（上下）

怜悧なカルト指導者が脱獄に成功。美貌の捜査官、キャサリン・ダンスの必死の追跡は続く。鍵を握るのは一家惨殺事件でただ一人、難を逃れた少女。彼女はその夜、何を見たのか。（池上冬樹）

テ-11-19

## 追撃の森

ジェフリー・ディーヴァー（土屋　晃　訳）

襲撃された山荘から逃れた女性を守り、森からの脱出を図る女性保安官補。二人の女性VS二人の殺し屋、決死の逃走の末の連続ドンデン返し！　ITW最優秀長編賞受賞。

テ-11-21

## ソウル・コレクター

ジェフリー・ディーヴァー（池田真紀子　訳）（上下）

そいつは電子データを操り、証拠を捏造し、無実の人物を殺人犯に陥れる。史上最も卑劣な犯人にライムとサックスが挑む！　データ社会がもたらす闇と戦慄を描く傑作。（対談・児玉　清）

テ-11-22

## 神は銃弾

ボストン・テラン（田口俊樹　訳）

娘を誘拐し、元妻を惨殺したカルトを追え。元信者の女を相棒に、男は血みどろの追跡を開始。CWA新人賞、日本冒険小説大賞受賞、'01年度ベスト・ミステリーとなった三冠達成の名作。

テ-12-1

## 音もなく少女は

ボストン・テラン（田口俊樹　訳）

荒んだ街に全てを奪われ、耳の聞こえぬ少女は銃をとった。運命を切り拓くために。二〇一〇年「このミステリーがすごい！」第二位、読む者の心を揺さぶる静かで熱い傑作。（北上次郎）

テ-12-4

## 推定無罪

スコット・トゥロー（上田公子　訳）（上下）

リアルな法廷描写とサスペンス、最後に明かされる衝撃の真相！　ハリソン・フォード主演で映画化された伝説の名作、ここに復活。週刊文春ミステリーベスト10、第1位。

ト-1-11

## 特務艦隊

C・W・ニコル（村上博基　訳）

第一次大戦終盤。跳梁するUボートから連合軍の輸送船を守るべく、地中海に派遣された日本海軍の、誇り高き姿を勇壮に描く。『盟約』『遭敵海域』に続く近代日本歴史絵巻、ついに完結。

ニ-1-7